The Stone of Days

세월의 돌

— 요정의 테 —

2

[아룬드_*Arund*]

수레바퀴, 도는 것, 순환, 되풀이, 달력의 한 달

세월의 돌 세계의 달력 체계
; 14 아룬드(月) 달력

1월 '음유시인(Troubard)'

2월 '암흑(Darkness)'

3월 '아르나(Arna)'

4월 '타로핀(Tarophin)'

5월 '키티아(Kitia)'

6월 '인도자(Guardian)'

7월 '약초(Herb)'

8월 '파비안느(Pabianne)'

9월 '환영주(Harsh Miosa)'

10월 '방랑자(Wanderer)'

11월 '점성술(Astrology)'

12월 '문자(Word)'

13월 '황금(Gold)'

14월 '노현자(Elder Sage)'

The Stone of Days

세월의 돌 2

요정의 테

2장.

1월 '음유시인(Troubard)'

3장.

2월 '암흑(Darkness)'

2장.

1월 '음유시인 (Troubard)'

1월 '음유시인(Troubard)'

음유시인의 별 '라 트루바 드루에(La Trouba Druer)'가 지배하는 한 해의 첫 아룬드이다. 겨울치고는 일기가 좋은 편이며, 가끔 눈이 내리는 것을 제외하면 여행에도 큰 지장이 없다. 이 시기에 북쪽 지방에서는 운 좋으면 극광을 볼 수도 있다. 그대는 음유시인이 새로이 연 한 해의 머리에서 예지의 말을 써나갈 수 있으리라.

'친근한 시인 드루에'라는 별의 이름은 특정한 인물을 가리키는 것이 아니라 음유시인들이 스승으로부터 가장 많이 지어 받는 이름 중 하나인 '드루에(하프라는 의미)'에서 유래한 것이다. 겨울 하늘에서 가장 밝비 빛나는 별이기도 한 드루에는 천구의 회전축에 가까이 위치해 있어 사계절 내내 볼 수 있다. 또한 음유시인 아룬드는 열 네 아룬드 중 가장 기원이 오랜 것 가운데 하나로서, 옛 문헌에 남아 있는 초기의 일곱 아룬드 중에서도 그 명칭을 찾아볼 수 있다.

이 아룬드에 음유시인을 만나면 노래를 지어 받기를 청하는 풍습이 있다. 또한 음유시인들도 이때만은 대가 없이 수호의 힘을 가지는 노래를 만들어 선사한다.

생명의 음유시인, 계관자(桂冠者)라고도 불리는 고귀한 트루바드(Troubard) 음유시인들은 이때에 어딘가에 모여 회합을 갖는다고 하나 장소나 시간은 알려져 있지 않다.

전통적으로 음유시인은 '문을 여는 자'라는 의미를 가지고 있다. 오래된 예절에 의하면 어떤 장소를 떠나거나 들어갈 때는 음유시인을 가장 앞에 세우며, 음식을 들거나 회합에서 입을 열 때, 물건을 나누어 가질 때 등에서도 음유시인의 '첫째'라는 권리가 인정되곤 한다. 이런 행동에는 음유시인이 시작한 일이라면 반드시 안전과 풍요 속에서 성공할 것이라는 신념이 깔려 있다. 이 신념은 이 세계가 노래 속에서 생겨났다는 전설과 더불어 오랫동안 신봉되어 왔다.

"숨겨졌던 옛 노래가 스스로의 존재를 알리다"라는 경구로 요약되는 이 아룬드는 숙명을 탐색하려는 뜻을 세움, 잠재된 천분의 힘을 느낌, 자신의 그림자를 우연히 만나게 됨, 오래 계속될 방랑에 들어섬, 과거에 치렀어야 할 대가가 미래를 좌우함 등의 암시를 가진다. 이 아룬드를 의미하는 빛깔은 고귀한 자를 위한 은밀한 색깔, 보랏빛이다.

— 점성술사들이 달력에 적는 각 아룬드의 의미,

그중 첫 번째.

6. 황금 술통의 밤

나르디와 나는 여관을 옮겼다.

우리는 진짜 깡패들이 된 것처럼 늦가을 들녘 여관에 저녁 값과 맥주값 이외엔 한 푼도 더 지불하지 않았다. 망가진 의자? 손님들이 도망가버린 것? 알아서들 하라지. 주인도 우리가 빨리 가 주기만을 바라는 눈치라 거리낄 것도 없었다.

계산 얘긴데, 나르디는 술 마시면서 한 말을 잊어버리지도 않았는지 고집을 부리며 술값을 자기가 내고 말았다. 그래서 나도 덩달아 고집을 부려서 저녁 값은 내가 지불하고 말았다.

그리고 하나 더, 나는 경고를 해 준 급사에게 고맙다고 인사를 하려는 나르디를 황급히 말려야 했다. 그래봤자 깡패들과 서로 돕고 사는 듯한 여관 주인한테 화풀이밖에 당할 게 없으니, 모르는 척 해 주는 게 돕는 것이다. 나르디의 입을 막고 끌고 나온 다음에 상황을 설명해 줬더니 그제야 이해가 간다는 표정이었다. 떠돌이 생활을 했다는 녀석이 그렇게 상황 파악이 늦냐.

그리고 우리는 지금 속칭 '2차'를 하고 있는 중이었다. 이런 일을 겪고 난 뒤인데 그냥 헤어질 수 있을 리 없었다. 여기는 '황금 술통' 여관인데 이름만큼이나 맥주 맛이 괜찮았다. 덕택에 우린 한밤중까지 술을 푸는 진짜 술꾼이 돼 버렸다.

"그런데 너, 어디서 그렇게 검을 배웠냐?"

"검? 아아…… 어디서 배웠더라……."

느긋하게 늘어져 있는 나르디를 보고 있자니 조금 전에 평생 처음 보는 기막힌 솜씨로 단검을 던지던 녀석과 같은 사람이 맞는가 싶었다. 또 두 자루 검도 얼마나 민첩하게 휘둘렀던가.

"나르디, 그 검은 무슨 종류야?"

"이 검?"

나르디는 휘어 있는 검을 약간 만져서 절걱거리게 했다. 소리를 들어봐도 확실히 가벼운 것 같았다.

"시미터(scimitar)라고 하는데, 외국에서 유래된 검이라 우리나라에는 좀 드물다네."

"그럼 마브릴 족의 검이란 말이야?"

"아니. 마브릴 족의 검술은 우리나라와 비슷한 데가 많아서 그 쪽에서 만들어진 교본이 수입되기도 하지 않나? 이건 좀 더 먼 데서 온 거라네. 차크라타난이라는 곳인데, 들어 보았는가?"

내가 무식을 탄로내기 전에 다행히 말이 이어졌다.

"시미터는 차크라타난에서 유래된 칼이지. 비카르나 족의 나라 차크라타난 말이네. 하르마탄 섬의 남쪽 해안에 위치해 있는데, 다른 나라와 거의 교류가 없는 곳이지."

"비카르나라면…… 그 피부가 검다는?"

나르디는 고개를 끄덕이더니 술잔을 마저 비웠다. 우리는 지금 맥주 대신 위스키를 마시고 있었다. 어쩌자고 그렇게 독한 걸 시켰냐고? 젠장, 두말하면 잔소리다. 독하니까 조금 마실 것 같아서지. 적게 마시면 술값도 적게 나오고. 안주는 땅콩이면 충분하고.

"그래. 나도 딱 한 번 수도에서 비카르나를 본 일이 있어. 정말 온몸이 까맣더군. 밤의 빛깔, 참 신기하던데."

물론 나는 비카르나 족을 본 일이 없었다. 대륙에 5대 민족이 있다고는 하지만, 북쪽 지방에 살던 나로서는 엘라비다 족 외에 다른 민족을 볼 기회가 없었다. 비카르나 족은 고사하고 대륙에서 두 번째로 많은 인구를 자랑하는 마브릴 족조차 본 일이 없었다.

아르마티스 족과 네이판키아 족은 나라도 이루고 있지 않기 때문에 만날 기회는 더더욱 적었다. 인구도 무척 적고 말이다. 비카르나 족은 한 나라를 이루고 있긴 하지만 위치상 너무 동떨어져 있고, 또 대륙과의 교류도 거의 없었다. 따라서 나처럼 평범한 엘라비다 족 사람들의 머릿속에서 이 세 종족은 없는 거나 마찬가지였다.

비카르나 족의 검이라는 말에 흥미가 생겨서 나르디의 시미터를 만져보니, 내 멋쟁이 검의 반의반도 안 되는 무게였다. 갑자기 같은 도보 여행자로서 나르디가 몹시 부러워졌다.

"비카르나는 어떻게 생겼든? 얼굴은 우리처럼 생겼어? 피부만 까맣고?"

"아니, 우리보다 얼굴이 훨씬 좁고 갸름하다네. 내가 본 사람만 그랬는지 몰라도 몸도 호리호리하던걸. 머리숱은 별로 없는데, 다들 길게 기른다고 하더라고. 참, 푸른빛이 도는 검은빛이었어.

나는 깜짝 놀라 내 머리털을 만져 보았다.

"이런 색깔이야?"

"비슷하긴 한데, 그들의 머리카락은 훨씬 푸른빛이 많이 돌지. 검은빛이 도는 푸른색이라고 해도 좋을 정도로."

"그렇구나…… 그럼 왼손의 짧은 검은?"

"이건 본래 숏 소드(short sword)인데, 좀 길게 개조한 거지. 이렇게 보면……."

나르디는 두 개의 검을 뽑아들고 나란히 보여 주었다. 시미터의 활처럼 휘어진 날과 개조한 숏 소드의 희한하게 검은 칼날이 대조적으로 빛났다.

"길이 차이가 별로 나지 않지?

시미터가 굽어 있어서 그런지 몰라도 두 개의 검은 한 뼘 차이도 나지 않았다. 숏 소드를 들어 봤더니 의외로 묵직해서 팔이 휘청했다. 쇠보다 훨씬 무거운 것 같은데 뭐로 만든 거지?

"두 자루 검을 쓰는 건 비카르나의 검술이 아니라고 알고 있어. 나도 우연히 어떤 사람에게 배웠을 뿐이라 더 정확한 설명은 해줄 수가 없겠는걸. 그런데 자네 검도 무슨 유래가 있을 것 같은데?"

"응."

자신 있게 대답했지만 할 말이 있냐 하면…….

"뭔데?"

"몰라."

나르디가 말한 시미터의 유래만큼도 할 말이 없었다.

"모른다고?"

"어, 음…… 그러니까 나도 우연히 얻게 된 검이라 자세한 유래는 모르거든. 내가 아는 거라면 아주 무겁다는 거하고, 그리고 다른 사람이 손을 대면 몹시 뜨거워진다는 것…… 정도일까."

황급히 생각나는 대로 주워섬겼지만, 나르디는 마음 깊은 곳에서 우러나오는 '잘 알겠다'는 표정을 지었다. 내 검에 손을 데어 본 사람만이 지을 수 있는 표정이었다.

"그것밖에 몰라. 나도 유래를 알게 되길 바라고 있어."

위스키는 한 병을 나눠 마셨는데도 맥주 열 잔 마신 것 같은 효과가 났다. 내일 아침에 일찍 일어나긴 틀린 듯했다. 새벽 기상은 일생 동안 익혔던 습관인데, 벌써부터 엉망이 되어 갔다.

"넌 내일 곧 떠나?"

"뭐 내키는 대로라네. 떠돌아다니니까."

"다음 목적지도 없는 거야?"

"일단은 아르나 시에 가볼까 하는데, 그것도 바뀔지 모르지."

"나도 아르나 시나 가볼까."

특별한 목적지가 없다는 점에서 동질감을 느낀 우리는 마주 미소 지었다. 나는 여행에 참고도 할 겸 물었다.

"지금까지 가본 곳 중 가장 멋진 데는 어디였어?"

나르디가 씨익 웃으며 한 대답은 내 마음에 꼭 들었다.

"그거야 당연히 순백의 달크로즈지."

"아, 역시! 달크로즈가 최고지? 나도 꼭 가보고 싶은데."

나르디도 내 대답이 마음에 들었던 모양이었다. 우리는 술잔을 한바탕 부딪친 다음 반의반 모금씩만 마셨다.

어차피 목적지 없이 여행하는 거라면 나도 달크로즈의 순백색 성을 가장 보고 싶지만, 아버지가 있는 쪽이라는 것이 마음에 걸렸다. 그래서 다시 물었다.

"그럼, 제일 가보고 싶은 데는 어딘데?"

"글쎄, 아직 못 가본 곳이라면 하라시바일까."

나는 뜨악한 표정을 지었다.

"하라시바라면 세르무즈의 수도? 거길 왜?"

헤렐이 말하던 꽃이 날리고 어쩌고 하는 이야기가 나오려나 했는데 나르디의 대답은 의외였다.

"가기 힘든 곳이니까."

"힘드니까 도전하고 싶은 마음이 생긴다, 그런 얘기야?"

"비슷하긴 한데…… 그보다는 갈 수 없는 곳이니까 더 아름답게 보인다는 쪽에 가깝지 않을까 싶네. 물론 하라시바가 멋진 곳이란 이야기도 들었지만."

"왜 갈 수 없는데? 외국이긴 하지만 절대로 못 갈 건 없잖아?"

나르디는 빙그레 웃기만 할 뿐 대답하지 않았다. 나는 술기운을 빌어 기세 좋게 말을 맺었다.

"까짓 거 가보면 되지. 같이 갈까?"

"자네, 진심으로 하는 말인가?"

"전에 말이야, 나보고 세르무즈에 가보라고 하는 예언자가 있더라고. 거기서 중요한 사람이 기다리고 있을 거라나. 그런 말을 듣고 싹 무시하기도 뭣해서 마음에 걸렸거든."

나르디가 눈을 동그랗게 뜨더니 말했다.

"중요한 사람이라면, 거기 자네 짝이 있는 모양인데 그래?"

"농담 마! 나보고 마브릴 족하고 결혼하라고?"

내가 정색을 하자 나르디는 웃음을 참느라 키득거리다가 말했다.

"결혼이란 건, 때가 되기 전에는 누구하고 하게 될지 모르는 거라네. 상대가 마브릴 족이라고 펄쩍 뛰게 될지, 상관없다고 생각하게 될 지는 그때 가보아야 아는 법이지."

"그래도 가능하면 그런 상상은 안 하고 싶다."

나르디는 그냥 웃을 따름이었다. 하지만 나는 마음속으로 정말 세르무즈에 가보는 것은 어떨까 심각하게 생각하기 시작했다.

헤렐이 얘기했을 때는 절대로 안 간다고 잘라 말했지만, 어차피 경험을 쌓으러 세상에 나온 몸이었다. 외국에 갔다 오는 건 내게도 큰 경험이 될 테고, 아버지에게도 훨씬 도움이 되지 않을까?

슬슬 술도 다 떨어지고 일어설 때가 되자 나는 줄곧 하려던 말을 꺼냈다.

"아까, 고마웠어."

"고맙긴 무슨. 서로 주고받은 것뿐이지. 빚 따위는 없다고 생각하네."

"주고받다니?"

"조심하라고 경고해주고, 적의 검을 막아주었지 않은가."

"아니, 내 말이 들렸다면 왜 피하지 않았어?"

"그건······."

나르디의 얼굴에는 사내애들한테 흔히 볼 수 없는 표정이 떠올랐다. 저런 것을 뭐라고 하더라. 그러니까, 소녀들이 잘 짓는 표정이긴 한데······ 그래, 수줍음!

결론을 내고도 스스로 어이가 없었다. 갑자기 수줍음이라니?

"적을 제압할 좋은 기회를 놓치고 싶지 않았거든. 조금 상처를 입게 되더라도 말일세. 만용이라고 한다면 내 대꾸할 말은 없네만."

나르디는 정말로 쑥스럽다는 듯 미소를 짓더니 의자를 밀면서 일어섰다.

"자네와 함께 해서 좋은 밤이었네. 앞길에도 빛이 있길."

"그래. 잘 자."

다시 만나자는 약속을 하진 않았지만, 내일 또 보게 되겠지 싶었다. 하지만 나르디의 인사는 너무 격식을 차린 것 같단 말이야. 그것도 아무 때나.

기진맥진에 술기운까지 겹쳐 방으로 들어간 나를 기다리고 있던 것은 부드러운 침대와 편안한 휴식······일 줄 알았지만, 실은 생각도 못했던 날벼락이었다.

"너, 날 죽이려고 작정했지!"

아아, 주아니를 깜빡 잊고 있었다!

변명의 여지가 없었다. 배낭을 내려놓자마자 주머니에서 튀어나와 침대 한가운데 버티고 선 주아니는 아까 그 깡패들도 단번에 제압할 수 있을 것 같은 눈빛이었다.

"이 나쁜, 악질 모험가 녀석! 함께 떠난 첫날부터 나를 깡그리 잊고서 그래, 혼자서 실컷 먹고 술까지 마시고 응, 친구 만나 노닥거리면서 내가 굶고 있다는 생각은 눈곱만큼도 안 했다 이거지! 길가다 넘어져서 도랑에 머리 박고 죽어 버려!"

나는 갈 데 없는 죄인이 되어 주아니가 하는 말을 다 듣고 있을 수밖에 없었다. 귀엽던 목소리가 화가 나니까 작은 새처럼 높고 날카로워졌다. 이거 이러다가 옆방에 들리면 어쩌지? 여자가 한 방에 있는 줄 알겠는데.

솔직히 처음에 저녁 먹기 시작할 때는 주아니의 것도 챙겨 놨다가 방에 올라가면 줘야겠다고 생각했었다. 그런데 나르디를 만나 술을 마시고, 우연히 싸움이 벌어지고, 게다가 그 싸움이 길어져서 머릿속이 엉망이 되면서 내가 해야만 했던 많은 생각들 중 하필 주아니에 관한 것을 빠뜨리고 말았던 거다. 물론 주아니가 조금만 숫기가 있었어도, 나르디가 있든 말든 이렇게까지 되기 전에 구조 요청을 했겠지만.

"내가 인간을 믿고서 고향을 버리고 오다니, 단단히 미쳤지. 남자들이 처음엔 달콤한 소리로 꾀어도, 일단 같이 살기 시작하면 자기밖에 모르고 여자는 굶든 말든 신경도 안 쓴다더니, 어쩜 그렇게 어른들 말하고 똑같니, 응? 같이 산 지 얼마나 됐다고, 이렇게 굶기고 구박하고, 이럴 줄은 몰랐어. 내 평생 이런 꼴을 당해 보긴 처음이야! 책임져, 책임져, 책임, 책임, 책임져어!"

주아니는 화가 나니까 나 같은 것은 집에나 가야 될 정도로 달변이었다. 하지만 내용은 좀 이상했다. 고향 버리고 따라오라고 한 적도 없고…… 같이 살기 시작하고 어쩌고는 또 무슨 소리야? 책임은 지고 싶긴 한데, 주방에 내려가서 먹을 거라도 갖고 오면 되는 건가?

"그러니까 책임을……."

"어디서 은근슬쩍 넘어가려고 하는 거야!"

흑, 은근슬쩍 넘어가려고 한 적 없는데.

고양이 앞의 쥐가 되어버린 나는—다른 사람이 본다면 쥐 앞의 소로 보일지도 모르지만—어떻게 용서를 빌까 고심했다. 왜 나는 매번 주아니 앞에서 용서를 빌 일만 생기는 거지?

"내가 얼마나 배가 고팠으면 글쎄, 세이지를 뜯어먹었겠어!"

주아니가 내미는 세이지 잎사귀를 본 순간, 갑자기 폭소가 터져나왔다. 풋, 푸하하, 하핫…… 아니, 지금 웃을 상황이 아닌데, 아니, 그렇지만…… 푸히힛, 킥킥, 크크크…….

"파비안?"

세이지 잎에는 조그맣고 동그란 자국들이 조르르 나 있어서 정말 쥐가 파먹은 것하고 똑같았다.

"끅끅…… 푸하하, 하하, 히히힛…….

주아니는 내가 너무 심한 말을 들어서 정신이 이상해졌다고 생각한 모양이었다. 화난 얼굴은 어디로 가고, 눈이 동그래지면서 걱정스런 표정이 되었다. 하긴 나라도 그렇게 생각하겠다. 로아에가 몇십 년을 산들, 인간이 무엇 때문에 웃을 수 있는지 알겠어?

"파비안 너…… 괜찮니?"

"주, 주, 주아니, 내가 잘못, 잘못 했…… 쿡, 했어. 크큭…… 했다니까. 그러니까 용서해 줄까? 아, 아니, 용서해 달라고. 그런 얘기야."

나는 의문문을 아무 데나 써버리는 둥 엉망진창으로 말하면서 계속 킬킬댔다. 이렇게 심하게 웃음이 나오는 건 술기운 탓일지도 모른다. 나르디, 내 술친구, 고맙다. 덕택에 이렇게 생각지도 않게 '은근슬쩍' 넘어가게 되는구나.

"너도 먹을래?"

주아니는 내가 아프다고 생각한 건지 이젠 먹던 세이지까지 내밀었다. 나는 아예 바닥에 굴러 버렸다.

"크하하핫!"

이젠 내가 웃는 소리가 옆방에 들릴 판이었다.

나는 방안을 굴러다닐 정도로 심각하게 웃은 뒤에 간신히 웃음을 멈추었다. 그 동안 주아니는 침대 위에서 세이지를 한 손에 든 채 놀란 토끼 눈이 되어서 나를 내려다보고 있었다. 기다란 세이지를 끌고 침대 끝까지 오는 걸 보니까 영락없는 쥐라서 나는 다시 한 번 웃음을 터뜨릴 뻔했다. 하지만 또 웃음이 나오기 전에 할 말을 하기로 했다.

"주아니, 미안해. 아, 웃어서 미안하고, 또 굶겨서 미안해. 아, 잊어버리고 모른 척해서 미안해. 거기다가 놀라게 해서 또 미안해. 정말 미안해."

"……."

얼굴을 보아하니 아직도 내가 제정신인지 의심하고 있는 게 분명했다. 의심도 의심이지만, 일단 오해부터 풀어야 할 것 같았다.

"이야기부터 하고, 내려가서 뭐라도 먹을 것을 구해다 줄게. 그러니까 내가…… 너, 우리가 같이 살기 시작했다고 했니?"

"그럼 지금 따로 살고 있는 거니?"

"물론…… 그건 그렇지만, 네 말은 그런 뜻이 아닌 것 같아서."

"무슨 뜻?"

불길해지는데.

"난 지금까지, 지금이라고 해도 얼마 되지는 않았지만, 우리가 일종의 '여행 동료'가 되었다고 생각하고 있었거든? 함께 여행하는 친구 말이야, 친구. 혹시 내 말에 틀린 점이 있니?"

"친구지."

다행이군. 불길한 짐작이 들어맞지 않아서.

"특별한 친구."

으음? 이거 다시 불안한데.

"그럼. 인간과 로아에가 친구가 된다는 건 흔한 일이 아니고 특별한 일이지. 그럼, 그럼. 우린 특별한 친구야."

"……."

아, 졸려. 자고 싶다.

조금 전까지 정신이 없어서 잊고 있던 졸음이 한꺼번에 몰려왔다. 나는 눈을 깜박거리면서 주아니를 봤다. 그러나 침대 위의 주아니는 내가 자도록 내버려둘 생각이 없어 보였다. 하고 싶은 말이 있는 것 같기도 한데, 말을 하지 않았다. 하려면 빨리 하지.

"하아아암……."

하품을 참으려고 했지만 저도 모르게 나와 버렸다. 주아니는 나를 빤히 쳐다보더니 결국 입을 열었다.

"남자들은, 여자들의 고민은 조금도 몰라."

아, 그래그래. 네 말이 다 맞아. 날 재워주기만 한다면 무슨 말이라도 다 맞다니까.

"나쁜 녀석. 그렇지만 언젠가는 알게 될 거야."

뭘? 아, 자고 일어나면 모든 걸 알게 될 거야. 그때는 내 머리도 맑아져서 뭐든 다 알게 될 거라고.

"자도 좋지만, 내 저녁은 갖다 주고 자겠지?"

아, 그게 있구나.

"하암…… 로아에는 뭘 먹냐?"

말하는 데 반은 하품이 섞여서 나왔다.

"인간들이 먹는 것은 대부분 다 먹지만, 지금은 단단한 나무 열매가 좋을 것 같아."

듣던 중 반가운 소리라, 나는 아까 먹다가 남아서 주머니에 넣어 온 땅콩을 한 줌 끄집어내었다.

"이거면 돼?"

"…그래."

아아, 너무 잘됐군.

"그… 그럼 이만… 하아아음……."

나는 반장화를 벗고 침대 위로 기어 올라갔다. 벌써 반쯤은 잠든 상태였다. 잠결에 무슨 소리를 들은 것 같기도 한데, 뭐랬더라…….

"너한테 줄 벌은 내일 생각하기로 하겠어……."

나르디가 한 밤 인사의 뜻을 알게 된 건 다음날 점심 무렵이었다.

실컷 잤기 때문이 아니라, 배가 고파서 더 잘 수가 없었기 때문에 일어났다. 반쯤은 눈을 감은 채, 식사하러 내려가자고 할 참으로 옆방의 문을 두드렸지만 대답이 없었다. 아직 자는 건가 싶어 깨우지 않고 홀로 내려갔더니 주인이 편지 같은 것을 건네주었다.

파비안,

오랜만에 행복하게 흐르는 시간을 느끼게 해 준 고귀한 벗에게. 짧은 인사로 정리를 배반할 수밖에 없음을 너그러이 용서하기를.

언젠가 우연이 우리를 도와, 꼭 다시 한 번 재회의 기쁨을 누릴 수 있기를.

축복 깃들인 생명, 영원한 여행, 가는 길마다 익은 과실.

- 나르디.

아, 끔찍스럽게 예스런 말투. 그리고 지금껏 나르디가 해온 갖은 이상한 말들 중에서도 가장 고풍스러운 인사말! 정말, 책에서나 읽어 봤을 법한 인사말이었다. 하긴 지금도 종이에 씌어 있군.

이렇게 헤어지고 만 것이 섭섭했지만 뭐, 인연이 있으면 또 만나는 것이고, 아니면 좋은 추억인 거지. 어라, 내가 이런 멋진 말을 어디서 주워들었지.

"으갸갸갸……."

기지개를 켜면서 주위를 둘러보니 봄처럼 훈훈한 기운이 느껴지는 날씨였다. 홀에는 이른 점심을 먹으려는 사람들이 몇 내려와 있을 뿐이었다. 나는 여관 주인에게 물었다.

"언제쯤 이걸 맡겼어요?"

"아침 먹을 때요. 아침을 먹고서 계산하면서 이걸 주고 나갔지."

와, 녀석. 일찍도 일어났구나. 나보다 더한 놈이네. 모르긴 해도 나보다 더 지독한 어머니 밑에서 컸나 보다.

그러고 보니 위층에 지독한 여자가 한 명 더 있는데 싶어 도로 위층으로 올라갔다.

"주아니."

대답이 없어서 한참 두리번거리다가, 내가 벗어놓은 저고리 위에서 땅콩에 파묻힌 채 자고 있는 주아니를 발견했다. 땅콩 둥지 속의 꼬마 다람쥐처럼, 갈색 로아에에 베개만 한 갈색 땅콩. 어제는 무섭더니 오늘은 귀엽네.

"주아니."

톡톡 두드렸더니 끄응, 하면서 몸을 뒤채다가 땅콩에 머리를 부딪치고는 화들짝 깼다.

"끽!"

아, 맞아. 처음 만났을 때 저런 소리를 냈었지.

"아침, 아니 점심 먹자. 주아니. 오늘도 굶기면 나 죽일 거지?"

"까끄륵…… 아, 파비안이구나."

눈을 비비고 크게 뜨니까 한층 커다랗게 보이는 눈이었다. 내가 얼굴을 가까이 대고 있어서일지도 모르지만. 주아니는 잠깐 동안 내 얼굴을 들여다보고 있더니 손으로 코를 잡고는 뒤로 밀어냈다.

"응? 왜?"

"가서 세수나 먼저 하고 와. 아침은 여기에서 먹자. 난 너랑 같은 거 먹을래."

"아…… 그래."

시킨 대로 세수를 하러 가면서도 이상한 기분이 들었다. 이건 마치 우리 어머니가 나한테…… 아니야, 그거하고도 조금 다른데. 뭐냐, 이 이상한 기분은.

얼굴에 물을 끼얹으면서 내내 잠겼던 생각이었다.

"알았지?"

"아…… 알긴 알았는데……."

그러나 주아니는 대답할 틈도 주지 않고 주머니 속으로 쏙 들어가 버렸다. 이거 참, 애완동물도 아니니 다시 끄집어내기도 그렇고. 자존심은 또 좀 세야 말이지.

주아니와 아침 식사를 하고서 나는 괜찮은 갑옷 하나 갖출 양으로 처음 보아 두었던 상점 골목을 찾았다. 배낭은 여관에 놓아두고, 주아니는 주머니에 집어넣은 채 말이다. 말도 못하고 주머니 속에 있을 걸 그냥 여관에서 기다리지 그러냐는 나의 친절한 권유에도 불구하고 끝끝내 따라나설 것을 고집하니 어쩔 도리가 없었다.

우리 마을에서 간판 있는 상점은 우리 가게랑 게퍼네 사슴 잡화 두 집밖에 없었지만—지금 생각해 보니 시대에 앞서가는 판단이었던 것 같기도 했다—여기는 어딜 가나 간판이 있었다. 재미있는 장식물도 세워 놓았다. 신발 가게 앞에는 허리에 닿을 만큼 커다란 나무 신발, 대장간 앞에는 거인도 못 휘두를 것 같은 나무망치가 걸려 있는 식으로 말이다.

여관 주인에게서 이 도시에서 가장 괜찮은 갑옷을 만드는 장인의 집을 알아 두었다. 한참을 묻고 물어 '드래곤 비늘'이라는 이름의 갑옷 전문점을 찾았다. 갑옷 전문점이 따로 있다는 것 자체도 사실 놀랄 만한 일이었다. 그 옆에는 검 전문점, 마구(馬具) 전문점 등도 줄을 잇고 있었다.

들어가 보니 손님은 나 하나였다.

"뭘 찾나?"

곱슬곱슬한 수염을 턱이 가득하도록 기른 중년 남자가 가죽 갑옷에 기름을 칠하다가 뒤도 돌아보지 않고 한마디 던졌다. 그리 친절한 사람은 아니구나 싶었다. 주로 자기 물건에 자부심이 대단한 사람들이 저렇다. 그런 사람을 대하는 요령은? 저런 주인은 이쪽에서 뻣뻣하게 나가도 웬만해선 기분이 상하지 않는다는 것을 배우는 것이다. 비록 겉으로는 큰 소리를 지르더라도 말이다.

"갑옷 전문점에 갑옷 사러 왔지, 뭐 찾으러 왔겠어요?"

그렇게 말하면서 나는 묻지도 않고 의자를 하나 끌어다가 걸터앉았다. 예상대로 고성이 터졌다.

"남의 가게에서 허락도 받지 않고 앉나!"

예상한 바니까, 대답도 이미 정해 놓았다. 나는 우습다는 표정을 지으면서 말했다.

"당신 가게는 손님이 애걸하기 전에는 앉으란 말도 하지 않는 것 같아서요."

"딱 보니, 허락하지 않아도 앉을 것 같았다."

그제야 주인은 내 쪽으로 돌아앉더니 위아래로 나를 훑어보았다. 곧 이상한 대화가 시작되었다.

"세상 물 별로 먹은 것 같진 않은데 꽤나 약은 녀석이로구나. 어디 보자. 갑옷을 산다고?"

"저, 세상 물 먹을 만큼 먹었어요. 이제 열여덟 살인데 10년 이상 장사를 했걸랑요? 괜찮은 걸로 좀 권해주세요."

"인생의 반을 장사로 보냈다라, 그런 놈이 이제 와서 갑옷은 뭐 하러 사? 돈은 얼마 정도 생각하나?"

"뭐, 떠날 수밖에 없는 상황이 왔으니 갑옷도 필요한 거죠. 이 검 보면 모르시겠어요? 제 몸에 맞고 튼튼한 거면 가격은 적당하게 정하죠."

"검 잡을 줄 안다고 세상에 함부로 나서는 게 아냐. 가게는 어쩌고? 그만 하면 어디 가서 굶지는 않겠다만. 가격은 내가 정하지 네가 정하냐?"

"이미 가게 다 정리했고 돌아갈 데도 없답니다. 적당한 가격이라면 야, 제가 괜히 토를 달 것 같습니까?"

"무슨 사정인지 몰라도, 어디 가서 사기는 안 당할 녀석이군. 가죽이냐, 사슬이냐, 플레이트(plate)냐?"

"그럼 당연하죠. 사기를 치면 쳤지 당할 생각은 요만큼도 없어요. 그리고 제가 그런 것 고를 줄 알면 아저씨한테 묻지도 않고 벌써 샀어요."

"그럼 이리로 와."

우리가 나눈 대화는 철저하게 앞부분은 신상 대화, 뒷부분은 물건에 대한 대화로 나누어져 있었지만, 아무 문제없이 이야기를 잘 주고받고 일어섰다.

"몸이 건장하구나. 키도 크고. 흉갑(Chest Armor)만 장비할 거라면 사슬 갑옷을 권하고 싶다. 여행하는 사람에게 더한 것은 무겁고 좋지 않다."

"갑옷에 대해서라면 저보다 훨씬 안목도 식견도 높으실 테니, 그 말을 따르기로 하죠."

전문가와 만났을 때는 적당히 그의 전문 지식을 인정해주는 것이 대화를 원활하게 하는 지름길이었다.

"그래. 어디 보자, 내가 괜찮은 놈을 어디 남들 못 보는 데다가 잘 숨겨 뒀는데……."

오, 대단한데. 저 말이 만약 장사꾼의 감각에서 나온 말이라면 배워뒀다가 언젠가 써먹어야 할 정도로 괜찮은 발언이야.

검은 수염 주인은 벽에 걸린 수많은 갑옷들은 거들떠보지도 않고 벽 중간쯤에 붙은 여닫이문을 열쇠로 땄다. 의자를 놓고 기어 올라가더니 잠시 보이지 않게 되었다.

곧 그는 상자를 하나 들고 밖으로 나왔다.

"봐라."

나더러 열란 말 같아서 받아든 상자 뚜껑을 열었다. 이거, 상당히 멋진데?

거의 옷감처럼 보일 정도로 가늘게 짠 강철 사슬 갑옷이었다. 이렇게까지 곱게 만들어진 물건은 처음 보았다. 가끔 본 사슬 갑옷들은 손가락만큼 굵직굵직한 사슬들이 엮어지거나, 좀 나은 것이라고 해도 한눈에 구멍이 들여다보일 정도밖에는 안 되던데. 하지만 이건 코가 닿도록 들이대지 않고서는 사슬고리들이 보이지 않을 정도였다. 다만 무게는 꽤 나갔다.

"마음에 드나?"

"비싸겠군요."

"물론이지. 사지 않을 놈한텐 구경시키는 것조차 아까울 정도지."

"사라는 협박처럼 들리는군요."

"당연하다."

나는 물건을 꺼내 들고 이리저리 뒤집어 살펴봤다. 일단 물건에 하자가 없는지 점검해야 하니까. 완벽했다. 확실히 장인이라고 할 만한 자의 솜씨였다. 이걸 직접 만든 걸까? 그렇게 나이가 많아 보이지는 않는데.

"솜씨가 좋으시군요."

"내 솜씨가 아니다. 우리 아버지 솜씨지."

"돌아가셨나요?"

"그래."

"그럼, 꽤나 오래된 물건이겠군요. 아, 돌아가셨다니 정말 안됐어요."

"……."

얼굴에 아주 잠깐이지만 완벽한 애도의 표정을 지은 뒤, 나는 재빨리 값을 깎을 것을 궁리했다.

"돌아가신 지 얼마나 되셨어요?"

"……3년 되었다."

"아, 그렇군요."

검은 수염의 얼굴을 보아하니 벌써 나한테 한 수 넘어가기 시작한 것을 스스로도 눈치챈 듯, 그다지 즐거운 표정은 아니었다. 저런, 즐거운 마음으로 물건을 파셔야지.

"어쨌든, 장인의 물건을 보게 되어서 참 기분 좋네요. 그런데 얼마 부르실 참이에요?"

"5백 존드다. 한 푼도 더 깎을 수 없어."

한 푼도? 이건 내가 잘 쓰던 말이잖아.

나는 생각해 봤다. 5백 존드가 비싼 걸까. 싼 건 아니지. 보통 사슬 갑옷 가격이 3백 존드 정도는 하고, 좋은 가죽도 1백 50존드는 하니까 두 배 정도 가격인 셈인데, 그만한 가치가 없어 보이지는 않았다. 그렇지만 가만히 따져보니 플레이트 갑옷과 맞먹는 가격이었다. 사슬 갑옷으로는 최고급일 테지.

그러나 그만한 가치가 있다면, 4백 존드 정도로 깎아 볼 가치도 있는 법이다.

"하, 만든 지 3년이나 된 물건에 5백을 달라고요? 아냐, 3년이라니, 설마 돌아가시기 전날 밤 이걸 만드신 건 아니겠죠?"

"그건 네가 알 바 아냐."

"이게 겉으로는 그럴 듯해 보여도 내년이면 못쓰게 될지 누가 알아요?"

나는 물건을 상자 위에 내려놓은 다음에 검은 수염의 눈을 주시했다. 그의 눈동자가 약간 흔들리더니 말했다.

"싫으면 사지 않으면 그만이야."

그는 물건을 도로 챙겨 넣으려 했다. 안 될 말이지. 나는 급하게 주인의 손목을 잡으면서 고개를 흔들었다.

"성급하게 그러시지 말라고요. 세월이 간다고 이걸 팔 기회가 늘어나는 건 아닐 테니까."

내 말이 효과가 있었는지 그의 손이 좀 느려졌다. 어쨌든 그는 내 손을 밀어내고 도로 갑옷을 잘 개어서 상자에 집어넣었다. 천천히, 비록 천천히 하긴 했지만 말이다.

나는 모르는 척 내버려두고 의자에 앉은 자세로 되돌아갔다.

"지금까지 몇 번이나 이걸 팔려고 해 보셨어요?"

"쓸데없는 것 묻지 말아!"

주인은 벌컥 화를 냈지만, 그가 화를 내는 이유는 뻔했다. 뭐, 나도 그가 대답할 거라 생각하고 묻진 않았다. 그저 이걸 팔 기회가 별로 없었다는 것을 상기시키기만 하면 그만인 것이다.

이번에는 어깨 너머로 멋쟁이 검 손잡이를 만지작거리다가 말했다.

"여기에 잠깐만 손 대 보시겠어요? 잡으면 안 되고, 살짝만."

선량한 사람을 다치게 할 생각은 없으니 말이다. 주인은 무심한 눈으로 나를 흘끗 보더니 손을 얹었다.

"으갸앗! 뜨거!"

"……."

이 시점에서 절대 웃으면 안 된다. 나는 진지한 표정으로 고개를 끄덕거렸다. 그리고 가볍게 말했다.

"뜨겁죠?"

"이, 이런 검이, 도대체 저건 뭐야?"

나는 내 검 손잡이를 잡았다. 그리고 검은 수염의 눈이 둥그레지는 것을 보면서 천천히 쓰다듬었다.

"자, 자네는……."

"아시겠죠? 이건 상당히 보기 드문 물건이거든요."

비싼 갑옷을 사는 여행자, 그것도 이런 신기한 검까지 가진 모험가가 세상에 그렇게 많을 리가 없고, 그가 마침 갑옷이 없어서 새로 사려 하는 상황도 자주 있을 리 없었다. 즉, '이런 사람을 또 만나서 이런 비싼 갑옷을 팔아먹을 기회가 그렇게 많을까요, 아저씨?'라는 말을 대신한 것이다. 이런 때 멋쟁이 검 안 써먹으면 어디다 써먹겠어?

주인은 심각하게 고민하는 표정이 되었다.

"흐음…… 4백 80존드."

"3백 50존드입니다. 그 이상은 안돼요."

"말도 안 돼! 3백 50존드라니, 여기에 들인 정성이 얼만데! 만드는데 꼬박 1년은 걸렸어! 조그만 녀석이 사기를 치려고!"

조그맣다니, 아저씨보다 더 큰 키가 안보이시나요.

하지만 거짓말은 아닐 것 같았다. 갑옷 만드는 법은 잘 모르지만 말이다. 나는 고개를 흔들며 말했다.

"3백 50, 3백 50."

"3백 50 갖고는 가서 가죽 갑옷이나 알아봐!"

다시 상자 뚜껑을 덮으려는 팔을 이번에는 가볍게 잡으면서 고개를 흔들어 보였다.

"저도 '이거 아니면 살 거 없는 줄 아냐?' 이런 식으로 야비하게 말하는 놈은 아니에요. 좋은 물건이니까 사고 싶다 그겁니다. 그러니까 서로한테 좋은 가격을 이야기해보자 이거예요. 성급하게 그러지 마시고."

주인은 내 손을 뿌리치고 상자 뚜껑을 덮었다. 그러나 다시 갖다 넣지는 않았다. 그는 잠시 천장을 쳐다보더니 말했다.

"으음…… 4백 50. 더 양보는 없어."

"저도 3백 70. 더 양보는 없다고요."

그런 다음 우리 둘은 한동안 서로의 눈을 쏘아보고 있었다. 눈싸움이다. 여기서 지면 지금까지 한 거 말짱 헛것 된다.

이런 상황에서의 눈싸움이란 깡패들이 싸우기 전에 하는 눈싸움하고는 달랐다. 지지 않겠다는 투지를 내보이는 것이 아니라, 서로의 마음을 봐야 했다. 나는 '정말로', '진심으로', '아주 정직하게' 이 가격이 적정선이라 생각한다, 그러므로 당신은 지금 무리한 요구를 하고 있다, 이런 말을 전달해야만 하는 것이다.

음…… 전달되었나 보다.

"자네는 지금 4백 존드를 원하고 있군. 그렇지?"

어라, 이상한 쪽으로 전달되었네?

"그렇지만 양심적으로 생각해 봐라. 보통 괜찮은 사슬 갑옷의 가격이 3백 50존드다. 4백 존드에 이걸 넘긴다는 것은 돌아가신 아버지를 생각해서라도 내 양심이 허락하지 않는다."

검은 수염은 갑작스레 이상한 쪽으로 나를 설득하려 하고 있었다. 나는 마음을 단단히 다지면서 넘어가지 않으려 했지만…… 으으음…… 이게 아닌데, 이거야 정말…….

"……좋아요. 4백 20이에요."

최근에 어머니가 돌아가시지만 않았어도 이런 말에 넘어가지 않았을 텐데. 그래도 이만하면 많이 깎은 셈이니 참아야겠다.

상점 순례를 끝냈다. 사슬 갑옷 외에도 긴 망토를 한 벌 샀다. 몸 전체에 두를 수 있는 두건 달린 망토인데 바깥쪽에 가죽이 덧대어져 있었다. 무겁지 않을까 싶기도 했는데 그만하면 괜찮은데다, 노숙에도 그만일 것처럼 보여서 사고 말았다. 입고 다니면 어깨 힘이라도 기르겠지.

참, 사슬 갑옷도 있는 걸 고려 안 했군. 어깨 힘이 좀 많이 길러지겠다.

그리고 주아니가 주문한 견과 열매들…… 이걸 사 모으는데 무려 세 시간은 걸렸다. 생각해 보면 벌다운 벌이긴 했다. 다시는 굶기지 못하도록 도시락을 만들어서 달라니. 하지만 그걸 꼭 종류별로 모아야 하는 이유는 뭘까. 아마 궁극적인 벌의 내용은 바로 이 부분일 것 같다.

밤, 호두, 땅콩, 도토리, 개암, 대추야자 등으로 주머니 하나를 채운 나는 일단 여관으로 돌아가기로 했다.

여관에 들어서려는데 낯선 남자 둘이 내 앞을 막았다. 한 사람이 물었다.

"혹시 자네가 파비안인가?"

대답해도 좋은 것인지 알 수 없어 머뭇거렸다.

"아, 저 그……."

"찾는 사람이 있으니, 같이 가자."

내가 대답하든 말든, 그 쪽에서는 이미 내가 파비안이라고 결론을 내린 모양이었다. 그런데 낯선 도시 한복판에서 누가 날 찾는단 말인가?

"누가 날 찾는데요?"

"가 보면 알아."

"당신네들이 누군지 알고 내가 따라가요?"

녀석들이 서로 얼굴을 마주보고 웃는 것이 보였다. 유괴당할 나이는 지났는데.

"네 아버지가 보냈다면 믿겠나?"

"……뭐라고요?"

나는 새삼 나타난 사람들을 쳐다보았다. 하지만 내가 본 기사들과는 분위기부터 달랐다. 기사단보다는 도둑단에 가까워 보이는데.

"의심 많은 녀석이군."

갑자기 다른 남자 둘이 더 튀어나왔다. 상황을 판단하기도 전에 또 다른 남자가 뭔가 단단한 걸로 내 머리를 후려갈겼다.

"끌고 가라."

희미하게 마지막 목소리가 들렸다.

7. 도둑들의 미로

주위는 깜깜했다. 나는 벌떡 일어나 앉았다. 여기가 어디지? 주아니
는 괜찮을까?

"주아니?"

다행히 곧 대답이 있었다.

"파비안, 깼어?"

겉옷 주머니 안에서 들리는 목소리 같지는 않았다. 더듬더듬 하다가
벽에 머리를 부딪쳤다. 윽, 별이 번쩍 하는군.

"아이쿠……."

로아에는 밤눈이 밝은지 주아니가 먼저 내게 다가왔다. 다만 내가
벽에 머리를 박는 것을 보고, 자칫 깔릴지도 모른다 싶어 일정 거리를
두고 멈춘 모양이었다. 난 피식 웃었다.

"가만히 있을게. 이쪽으로 와봐."

주아니가 주머니 안으로 들어오자 주변을 더듬거려 봤지만 배낭도 없고, 새로 산 물건들도 없었다. 이렇게 갇힌 것보다 일단 비싸게 주고 산 물건들 때문에 화가 벌컥 치밀었다. 신경질적으로 바닥에 주저앉는데, 내 저고리 주머니에서 묵직한 뭔가가 흔들거리는 것이 느껴졌다.

쳇, 기껏 견과 꾸러미잖아.

"주아니, 혹시 오는 동안 여기가 어딘지 못 봤니?"

"내다보진 못했어. 빙빙 돌아서 기억도 잘 안 나고. 너 오랫동안 잠들어 있었어. 벌써 저녁때쯤 됐겠다."

배가 고파 오는 걸 보니 맞는 말 같았다.

"나를 습격한 사람은 몇 명이야?"

"다섯 명."

나 하나를 잡으려고 다섯 명이라니 너무했다. 그건 그렇고 이런 식으로 끌고 오는 걸 보니, 아버지가 보냈다는 말은 거짓말이라고 확신할 수 있었다. 쳇, 아버지란 말에 방심하지만 않았어도 이렇게 쉽게 당하지는 않았을 텐데.

그러면 이놈들은 누굴까? 어제의 싸움과 관계있는 놈들인가? 어제 나르디하고 서로 실컷 불러댔으니 내 이름을 알 수는 있겠지만, 그 녀석들이 아버지 일을 어떻게 알 수 있지? 아니야, 아버지는 누구한테든 있으니까 그냥 아무 말이나 해본 거 아냐?

머리가 복잡해져 버렸다.

"그럼, 그거 말고 뭐 아는 거 없어?"

"여기가 지하라는 것. 문은 저쪽이야. 잠겼을 테니 별로 도움은 안 되겠지만."

어둠 속이라 한참 동안 주아니와 함께 더듬거리고서야 '저쪽'이 어디인지 알 수 있었다. 그런데 문이 바닥에 있었다.

"바닥?"

"응."

"지하라면서?"

"지하도 여러 층인가 보지."

꽤나 복잡한 건물인가 보다. 여긴 어딜까? 깡패 소굴이라 해도 보통 깡패 소굴은 아닌 것 같았다. 하지만 어제 싸웠던 그 녀석들은 보통 깡패였는데.

결론을 못 내리고 헤매고 있는 중인데, 갑자기 정면에서 문이 덜컥 열리는 것이 보였다. 뭐야, 문이 두 개야?

나는 후닥닥 뒤로 물러섰다.

"실컷 잤나?"

빛이 들어온 쪽을 자세히 보니, 열린 문과 내가 갇혀 있는 곳 사이에는 강철 창살이 있었다. 또다시 다섯 명쯤 되는 남자들이 창살에 달린 문을 열고 들어오더니 나를 묶어 끌고 나갔다. 그것도 눈까지 가린 채로.

이상스러운 미로를 한참 끌려가고 나니, 밝은 곳이 나왔다. 의자 위에 거칠게 앉혀지고, 손이 뒤로 묶인 뒤에야 눈가리개가 풀렸다.

"……."

가구라고는 의자밖에 없고, 주위는 나무 칸막이로 막힌 방이었다. 방금 전까지 어두운 곳에 있다가 나온 나에게는 지나치게 밝은 램프가 머리 위에 걸려 있었다.

　마주 놓인 의자에 앉은 사람이 보였다. 붉은 머리카락에 날카롭게 치켜 올라간 눈초리가 인상적인, 내 나이 정도로밖에 보이지 않는 사내였다.

　"파비안…… 그러니까, 파비안인가, 네가?"

　뻔히 알면서 만났다 하면 남의 이름을 물어대는 놈들이었다. 몇 번을 봐도 이름 따위 묻지 않는 우리 영지의 누군가와는 완전히 딴판이야.

　성격 좋은 내가 참는 수밖에 없는 듯해서 대답해 주었다.

　"내가 파비안 맞아."

　퍼억!

　말이 끝나기가 무섭게 나는 한 대 얻어맞았다. 주먹이 오른쪽 뺨을 치자 눈에서 불이 번쩍 했다. 내 이름이 파비안인 것이 잘못이란 말이야?

　"그래, 네가 파비안이군."

　붉은 머리의 양쪽에는 두 남자가 보호라도 하듯 서 있었는데 나를 때린 건 그중 오른쪽에 선 사람이었다. 혀끝에 찝찔한 맛이 느껴지는 걸 보니 입 안에서 어제의 상처가 터져 피가 흐르는 모양이었다.

　의자에 앉은 붉은 머리가 말했다.

　"비협조의 벌이다."

　"비협조라니? 뭘 협조했어야 한단 거야?"

　"네가 얌전히 내가 보낸 사람들의 뒤를 따라왔더라면 이렇게 다룰 생각은 없었어. 그저 이야기나 했을 텐데. 이런 모양새를 만들어 내도록 나를 꽤나 귀찮게 하지 않았는가."

나는 웃기지도 않아서 턱이 얼얼한 것도 무릅쓰고 한 마디 쏘아붙였다.

"한마디 상의도 없이 때려서 끌고 온 주제에, 평화로운 대화를 기대했다고 말하고 있는 거냐? 이 따위 상황에서 그런 판단이나 하고 자빠진 놈이 있다면, 어느 구석에 끌려가 쥐도 새도 모르게 죽어나간대도 따질 자격조차 없을 거다."

퍼억!

또다시 옆에 선 남자의 손이 움직이더니 이번엔 내 왼쪽 뺨을 쳤다. 눈앞이 핑 돌더니 얼굴 전체가 화끈했다.

"남의 기분도 모르고 건방지게 떠드는 벌이다."

그렇게 말하는 녀석은 기분 나쁘게도 손끝 하나 까딱이지 않았다. 여기가 엠버리 영지고, 네가 잘난 영주 아들놈이라 해도 이렇게는 못할 거다. 그러고 보니 말투도 아르노윌트와 닮은꼴이구나.

"남의 기분도 모르고 건방지게 때리는 데 대한 벌은 없냐?"

돌아올 대답은 하나뿐이었다. 퍼억!

몸속에서 오기가 끓어올랐다. 이어 녀석이 한 말은 내 투지에 불을 붙이기에 충분했다.

"더 맞고 싶은 모양이로구나."

잠깐 눈을 감았다. 목구멍으로 끓어오르는 뭔가를 꿀꺽 삼킨 뒤 한숨을 한 번 토하고 말했다.

"건방지고 뻔뻔스럽게 말할 때마다 한 대. 그러니까 지금까지 네가 번 매는 도합 네 대."

"뭐?"

무슨 소린지 모르겠냐? 계산을 못하는 걸 보니 넌 죽었다 깨어나도 점원은 못 될 거다.

"지금은 좀 사정이 있어서 나중으로 예약해 놓겠다. 내일 정도는 어때?"

녀석의 얼굴 표정을 보니 그제야 알아들은 모양이었다. 대가가 돌아왔다.

퍼억!

나는 지지 않고 소리쳤다.

"용건을 말해, 용건을! 난 바쁘니까 자꾸 이렇게 지체하는 데 대한 벌로 다섯 대는 더 예약해 놓겠어!"

퍼억! 퍼억!

"거기다가 네가 지금까지 때린 여섯 대에, 이자로 세 대만 붙여서, 모두 아홉 대는 내가 우선순위로 예약할 거야!"

퍼억!

"조용히 못해?"

"거기다가 내가 황공하게도 너 같은 녀석을 때려 주는 데 대한 보상으로 한 대! 이런 예약을 내가 기억해야 되니 내 기억 창고 사용료로 한 대! 방금 또 뻔뻔스런 소리 한 마디 했으니 또 한 대! 내일까지 기다리느라 내가 느낄 짜증의 대가로 또 한 대!"

쿠당탕!

나는 아예 의자 째로 넘어가 버렸다. 손이 묶인 채로 마룻바닥에 처박히니 보통 아픈 것이 아니었다. 이런 상황에서도 덧셈이 되는 나 자신이 존경스러웠다. 지금까지 스물 두 대나 벌었어, 친구.

"방금 충격으로 머리가 아파서 기억을 유지하기 어려우니 또 한 대! 방금 때린 한 대도 추가! 오늘은 가격이 싸기도 해요! 오늘 같은 날 평생 맞고 싶던 매 다 벌어보시지 그래? 아주 싸다 싸!"

내 목소리는 악에 받친 나머지 방 안을 쩌렁쩌렁 울렸다. 나도 나한테 이런 성깔이 있는 줄은 몰랐다. 하지만 내 앞에 앉은 녀석도 놀란 모양이었다. 당황한 듯 고개를 갸웃거리다가 재빨리 저으며 말했다.

"그렇게까지 맞고 싶다면 그냥 입 다물고 있어도 때려줄 수 있어."

"누가 할 소리."

웬만큼 맞아도 고집을 꺾지 않겠다는 의지를 분명히 하자, 상대는 전략을 달리하기로 마음먹은 모양이었다. 나를 때리던 오른쪽 남자를 물러서게 하고, 왼쪽 남자를 손가락으로 부르더니 뭔가 귓속말을 했다. 남자는 옆문으로 나가더니 뭔가를 잔뜩 들고 다시 들어왔다. 내 짐들이었다. 새로 산 사슬 갑옷, 아버지가 주신 장갑, 가죽 망토, 그리고 저건!

"도, 돌려줘!"

순간 반쯤 눈이 뒤집혀 벌떡 일어나려 했지만, 일어날 수가 없었기 때문에 몸을 힘껏 뒤틀었다.

"이 도둑놈들! 돌려주지 못해!"

붉은 머리가 의자에서 친히 일어나 내 앞으로 다가왔다. 그의 손에 아버지가 내게 준 사계절의 목걸이가 있었다.

"이게 갖고 싶나?"

저게 없어졌다는 것을 깨닫지 못하고 있었다. 저걸 노리는 저 녀석의 정체는 뭐지?

"일으켜 줘라."

두 남자가 다가와 내가 묶인 의자를 번쩍 들더니 다시 바로 세웠다. 그러는 동안 목걸이는 녀석의 손가락에 걸린 채 내 눈앞에서 흔들리고 있었다.

"너무 걱정하지 마라. 곧 돌려줄 테니."

"……돌려준다고?"

귀를 의심하게 하는 소리였다.

"그래, 돌려준다. 내 말에 제대로 대답하기만 하면."

그제야 심문자답게 우위를 점했다고 생각했는지, 녀석의 얼굴에 만족한 표정이 떠올랐다. 다시 의자로 돌아가 앉은 그는 목걸이의 사슬을 손가락에 감아 흔들거리게 하며 물었다.

"이 목걸이는 무엇에 쓰는 것이냐?"

첫 질문부터 말문이 막히고 말았다. 목걸이는 목에 거는 것이지, 하고 대답해 봤자 귀찮은 말만 길어질 테고, 뭘 묻는 것인지는 알겠는데, 대답할 말이 없었다.

"그건…… 나도 몰라."

예상대로 상대방의 눈초리가 올라갔다.

"이걸 돌려받고 싶지 않은 모양이지?"

우스운 소리였다. 그게 뭐든 쓸 만한 거란 게 판명된다면 네 녀석들이 돌려줄 리가 없잖아.

어쨌든 난 솔직하게 대답했다.

"용도 같은 건 아무도 가르쳐주지 않았어. 전설의 물건이라고 들었을 뿐이라고. 그건 나뿐 아니라 아무도 아는 사람이 없을 테니 다른 질문을 해라."

붉은 머리는 잠깐 생각하는 눈치더니 다시 물었다.

"그럼 이 보석의 용도는 뭐지?"

이번에도 모른다고 하면 좋은 일이 없을 것 같아 대충 머리를 굴렸다.

"그것은 봄이다."

"뭐야?"

"네 계절에 해당하는 보석을 모두 찾아 넣어야 무슨 힘이 있는지 알 수 있게 되는 거야. 혹시 네가 알면 나한테도 가르쳐 주든지."

"아룬드나얀(Arundnayan), 사계절의 목걸이란 그런 뜻인가?"

그가 중얼거리듯 내뱉은 말 가운데 내 귀에 민감하게 잡히는 단어가 있었다. 아룬드나얀?

"그게…… 이름이야?"

"사계절의 목걸이, 아룬드나얀. 에제키엘의 네 개의 눈동자라고 불리는 네 보석의 주인. 에제키엘의 다른 이름은 '사계절의 왕'이라는 것을 너는 모른단 말이냐?"

나는 눈만 깜빡거렸다.

"에제키엘의 다른 이름이라고는 '영원의 구속자' 밖에 모르는데."

"영원의 구속자, 사계절의 왕, 검은 포도의 아들, 이 말고도 에제키엘의 이름은 많아. 모두 각각 다른 뜻이 있지. 너는 도대체 아는 게 뭐냐?"

누가 누구에게 정보를 주기 위해 끌려온 건지 궁금해지는 순간이었다.

갑자기 자기가 아는 이야기들을 신나게 늘어놓기 시작하는 그를 보면서 어차피 이렇게 된 거 나라도 궁금한 걸 물어보자 싶었다. 목걸이나 에제키엘에 대해 이야기하는 것으로는 모자랐는지, 녀석은 우리 아버지에 대한 정보라면 모조리 알고 있다는 자랑은 물론이고 어제 나와 나르디가 깡패들을 두들겨 팬 것 때문에 날 쉽게 찾았다는 이야기까지 늘어놓고 있었다. 거기다가 여기는 이베카 시의 도둑들이 결성한 길드(guild)의 비밀스런 집이며, 자기가 이 조직을 이용하는 이상 그 정도 정보를 입수하는 것은 식은 죽 먹기라나 뭐라나.

"이런 내가 누구인지 궁금하겠지?"

녀석이 뭐든 자랑하고 싶어 하는 기분을 맞춰주면 대답도 쉽게 나오겠지 싶어 친절하게 고개를 끄덕였다.

"궁금해."

내가 미처 생각하지 못한 점이 있었다. 나를 가소롭다는 듯 훑어보다가, 은혜라도 베푸는 것처럼 말을 꺼내는 녀석의 얼굴이 꽤나 역겨우리라는 점.

"이름만으로도 빛나는 님-나르시냐크 구원 기사단의 부단장 한젤 리안센의 둘째 아들 티무르 리안센. 그게 내 이름이다."

구원 기사단과 관계있는 사람이라는 말을 들으니 어이가 없었다. 그러면서 나를 이렇게 대했단 말이야?

"네 아버지를 자랑하고 싶은 거라면, 적어도 같은 기사단 단장의 아들 앞에서는 그만두는 편이 낫지 않냐?"

"무슨 소리! 네가 기사단장님의 아들이라고 믿는 건 네 녀석 하나밖에 없어. 감히 누구의 아들이라고 떠드는 거야?"

생각지도 못한 말을 듣고 나는 당황했다.

"물론 지금은…… 아직 떨어져 있지만, 언젠가는 아버지 곁으로 돌아갈 거란 말이다. 게다가 이 문제에 네가 참견할 필요는 없다고 보는데."

티무르의 얼굴에 경멸 어린 표정이 순식간에 스치고 지나갔다.

"흥. 하르얀이 그러도록 너를 가만히 두는가 보자."

"하르얀? 그게 누군데?"

티무르는 어린 소년처럼 입술을 멋대로 비죽거리더니, 나를 놀리겠다는 의도가 다분한 어조로 말을 이었다.

"정말 관대하게 말했을 때 네 동생 되는 하르얀이다. 하르얀 나르시냐크, 단장님의 아들은 그쪽이란 말이다. 네가 아니라. 장담하건대 절대로 하르얀이 너를 형이라고 생각할 리는 없겠지만 말야."

어렴풋이 예상했던 것 같다. 이런 상황. 하지만 직접 듣는 충격과는 달랐다. 인정받기 힘든 아들이라는 걸 몰랐던 건 아닌데, 동생이 그렇게 생각한다는 말을 듣는 순간 마음속에서 뭔가가 울컥했다.

동생에게 환영받긴 힘들 거라고 생각했으면서도, 그래도 환영해 줬으면 하는 마음이 한 가닥이나마 있었던 것일지도 모른다. 어떤 사람인지도 몰랐던 아버지를 만나고 싶었던 그 기분으로, 생면부지인 혈육을 멋대로 생각했던 것일지도 모른다. 하르얀이라. 이런 곳에서, 이런 기분으로 동생의 이름을 듣게 되고 싶진 않았는데.

"그래. 형으로 생각하지 않으면 어쩔 테냐. 아버지는 날 인정했어. 그걸 뒤집고 싶어 날 죽여 없애기라도 하겠다는 거냐."

내 목소리가 착 가라앉은 것을 티무르도 눈치챘다. 그런데 의기양양하게 웃거나 하지는 않았다.

"그런 번거로운 일을 내가 왜? 그런 건 형제끼리 알아서 하라고. 난 말야, 처음 말한 것처럼 네가 어떤 놈인지 보고 싶었을 뿐이야."

나는 어린애 보듯 한심한 눈빛을 보냈다.

"그 말을 나더러 믿으란 거냐? 그럼 너와 하르얀은 무슨 사이인데? 아니, 그것 말고도 좀 묻자. 도대체 내 존재를 어떻게 안 거냐? 아버지가 날 찾아낸 것도 바로 얼마 전의 일인데, 어떻게 너나 하르얀이 내 일을 알고 있는 거지?"

"너 같은 녀석들은 알 수 없는 방법이 다 있어."

저렇게 말하고 말 것 같으면 티무르 리안센이 아니지.

"……여긴 말야, 도둑 길드라고. 도둑은 말야, 누구보다도 정보가 빠르기 마련이야. 그렇게 모인 정보는 길드에서 교환되고, 결국 내 귀에 다 들어오지. 네가 단장님을 만난 트뢰멜에는 도둑 길드가 없을 것 같아? 다 정보가 오고 가게 되어 있어. 네가 저 엠버리인가 하는 곳을 떠나기도 전에 난 너에 대해 알고 있었지. 뭐, 내가 하르얀하고 얘기해 본 건 아니야. 하지만 그도 지금쯤은 알고 있지 않을까. 그쪽에도 정보 모으는 방법은 다 있으니 말야."

"꽤나 훌륭하셔서 좋겠구나. 그래서 넌 하르얀의 뒷일이나 처리해 주는 부하냐?"

"웃기지 마. 녀석은 그냥 친구라고."

친구라고 해도 아마 위아래가 분명한 친구일 것 같았다. 티무르가 지금 저지른 짓을 봐도 그렇고, 아버지들이 단장과 부단장으로 위계가 뚜렷하니 말이다.

"그래, 네 말을 듣다보니 생각났는데, 형제 상봉 어때? 하르얀이 곧 이쪽으로 올 예정이거든. 열흘 정도 기다리면 될 테니까 얌전히 지내보라고."

주아니는 내가 말없이 구석에 쭈그리고 있으니까 불안한 모양이었다.

"파비안, 왜 그래? 무슨 걱정을 하는 거야?"

내가 설명한댔자 네가 알아듣겠냐.

주아니는 내가 계속 대답하지 않자 포기했는지 불안하게 주머니 안에서 꼬물거리기만 했다.

하르얀 나르시냐크, 공식적인 님-나르시냐크 구원 기사단장의 아들. 나보다 고작 한 살이 적다.

그래, 이해는 한다. 마음에 드는 것과는 별개일지 몰라도. 17년 동안 아들은 자기밖에 없다고 생각하다가 갑자기 시골뜨기가 형이라고 나타난다면 불쾌할 수도 있겠지. 어머니도 다르고 말야.

그렇다면 더더욱 이런 데서 상봉할 수는 없었다. 티무르가 하르얀의 비위를 맞춰보려고 저지른 일이든, 애들 같은 호기심으로 시작했는데 하르얀에게 넘기면 더 낫겠다고 생각했든, 둘 다 행복한 상봉이 예상되는 상황은 아니었다. 어느 쪽이든 하르얀이 나를 이런 데서 만나도 좋다고 생각한다는 전제가 필요하니까. 마음 내키면 쓱싹 없애버릴 수도 있는 편리한 이런 곳 말이야.

저 녀석들은 이런 방법이 정말로 마음에 드는 걸까? 세도가의 아들로 자란 값인 모양이지? 나라면 적어도 이렇게 하지 않았을 거다. 물론 가난하고 평범하게 자랐기 때문일 수도 있지만.

목걸이도 문제였다. 티무르는 예상대로, 목걸이는 자기가 잠시 맡아둘 테니 하르얀에게 돌려받으라며 싱글거렸다. 아무래도 이놈은 나와 하르얀이 만나 어떤 일을 벌일지, 신나는 구경거리라도 기다리는 놈 같았다.

목걸이는 집안의 보물이니 하르얀이 모를 리가 없고, 내 손에 있는 것 또한 좋게 여길 리 없었다. 하지만 날 정말로 죽여 버릴 생각이 아니라면 빼앗아 봤자 아버지에게 의심만 받게 될 텐데. 하지만 적어도 내가 바보라는 것을 아버지에게 증명할 수는 있겠지.

녀석들이 날 죽이려고 하는 것이든, 바보로 만들려고 하는 것이든, 어느 쪽도 결과가 나빴다. 결국 빠져나가야만 한다는 결론이 섰다. 물론 목걸이도 되찾아서.

다시 갇힌 방은 처음에 갇혔던 곳과 달랐지만, 어디인지 모른다는 점에선 마찬가지였다. 눈을 가린 채 한참이나 빙빙 돌았기 때문에 방향도 알 수 없었다. 다행히 나아진 거라면, 철창 따위는 보이지 않고 어디선가 빛이 새어 들어온다는 점이었다.

"주아니."

"응, 응?"

내가 오랜만에 입을 열자 주아니는 반색을 했다.

"빠져나가야겠어."

얼굴이 잘 안 보이긴 하지만 주아니의 침묵은 '당연하지, 그걸 말이라고 하냐?' 라는 의미 같군.

빛이 새어 들어오는 곳을 살펴보니 천장과 벽의 이음매 부분이었다. 틈새가 벌어져 있어서 그 사이로 윗방의 빛이 새어 들어오고 있었다. 손가락 두 마디 정도의 틈이었다.

"주아니, 이리로 와볼래?"

잠시 후 주아니는 내가 한껏 위로 쳐든 손바닥 위에 발돋움까지 하고 서서 윗방을 엿보는데 성공했다. 아, 주아니, 솔직하게 하는 말인데 네가 이런데 도움이 될 줄은 정말 몰랐다.

"아무도 없어."

"아무것도 없어?"

"의자뿐이야."

내가 아까 있던 방이랑 비슷한 곳이지 싶었다. 여긴 그런 심문실이 많을지도 모르니까. 혹시 내가 있던 방도 이 근처일까?

그런데 주아니가 입을 열더니 결정적인 말을 했다.

"어라, 어디서 많이 보던 데 같은데?"

"뭐?"

로아에들의 기억력에 대해서 들은 바는 없지만, 기억이 상당히 느리게 돌아온다는 점만은 확신할 수 있게 됐다.

"웃기는 놈들이네. 바로 아랫방으로 데려오면서 그렇게 빙빙 돌았단 말이지?"

주아니의 설명을 대강 들어 본 결과 윗방이 내가 있던 방임에 분명하다는 결론을 내렸다. 그러니 내 물건들도 근처에 있을 것 같았다. 하지만 어떻게 나간담.

"어, 누가 들어왔어!"

주아니가 잽싸게 고개를 수그리면서 속삭였다.

"야, 수그리면 어떻게 해. 누가 들어왔는지 봐야지."

"들키면 큰일이잖아."

정말 하고 싶은 말이 있었는데 참았다. '누가 네 조그만 머리를 발견하겠냐?'

대신 나는 이렇게 말했다.

"조심해서 봐."

"어라, 어디서 많이 보던 자들인데?"

……주아니가 더 설명하지 않아도 나는 들어온 사람들이 누구인지 짐작해 버렸다. 조금만 더 느긋했다면 이렇게 묻고 싶은데. '혹시 빨간 머리 아니냐?'

"이야기를 하고 있어."

"난 아무 소리도 안 들리는데?"

"쉿, 조용히 해봐. 너 때문에 안 들리잖아. 로아에의 귀를 뭐로 아는 거야?"

입을 꾹 다문 채 혹시나 하고 귀를 기울였지만, 한가로운 모기 한 마리가 날갯짓하는 소리도 안 들렸다. 한참 뒤에 주아니가 핀잔처럼 말했다.

"로아에는 일생 동안 도망갈 일이 굉장히 많아. 토끼나 쥐보다 훨씬 더하지. 인간이야 말할 것도 없고. 귀가 밝은 것만은 다른 종족과 비교도 할 수 없어."

결국 안 들리는 이야기는 로아에 족에게 맡기기로 하고, 나는 나갈 계획을 생각하기 시작했다. 상황은 매우 단순했다.

문이 잠겨 있다 → 열쇠가 없다 → 열쇠 대용으로 쓸 만한 것도 없다 → 문은 부술 만하게 생기지 않은 철문이다 → 설상가상으로 무기도 없다 → 게다가 속여먹을 만한 지키는 놈조차 없다.

잠깐, 마지막 부분은 좀 이상한데?

지키는 놈이 있고 그놈이 어벙한 놈이라면 수를 써 볼 수 있을지도 모른다는 생각이지만, 사실 지키는 사람이 없는 쪽이 더 좋은 것 아닌가? 아냐, 지금같이 손쓸 구석이 전혀 없는 상황에서는 누구라도 있는 편이 나은 건가?

어쨌거나 누구라도 있어서 나에게 속아 열쇠를 갖다 주는 편이 좋을 것 같았다. 속인다는 게 가능한 건가 하는 점은 일단 제쳐두고 말이다.

"파비안, 나 내려줘."

주아니와 구석에 주저앉았다. 주아니의 표정을 보니 뭔가 듣긴 들은 모양이었다.

"네 동생, 그 뭐라는 사람한테 빨리 오라고 전갈을 보낸대. 파비안 너를 잡아놓고 있다고 말야."

아주 안 좋은 소식이었다.

"다른 건?"

"그리고, 혹시 모르니 아랫방에 대한 감시를 강화하라고 말했어. 곧 보초를 보낼 건가 봐."

이건 좋은 소식인 건가?

"그리고?"

"저녁 식사를 갖다 주래."

이것만은 확실히 좋은 소식이로군.

배고픈데 먹을 거 갖다 준다고 좋아서 하는 소리가 아니었다. 좋은 계획이 떠올랐던 것이다.

주아니의 보고는 일단 끝이어서 주머니 속으로 돌려보냈다. 그리고 저녁 식사를 갖고 올 보초를 기다리기 시작했다. 잠시 후, 내게는 아무 소리도 안 들리는데 주아니가 말했다.

"발소리다."

몇 분이 더 지났지만 오는 사람은 없었다. 나는 예전의 미르보를 흉내 내 땅바닥에 귀를 갖다 대 보았지만, 그래도 들리는 소리가 없었다. 눈에 보이지 않는 능력을 믿는다는 건 참 쉬운 일이 아니었다.

그러나 몇 분 더 지나자 발소리가 복도를 울렸고, 이어 철문을 쾅쾅 두들기는 소리가 들렸다.

"어이, 식사다!"

긴장해서 침을 꿀꺽 삼킨 다음, 나는 일부러 커다랗게 하품을 했다.

"하아아음, 음냐…… 네? 뭐라고요?"

"이 녀석, 냉큼 오지 않으면 도로 가져갈 테다! 식사야, 식사!"

큰소리는 칠 수 있을 때 실컷 치시지.

"아아, 네……."

느릿한 대답과는 달리 나는 재빠르게 문 옆에 가 섰다. 그리고 가능한 한 몸을 도사리며 곧 있을지도 모르는 주먹다짐을 준비했다. 그런데 예상과는 달리 문이 열리는 것이 아니라…….

문 아래 조그마한 창이 덜컥 열렸다. 저런 게 언제부터 있었지?

"받아라."

아무래도 어두워서 내가 발견하지 못한 게 틀림없었다. 크기를 보니 고양이나 드나들면 모를까, 내게는 전혀 도움이 되지 않을 듯했다.

유감스러웠지만 일단 식사를 받았다. 둥그런 쟁반 위에 나무 접시가 있고 빵과 버터 등의 조촐한 식사가 놓여 있었다.

"단단히 지킬 테니 도망칠 생각은 말아라!"

일단 배도 고픈데 빵이라도 베어 물어 볼까 하다가 생각을 바꾸었다. 혹시 약이라도 섞어 놓았을지 누가 안단 말인가?

"파비안, 빵 좀 가까이 줘봐."

뭘 어쩌려고 그러지? 시킨 대로 주아니를 쟁반 위로 올려 주었다. 빵을 주아니에게 주나, 주아니를 빵에게 주나 어차피 똑같으니까.

"으음…… 빵에서는 별 냄새가 안 나. 대신에 이 버터는…… 그러니까 음…… 이건 양귀비, 그래, 양귀비즙 냄새다."

"양귀비즙이라면 마취약?"

혹시나 하고 직접 냄새를 맡아 봤지만 전혀 알 수 없었다. 하지만 앞서 로아에들의 희한한 청각을 체험한지라 믿어도 좋을 것 같았다. 희한한 청각에 희한한 후각이라, 생각 외로 대단한 종족이었네.

맨 빵을 그냥 씹고 있는데 위층에서 쿠당탕거리는 소리가 들려왔다. 저들끼리 싸움이라도 났나? 아니면 친선 씨름 대회라도?

버터는 조금밖에 없었다. 완전히 마취되지는 않아도 푹 재우는 데는 충분한 양일지도 모르겠다. 어디 쓸 데 없을까? 이걸 확 얼굴에다가 날려 주었으면 좋겠는데. 마침 주머니에 늘 가지고 다니는 조그만 돌팔매도 있고 한데 말야. 그렇지만 버터를 날려 봤자 무슨 도움이 되겠어? 최소한 돌멩이는 날려야 도움이 되든지 하지.

그 순간, 주머니 안에 든 견과 꾸러미에 생각이 미쳤다.

"주아니, 넌 정말 도움이 되는 친구야."

"뭐?"

주아니는 내 말뜻을 못 알아들었지만 상관없었다.

문에 붙은 창을 열고 밖을 내다보니 정면으로 뻗은 복도가 있고, 복도 끝에 보초 한 사람이 앉아 있는 것이 보였다. 마침 녀석은 다른 쪽을 보고 있었다. 지루하겠지. 이런 강철 문짝 안에 갇힌 녀석이 갑자기 문을 뚫고 튀어나올 수 있을 것 같진 않잖아.

한쪽 발을 창 사이에 끼워 덮개가 닫히지 않도록 한 다음, 문 앞에서 반쯤 뒤로 누우며 자세를 취했다. 그런 자세로 견과들 중에 제일 단단하고 큼직한 알밤을 하나 골라 돌팔매에 메겼다. 주아니가 눈을 동그랗게 뜨고 내가 하는 일을 보고 있었다.

스노보드를 타고 가면서 날아가는 새를 맞힌 일도 있는 나였다. 날리기 직전, 나는 알밤을 향해 조그맣게 속삭였다.

"날아가라."

휙!

"맞아라."

딱!

"끄윽…… 뭐얏!"

나는 다시 속삭였다.

"와라."

"이, 이 녀석이!"

밤은 돌멩이하고 달라서 아무리 세게 날려 봤자 상대를 단박에 기절시킬 수는 없었다. 대신에 상대를 화나게 하기엔 충분했다. 보초는 구석으로 굴러간 밤을 찾아내서 확인하더니 내 쪽을 무시무시하게 쏘아보며 다가오기 시작했다. 벌겋게 부풀어 오르기 시작한 왼쪽 이마를 문질러가면서.

"죽고 싶냐!"

철문 앞까지 온 녀석에게 나는 너스레를 떨었다.

"아아, 좀 심심해서 말이죠. 마땅한 과녁이 마침 있기에 좀 써먹어 봤네요. 그렇게 화낼 건 없잖아요. 당신도 심심해 보이던데."

"어떻게 한 거야!"

"밤팔매질이라고나 할까요?"

속으로 나는 이렇게 외치고 있었다. 열 받아라! 열 받아라!

"내, 이 녀석을……."

황당한 일이지만 내 위치가 압도적으로 유리했다.

다시 말해 보초는 이쪽으로 들어올 수가 없었다. 이러니 내가 아니고 녀석이 갇혀 있기라도 한 것 같은데. 어쨌든 내가 무슨 짓을 할지 모르니 문을 열 순 없을 터였다. 그렇다고 과녁이 안 되기 위해 숨을 수도 없었다. 보초가 포로를 두고 숨는다는 것이 말이 되나 글쎄.

게다가 이런 일로 동료를 불렀다간 웃음거리가 되기 십상일걸. 그렇다면 대안은?

녀석은 자기 자리로 돌아가더니 내 쪽을 똑바로 쏘아보기 시작했다. 이번엔 놓치지 않겠다는 것처럼. 물론 그렇다고 수가 없는 것은 아니다.

나는 녀석이 보든 말든 상관 않고, 창을 들어 올린 다음 호두를 돌팔매에 메겼다.

"야!"

녀석이 벌떡 일어나 다시 내 쪽으로 달려왔다. 나는 잽싸게 발을 빼고 뒤로 숨었다.

"밤 싫어하시나 싶어 이번엔 호두였는데?"

"너 그 돌팔매 내놓지 못해!"

"어어, 싫어요."

빼앗으려면 문을 열고 들어오시라고.

화가 나서 문 앞을 왔다 갔다 하던 녀석이 다시 자리로 돌아갔다. 계속 서 있을 수는 없으니까. 이번엔 의자를 좀 가까이 가져왔다.

이제 나도 아까운 견과를 낭비할 필요는 없었다. 창만 슬쩍 열어도 된다.

"이 녀석이!"

보초가 후닥닥 의자에서 일어나자마자 잽싸게 다시 발을 뺐다. 주아니도 이 웃기는 실랑이가 재미있는 모양이었다. 주머니 안에서 꼼지락거리며 킬킬댔다.

"다시 한 번만 던졌담 봐라!"

화가 치미는 것을 참으면서 저렇게 엄포를 놓지만, 내 목적이 뭔데 그런 위협에 그만두겠어. 저럴수록 더더욱 몰아쳐야 된다.

녀석이 의자에 엉덩이를 붙이기가 무섭게 이번엔 손으로 슬쩍 창을 들어올렸다.

"주, 죽고 싶……."

녀석은 말도 제대로 끝내지 못한 채 벌떡 일어났다. 녀석이 가까이 다가오기를 기다려 창을 쾅 소리 나게 닫았다. 그리고 밖에 들릴 정도로 커다랗게 키득거렸다.

이번엔 주효했다. 오랜 수고에 보답이 왔다.

"죽었어!"

쩔그럭대며 열쇠를 찾아 문을 여는 소리가 들렸다. 내가 아직까지 창이나 만지작거리고 있을 거라고 생각했다면 오산이다. 나는 문 뒤에 서서 녀석이 머리를 들이밀기를 기다려, 아까 친절하게 갖다 준 쟁반으로 힘껏 후려쳤다.

촤장캉!

쟁반 정도로 기절할 리가 없다는 건 알고 있었다. 비틀대다가 앞으로 와락 뛰어나오는 것을 기다려 뒤로 빠졌다. 그리고 갑자기 어두운 곳으로 들어와서 앞이 잘 안 보이는 녀석을 향해 쟁반을 내던졌다. 쟁반 모서리가 부딪치는 소리가 요란하게 들렸다. 다음 순서는?

기다리고 있던 대로, 녀석은 내가 미리 바닥에 펼쳐 발라 놓은 버터를 힘껏 밟고는 미끄러져 구석으로 굴러갔다. 마취제가 든 버터라고 해서 꼭 마취에만 쓰란 법은 없는 것이다. 암, 그렇고 말고. 창의력을 발휘해야 하는 법이지.

나는 재빨리 밖으로 뛰어나가 문을 닫고 걸쇠를 걸었다. 자물쇠는 못 잠그지만 일단 걸쇠만 걸어 놔도 금방 빠져나올 수는 없었다. 뒤에 남은 녀석의 울분에 관해서는 내 알 바 아니었다.

"야, 이 녀석아아아아아⋯⋯."

무슨 소리가 아련히 들려 오긴 하는군.

철문을 빠져나왔다고 다 된 게 아니었다. 보초 녀석이 의자를 놓고 앉아있던 곳 앞에 계단이 있기에 올라가 봤다. 아까 주아니가 엿본 방 근처에 뭐가 있어도 있을 것 같아서였다. 그러나 검도 없이 빈손으로 걷고 있을 뿐이니 누군가와 마주치기라도 한다면 걸음아 날 살려라 도망칠 수밖에 없는 상황이었다. 그러니 한심하긴 해도 들키지 않게 가만가만 걷는 수밖에 없었다.

위층 복도에는 비슷비슷한 문이 잔뜩 늘어서 있었다. 대강 위치로 보아 내가 있던 방의 윗방이라고 생각되는 문으로 다가가서 귀를 갖다 대 보았지만 아무 소리도 들리지 않았다. 이걸 하는데도 관자놀이에서 땀이 배어 나왔다.

"주아니, 뭐 들리는 소리 없어?"

"없어."

그럼 어쩐다? 아무 문이나 막 열어 봐? 정말 위험한 생각인데.

그러나 위험한 생각이고 뭐고 실천하는 수밖에 다른 도리가 없었다.

지나가는 녀석이라도 있다면 살짝 숨어서 지켜볼 텐데, 어째서 쥐새끼 한 마리도 얼씬 안 하냔 말야. 몰래 도망 나오면서 누가 지나가길 바라는 게 좀 비상식적인가? 하지만 난 갇혀 있으면서 보초가 있길 바랐던 사람이라고.

방안엔 아무도 없었다. 물론 내 짐도 없었고, 무기로 쓸 만한 것조차 없었다. 별 수 없이 나는 주아니를 손바닥에 얹은 채 문마다 귀를 갖다 대게 한 다음 열어보기 시작했다.

"무슨 소리 들려?"

"안 들려."

덜컥.

"또 없군."

제법 크고 그럴듯하게 생긴 문 앞에 도달했을 때였다.

"어, 무슨 소리가 들려."

나는 긴장해서 멈추어 섰다.

"음…… 뭔가 바닥에서 꿈틀거리는 소리 같은데?"

바닥에서 꿈틀댄다고? 그렇다면 사람일리는 없고, 뭐지? 바닥에서 기니까 혹시 뱀인가?

그런데 주아니가 다시 말했다.

"조용해졌다."

그렇다고 있던 게 갑자기 사라졌을 리는 없을 테고.

문 모양만 봐도 뭔가 중요한 인물이 들어앉아 있을 것 같은 느낌이었다. 하지만 그런 곳이라면 내가 여기까지 오도록 오가는 사람 한 명 없이 조용한 까닭은 뭘까. 게다가 꿈틀대는 소리라니, 다들 땅바닥에서 헤엄이라도 치고 있나?

마음속으로 5초간 심사숙고했지만, 아무 소리도 나지 않던 문에는 아무 것도 없었으니 여기엔 뭐라도 있을 거란 생각 쪽으로 무게가 실렸다. 어차피 따돌리고 온 보초 때문에 도망친 것도 들통 날 테고.

결국 대담한 방법 쪽을 택한 나는 대담하게…… 실은 살그머니 문을 열었다.

"어?"

"이제 오니?"

나는 입을 벌린 채 말문이 막혔다. 당혹스런 광경이었다. 문 밖에 서서 일어날지도 모르는 별별 상황을 다 궁리해봤지만, 이런 상황에 대한 대책은 생각도 안 했단 말이다.

익숙한 목소리가 들려왔다.

"하여튼 느려터지긴. 복도 끝에서 방 하나씩 열어보면서 오는데 뭘 그렇게 꿈지럭거리니? 기다리다 지쳐서 이러고 있잖아.”

회의실처럼 보이는 융단 깔린 방에는 남자 여섯 명이 여기저기에 쓰러져 꿈틀대고 있었고, 한가운데 팔다리들을 피해 교묘하게 의자가 놓여 있었다. 의자 위에 천연스런 표정으로 앉아 있는 것은 검은 치마와 긴 은발의 소녀였다.

“유리······.”

“내 애칭을 잊진 않았구나?”

유리카는 신나는 일이라도 한 것처럼 나를 쳐다보며 생긋 웃어 보였다. 더 놀라운 건 유리카의 발치에 내 검과 짐들이 고스란히 흩어져 있었다는 사실이었다. 목걸이는?

유리카의 목에 걸려 있었다.

음, 무엇부터 생각해야 될까. 이 남자들이 뭘 하고 있냐는 것, 이들을 해치운 게 설마 유리카 너냐는 것, 검이랑 저런 것들을 어디서 찾았냐는 것, 아니, 유리카 네가 왜 여기 있냐는 것부터?

그러나 그런 궁금증들을 포괄하기엔 한심할 정도로 단순한 질문부터 나왔다.

“아까····· 그 소리가 너?”

빵을 씹으면서 들었던 위층의 소리가 생각나서였다. 유리카는 픽 웃었다.

“그럼, 당연하지.”

유리카는 의자를 덮은 치마를 한쪽으로 걷으면서 일어섰다. 치맛자락은 새 옷처럼 사각거리고, 은빛 머리도 일부러 빗어 놓은 것처럼 가지런한 것이 조금도 흐트러진 곳이 없었다. 방금 싸움을 끝낸 모습이라니, 믿어지지 않았다. 차라리 내 얼굴이 몇 배나 더 엉망이었다. 티무르의 부하에게 맞은 뺨이 심하게 부어올라 있었으니 말이다.

"도대체 어떻게 한 거야?"

"그냥 내 숨겨진 실력이라고 생각해 둬."

"네가 이랬다고?"

"그럼 저들끼리 싸우다 엎어지기라도 한 줄 알았니?"

"……."

유리카는 이제 움직이지 않는 바닥의 남자들은 아무래도 좋다는 듯 내 쪽으로 걸어왔다. 정말 스스럼없는 걸음걸이였다. 도저히 여섯 명이나 되는 남자들을 죽여 버린 뒤…… 아니, 정말?

"죽었니?"

"몰라."

저 무심한 말투. 배울 점이 많군.

나는 혹시라도 남자들이 움직이지 않는가 유심히 살펴봤다. 하지만 그런 기미는 보이지 않았다. 그런데 주아니는 어디로 숨어버렸는지 얼굴도 내밀지 않고 있네.

"뭐하니? 저것들 안 가져가?"

"가, 가져가야지."

배낭을 메고 장갑을 끼고 검을 등 뒤에 꽂았다. 이 검의 묵직한 느낌에 안심이 되다니 참 세상은 오래 살고 볼 일이다.

방을 나와 자기 집이라도 되는 양 당당하게 복도를 걸어가는 유리카의 뒤를 따라가면서 몇 가지 상황 설명을 들을 수 있었다. 우선 믿을 수 없었던 점은 유리카가 나를 '구하러' 여기에 들어왔다는 이야기였다. 아니, 나를 언제부터 봤다고 이런 곳까지 찾으러 와? 나라면 절대 그런 일은…… 혹시 했을지도 모르겠군.

"그럼, 왜 그 방에서 그냥 기다리고 있었는데?"

"갇힌 방에서 빠져나오지도 못할 정도라면 도와줄 가치도 없을 것 같아서."

"만약에 내가 거기서 못 나왔으면 그냥 모른 척 했을 거란 거야? 방금 일은 미용체조라도 한 셈치고?"

"두말하면 잔소리."

이걸 고마워해야 하는 건지 헷갈렸지만, 어쨌든 말했다.

"고맙다."

"별소릴."

조금 뒤 유리카는 내 얼굴을 쳐다보더니 물었다.

"얼굴은 어쩌다 그랬니?"

"아, 이거? 음, 그러니까…… 어쩌다 보니 그랬다."

별로 말하고 싶은 화제가 아니어서 말을 돌렸다. 아까 쓰러져 있던 녀석들 중에 티무르는 없던데, 어디에 숨어 있는 거지? 계산 완료된 스물네 대 빚은 갚아주고 떠나야 하는데.

또 유리카가 설명해준 바에 따르면 글쎄, 여기가 지상 1층이란다. 황당한 노릇이었다. 열흘쯤 갇혀있게 됐다면 그새 벽이라도 뚫고 나갔겠는데.

계단 앞에 이르자 유리카가 위쪽 계단을 가리키면서 말했다.

"올라갈까?"

"그걸 왜 나한테 묻냐?"

"그럼, 내려갈까?"

"뭐야, 너도 모르는 거야?"

"그럼. 나도 여기 처음 들어온 거라고."

"……."

황당한 일의 연속이었다. 유리카가 길을 알 줄 알고 지금껏 뒤에서 따라온 건데. 하여간 여기가 1층이니 지하로 가는 것보다는 낫다는 생각에 우리는 위로 올라갔다. 계단이 무척 길었다.

어디서 시시한 녀석이라도 한 명 나타나서 유리카의 실력을 구경시켜 줬으면 좋겠다. 혹시 남자 여섯을 단번에 때려눕히는 특별한 요령이 있다면 미래를 대비해서 나도 좀 배워두게.

하지만 뭐든 기다리면 안 오는 법이라, 아무도 나타나지 않았다. 매번 갇혀있거나 도망치는 주제에 적들이 나타나기를 바라는 걸 보면 나도 참 심리가 괴상하구나.

계단을 거의 다 올랐을 때였다. 유리카가 경고의 소리를 낮게 질렀다.

"아잇!"

위쪽에 그림자 하나가 어른거렸다. 램프 빛도 비쳐 내려왔다. 유리카는 재빨리 입술에 손가락을 가져다 댔다. 그러면서 자기는 말을 했다.

"아까 그 자들이 말하던, 자리에 없던 녀석 같은데?"

그림자 사이로 붉은 머리카락이 어른거렸다. 내가 바라던 상황이라고 생각하는 순간, 유리카가 한 발로 바닥을 가볍게 차더니 그대로 날아올랐다. 아니, 날았다고?

검은 옷자락이 새처럼 날개를 쳤다. 날카로운 외침이 울렸다.

"하!"

나는 유리카가 칼을 뽑은 걸 보지도 못했다. 손에서 뭔가 반짝, 하는 것 같다고 느꼈을 뿐이다. 허공에서 몸을 왼쪽으로 틀더니 오른손으로, 단도처럼 안으로 꺾어 잡은 칼을 상대의 턱 아래 바짝 들이댔다.

"으윽!"

공기라도 베어 낼 듯이 날이 선 칼이었다. 그대로 한 번 휘두르면 목을 단번에 잘라내고도 남을 정도였다. 칼을 쥔 자그마한 주먹이 자신의 턱에 닿을 만큼 유리카와 상대는 가까이 붙어서 있었다. 은빛 머리카락이 나무를 잠시 떠났던 새들처럼 다시 어깨로 내려앉고 있었다.

예상대로 상대는 티무르 리안센이었다. 그는 주먹을 부르쥔 채 반짝거리는 칼날을 곁눈으로 내려다보았다.

나오니 견문이 넓어진다고, 유리카의 검술도 또 희한했다. 쓰는 것은 나르디가 쓰던 숏 소드보다 더 짧아 보이는 칼인데, 파르스름하게 빛날 정도로 날카로운 날이 한쪽에만 서 있었다. 끝도 아주 예리했다. 게다가 저걸 지금껏 어디에 차고 있었는지 보지도 못했다.

"손, 머리에 올려."

티무르는 유리카 뒤에 선 나를 힐끗 쳐다보더니 말했다.

"너희들, 어떻게 빠져나왔는지 몰라도 그냥 나가진 못할 거다. 각오하고 있어."

이야기책 속의 악당 같은 대사를 중얼거린 티무르는, 우리 둘 다에게 무시당했다. 티무르가 손을 머리에 올리자 유리카는 왼손으로 상대의 허리에 꽂힌 검을 손쉽게 뽑더니 내 쪽으로 던졌다.

"맡아 둬."

그러더니 마치 친구를 대하듯 상냥한 목소리로 티무르를 향해 입을 열었다. 둘이 안면 있는 사이가 아닐까 착각할 정도였다.

"이것 봐, 응? 좀 도와줘야겠어. 어때?"

티무르는 대답하지 않았지만, 도와주는 수밖에 없을 게 뻔했다. 어쩌면 조그만 여자애한테 당한 것이 수치스러워서 입을 열지 않는 건지도 모른다. 세상엔 어디가나 저렇게 쓸데없는 자존심만 센 친구들이 있다니까.

"나가는 길, 알고 있겠지?"

유리카는 턱짓으로 앞을 가리켰다. 티무르는 말없이 나와 유리카를 번갈아 노려봤다. 유리카는 개의치 않고 고개를 옆으로 까딱해 보였다.

"그래. 그럼 안내 좀 부탁해."

친절한 말씨와는 달리 그녀는 오른발을 들어 그의 허리를 걸어찼다.

"끄으……."

정말, 생긴 거하고 다르게 험악하다니까.

티무르의 검은 아무 방문이나 열고 안으로 던져 버렸다. 유리카는 나더러 검을 녀석의 등에 겨누라고 하더니 이번엔 내 뒤에 섰다. 자기 칼을 꽂는데, 칼집이 허리 뒤에 꽂혀 있는 것이 보였다. 그녀가 걸친 검은 망토 같은 치마 때문에, 뒤로 꽂고 나니 검이 전혀 보이지 않았다.

"자, 하나, 둘! 하나, 둘!"

유리카는 아예 구령까지 맞추어 가며 녀석을 몰아 복도를 걸어갔다. 신나는 놀이라도 하는 것처럼.

집 구조는 정말 이상했다. 벌집처럼 작은 방들이 층마다 빼곡하고, 또한 하나같이 비어 있었다. 도둑들은 밤이 되어야 오기 때문일까? 그럼 지금은 낮일까? 각 방마다 잠자는 손님을 받아 하룻밤에 5존드씩 챙기면 떼돈을 벌어…… 음, 여기까지 와서 이런 생각이라니.

"들어올 때는 정문으로 당당하게 들어왔기 때문에, 어떻게 나가는지 모르겠지 뭐야."

유리카의 황당한 설명을 듣고 나는 어이가 없었다.

"정문으로 당당히 나가면 되잖아?"

"그 정문을 지금 찾고 있는 거라고."

"들어온 델 못 찾다니 어이가 없구나."

"여기 구조란 게 네 생각하고 좀 달라. 어쨌든 굳이 따지자면, 이런 데 어이없이 갇혀 있는 네가 더 놀랍지."

"그거야말로 내가 하고 싶은 말이야. 나 같은 놈을 무엇 때문에 가두지? 나 참 어이가 없어서."

"그런 너를 구하러 온 나도 어이가 없다."

"내가 네 도움을 받은 것만큼 어이없는 일도 없을 거야."

"무슨, 가장 어이없는 건 너를 가둔 저 녀석이야."

"그 녀석을 사주하는 놈은 또 어떻고?"

줄곧 대화는 이런 식이었다.

내가 갇힌 곳은, 언뜻 보기에는 여러 층으로 된 평범한 건물일 뿐이라 아무 문으로든 나가면 될 것 같지만, 사실은 훨씬 복잡한 곳이었다. 건물 자체가 정문으로 들어와서 갈 수 있는 곳과 길드가 쓰는 비밀 구조물로 분리되어 있고, 연결 통로는 길드의 일원이 아니면 찾을 수 없다고 했다.

비밀 구조물에는 도둑들의 집답게 가짜 문이 많았다. 열어 보면 벽밖에 없는 경우도 많고, 방과 방이 연결되다가 중간에 함정으로 빠지게 만든 곳도 있는 모양이었다. 밖으로 통하는 문은 몇 개뿐이고, 그것도 엉뚱한 곳에 숨겨져 있다고 했다. 이를테면 창고나 벽장처럼 보이는 문 말이다.

물론 이제부터는 티무르가 안내를 잘 해줄 테니 걱정할 필요가 없었다. 그러나 유리카가 정문으로 들어와서 비밀 구조물로 들어오기 위해 아까 그 방의 천장을 뚫어버렸다는 대목은 기가 막혔다. 아니, 천장이 뚫리는 동안 도둑 길드에 있다는 녀석들은 도대체 뭘 하고 있었담.

"도대체 거기를 어디라고 생각하고 뚫은 거야?"

"설마 아무것도 안 나오기야 하겠어, 라고 생각했지. 생각보다 운이 좋았지만 말야."

저렇게 태평스런 사고방식으로 어떻게 지금껏 별일 없이 잘 다녔을까.

"그건 그렇다 치고 천장을 도대체 뭐로 뚫었니?"

"그건 비밀."

"……."

다시 한 층 위로 올라갔다. 줄곧 걷기만 하다 보니, 심심해서 티무르 녀석에게 뭐라도 물어봐야겠다 싶었다.

"너, 도둑 길드에서 뭐야? 우두머리는 아닐 테고."

"알 거 없잖아."

여전히 잘난 척 하는 녀석의 말투가 마음에 들지 않아 검 끝으로 등을 쿡쿡 찔렀다. 유리카는 못 본 것처럼 고개를 돌리고 주변을 두리번거렸다. 티무르에게 도와달라고 해 봤자 소용없다는 의사전달이겠지.

복도의 끝까지 간 티무르는 드디어 문 하나를 열고 들어갔다. 그런데 신기하게도 방 안에 내려가는 계단이 있었다. 꽤 깊어 보이는데 불빛이 없어 끝이 보이지 않았다. 나는 층계참 끝에 티무르를 세웠다. 등 뒤에 검을 바짝 들이대자 등줄기가 움찔, 하는 것이 보였다.

"말로 할 때 잘 들어. 너 뭐야? 정체가 뭔데 도둑 길드 건물을 마음대로 사용하는 거야?"

티무르는 한참동안 대답이 없었는데, 대답여부에 따른 이해득실을 따지고 있는 모양이었다. 그렇지만 아무리 생각해 봤자, 바로 등 뒤에 있는 검을 무시할 수야 없겠지.

"……이 층계가 나가는 문으로 이어져. 단번에 세 층을 내려가는 계단이다."

"그래? 그건 고맙군. 어쨌든 내 질문에 대답해."

"여기서 떠밀면 곧장 문 앞으로 떨어진단 말이다. 너희들에게는 좋을 게 하나도 없어."

듣고 보니 이해가 갔다. 내려가기 전에 뭔가를 우당탕 떨어뜨려서 경계를 강화시킬 필요야 없으니 말이다. 이런 이야기를 해 주는 걸 보니 티무르도 계단을 한참 굴러 내려가는 일이 그리 달갑지 않았던 모양이었다.

"그래? 그렇다면 이건 어떨까?"

멋쟁이 검의 용도는 참 여러 가지거든.

"으으윽!"

"그러니까 말하랄 때 하란 말야."

검 표면으로 다짜고짜 입술이 지져진 녀석은 기겁을 해서 허리를 젖혔다.

"응, 파비안. 그 검이 좀 뜨겁긴 하더라."

"에? 유리카, 너도 혹시 데었어?"

"얘는. 내가 바보인 줄 아니?"

티무르는 우리가 평화롭게 대화를 나누고 있는 동안 머리 위로 올린 팔을 내리지도 못하고 황급히 입술에 침을 바르고 있었다. 왜 그러는지는 알지만, 거짓말이라도 준비하는 녀석 같아서 웃겼다.

"뽀뽀 한 번 더 할래?"

"시, 싫어!"

티무르가 반쯤 죽는시늉을 하는 걸 보니 단지 뜨거워서 저 난리를 치는 것 같진 않았다. 입술을 데면 필설로 표현할 수 없을 정도로 우스꽝스런 얼굴이 되는데 아마 그것을 염려하는 모양이었다. 그런데 티무르, 네가 스타일 구겨질까 봐 아등바등하는 꼴을 보자니, 내 깊숙한 내면에서 네 스타일을 더더욱 구겨주고 싶은 욕구가 스멀스멀 치미는걸. 이걸 어쩌냐?

"그럼 얘기를 하라구."

"……나는 그저 길드장(長)의 손자일 뿐이야. 길드와 직접적인 관계는 없단 말이다."

"이곳 구조를 속속들이 알고 있고, 거기다가 마음대로 사람들을 부리기까지 하는 네가 말이야?"

"그건, 할머니의 명령이 있어서……."

티무르가 말을 맺기도 전에 유리카와 나는 동시에 황당한 표정이 되어 되물었다.

"할머니?"

8. 포로와 함께 여행하기

"내가 데리고 온 녀석을 내가 데려가는 거니, 상관하지 말아라."

문을 지키고 있던 두 녀석은 딱히 설명하기 힘든 애매한 표정을 지었지만 결국 우릴 통과시켰다.

하긴, 누구라도 등 뒤에 칼을 들이대고 있는 녀석과 그 일행이 나가는데 위협 당하는 쪽이 '내가 데리고 나가는 거다'라고 말하면 지을 표정이 마땅치 않을 게 틀림없었다. 우리는 여유 있게 미소까지 지어 보였다.

"또……."

하마터면 또 보자고 말할 뻔했네. 그럴 생각은 조금도 없는데.

우리가 나온 문은 정말 정문과는 뚝 떨어져 지붕에서 내려오는 계단처럼 만들어져 있었다. 살펴보니 정문으로 들어가는 사람은 거의 없었다. 확실히 이쪽으로 드나드는 사람이 진짜 볼일이 있는 사람들일 것 같았다.

어쨌든 이렇게 나왔는데, 나오고 나서 보니 아까 그 방들이 도대체 어디에 있었던 건지 짐작이 가지 않았다. 왜냐면 1층은 커다란 강당이었던 것이다. 나는 내 눈을 의심하면서 고개를 갸웃거렸다.

건물 옆에 시장의 집이 있었다. 거기에 늙은 여자 시장이 혼자 산다고 했다. 지나치게 검약한, 그리고 어떻게인지는 몰라도 이베카 시에서 일어나는 모든 일을 알고 있다는 할머니 시장 말이다. 그 할머니가 도둑 길드의 장을 겸하고 있을 줄이야.

"나는 이만 보내주지 그래?"

티무르 녀석이 말 같지도 않은 말을 하기에 나는 녀석의 오금을 가볍게 걸어찼다.

"어쿠!"

"넌 내가 이 도시를 뜰 때까지 동행이야."

그러나 얼마 걷기도 전에 여관으로 조용히 돌아가고 싶다는 내 소망은 실현 불가능한 것임을 알 수 있었다. 다시 말해 우리 일행이 얼마나 눈에 띄는지 말이다.

일단 밤이긴 해도, 말쑥하게 잘 차려입은 티무르 리안센과 초라한 평민 복장의 내가 어깨동무를 하고 같이 걸어가고 있다. 내가 녀석의 옆구리에 단검을 들이대고 걷기 위해서는 어쩔 수 없는 선택이었다. 나라고 좋아서 이러고 있는 건 아니다.

그리고 유리카는 또 좀 눈에 띄는 차림인가? 작은 폭포처럼 빛나는 은빛 머리의 미소녀라는 점도 길가는 남자들의 눈을 모조리 붙들어 놨다. 그리고 두 건장한 소년을 내버려두고 큼직한 배낭을 지고 가고 있다는 점도 황당할 테고 말이다.

참고로 이건 유리카가 자청한 것이지 절대 내가 제안한 것은 아니었다. 배낭은 안에 사슬 갑옷까지 들어 있어서 소녀들이 메고 다닐 만한 무게가 아니었다. 그런데도 유리카는 생긋 웃으면서 받아 들어 자기 어깨에 걸었다. 나더러는 티무르나 잘 끌고 가라면서. 아마 길에서 표정 관리를 하느라 저렇긴 해도 속으로는 엄청 후회하고 있을 것이 틀림없었다.

마지막 하나는 아까 전부터 주머니 속에서 뭘 하는지 코끝도 내밀지 않았다. 눈에 띄었다면 아마 최고로 인기를 끌었을걸.

티무르가 짓눌린 목소리로 입을 열었다.

"하르얀이 곧 쫓아올 거다."

"응, 나라도 그러겠다."

"나라도 그럴 것 같은걸?"

유리카까지 덩달아 대답하는 바람에 티무르가 애써 잡은 심각한 분위기는 완전히 엉망이 되었다. 그래도 그는 억지로 표정을 유지하면서 말을 이었다.

"너희들이 얼마나 대단한 실력을 가졌는지 모르지만, 하르얀은 기사단장의 후계자로 길러진 녀석이고 검 실력은 우리 또래 중 최강이었지. 너 같은 촌구석 실력으로 감히 대적할 수나 있을까?"

"얘, 티무르 너한테 이기는 실력이라 해봐야 얼마나 대단하겠니? 너, 나한테도 지는 실력이었잖아?"

유리카는 참 때맞춰 말을 잘 거든단 말야.

"그건…… 내가 기습을 당했기 때문이다. 내가 계집애한테 질 실력으로 보이나?"

"응."

우리는 입을 모아 대답하고는 걸음을 빨리 했다.

"뭐, 뭐야, 너희들은!"

티무르가 아무리 떠들어 봤자 우리가 '그래? 그럼 다시 정식으로 실력을 겨루어 보자!' 라고 말할 바보는 절대 아니다. 그런 요령도 사람을 잘 골라가며 써야 되는 법이지.

중간에 딱 한 군데 들러서 밧줄을 샀을 뿐, 우리는 곧장 여관으로 가서 방으로 올라갔다. 오면서 줄곧 느낀 건데 유리카의 미모는 어딜 가나 눈길을 끌었다. 누군가가 우리를 추적하려 한다면 참 뒤쫓기 쉽겠는데.

방으로 올라가자마자 사온 밧줄로 티무르의 손을 묶었다. 티무르는 도망가기를 포기했는지 별로 반항하지 않았다. 다음은 짐을 챙겼다. 사슬 갑옷을 처음 입어 봤는데 몸에 착 달라붙는 것이 확실히 비싼 값을 하는 물건이었다.

이제부터 이베카 시를 나갈 때까지 어떤 위험이 있을지 알 수 없는 상황이었다. 도둑 길드의 일원들이 길드장의 손자를 찾으려고 어디쯤 매복하고 있을지, 근방에 대해 잘 모르는 우리로서는 알 길이 없었다.

"유리, 이리 와 봐."

"응?"

나는 모르는 척하고 그녀의 어깨를 슬쩍 눌렀다.

"아야야······."

역시 생각대로였다.

"괜히 고집 부리더니, 어깨에 상처 안 났어?"

"괜찮아. 신경 쓰지 마."

그렇게 말했지만 유리카는 이마를 가볍게 찡그렸다. 그걸 보니 고집 부리게 두지 말고 진작에 뺏어 메는 건데 잘못했다 싶었다. 한숨을 내쉰 나는 유리카의 작은 천 배낭을 잽싸게 잡아챘다.

"뭐야?"

"이리 줘."

"시, 싫어."

"이리 주라니까."

고집을 부려 유리카의 짐도 내 배낭 안에 모조리 꾸려 넣었다. 어깨에 정말 상처가 났을지도 모르는 일이고, 어쩌면 여러 상대와 싸워야 할지도 모르는데 부담을 주고 싶지 않았다. 어찌되었든 나 때문에 자청해서 이런 일을 겪고 있는 그녀니까. 아, 그러고 보니 물어봐야겠는데.

"유리 너, 왜 나를 도우러 온 거니?"

"그건······."

유리카는 허리에 손을 짚은 채 입술을 실룩였지만 한참 동안 말이 없었다. 조바심이 날 정도로. 우린 오래 지체할 시간이 없었다. 지체하면 지체할수록, 저쪽에서 철저하게 준비를 하고 귀찮게 굴 것이 틀림없으니까.

그러나 난감해 보이는 유리카의 초록색 눈동자를 바라보니 이런 질문을 한 내가 오히려 미안해졌다. 어쨌든 나를 도와줬는데, 왜 도와놓고 추궁을 당해야 하는 거야?

배낭도 내게 뺏긴 빈손의 유리카는 창으로 들어오는 바람에도 날려갈 것처럼 가벼워 보였다. 내가 그 손에 도움을 받았다는 것이 믿어지지 않을 정도로.

"가자, 유리."

"아…… 으응?"

"그 이야긴 나중에 하자고."

유리카가 대답하기 전에 나는 티무르의 손에 길게 연결해놓은 밧줄 끝을 손에 감고 나가려고 문고리를 잡았다.

"파비안, 잠깐. 여관 정문으로 나가면 안 돼."

나는 잠시 생각하다가 말을 받았다.

"그렇다면 이 창도 이미 지키고 있을지 모르지."

"그럼 다른 방으로 가자."

복도 끝에 있는 방으로 갔는데 손님이 들지 않은 방이라 문이 잠겨 있었다. 나는 한두 번 문을 흔들어 보고 고개를 저었다.

"이쪽으로 나가는 것은 무리겠어."

"저리 비켜 봐."

유리카는 무슨 생각인지 나더러 손을 떼게 하더니 자기가 문고리를 잡았다. 자기가 잡는다고 열릴 리가 있겠어?

"열렸어. 들어가자."

"뭐?"

문은 애초에 잠긴 적이 없었던 것처럼 간단히 열렸다. 나는 방금 전에 내가 문을 잘못 만졌나 의심할 수밖에 없었다. 슬쩍 보니 티무르 녀석이 유리카를 이채롭다는 듯한 눈으로 쳐다보고 있는 것이 마음에 걸렸다. 녀석아, 쳐다보긴 뭘 쳐다봐. 너랑은 곧 헤어질 거란 말이다.

방으로 들어간 나는 창문 밖을 살펴보고 말했다.

"여기는 괜찮겠다."

티무르 녀석이 문제였다. 2층에서 그냥 떨어뜨렸다가는 뼈라도 부러질지 모르는데. 나는 남의 뼈가 부러지든 말든 개의치 않을 정도로 심각한 악당은 못된다. 게다가 결정적으로 다리를 삐거나 하면 끌고 가기가 골치 아파진다. 업고 갈 수도 없고 말이다.

티무르는 무표정하게 나와 유리카를 번갈아 볼 뿐이었다. 나는 고심 끝에 입을 열었다.

"이것 봐, 티무르."

"말해."

"너와 하르얀은 어떤 관계냐? 배신할 수 없는 주종(主從)의 계약이라도 맺은 관계냐?"

티무르는 발끈했다.

"주종이라니, 무슨 소리야!"

"그럼 피로 맺은 동지라도 되니?"

"무슨 유치한 소리야!"

예상한 반응이었다. 나는 다음 단계로 넘어갔다.

"그럼 너와 나는 무슨 관계냐? 부모를 죽인 원수라도 되냐?"

티무르는 우습다는 듯이 코방귀를 뀌었다.

"흥, 네 부모 따위엔 관심조차 없다고."

화가 나는 것을 꾹 눌러 참고 고개를 끄덕였다.

"나도 네 부모 따위엔 전혀 관심 없다. 네 할머니는 말할 것도 없고, 심지어 여동생이 있다 해도 관심이 없을 판이니까. 하여간 전혀 관심이 없어. 그럼 우리가 도대체 왜 만나게 된 거냐?"

"무슨 소릴 하려는 거야?"

"너하고도 별 관계 아니고, 나하고도 별 관계 아닌 하르얀 때문에 감정 생길 이유도 없는 우리가 이런 고생을 하고 있다는 거, 틀리냐?"

티무르는 얼른 대꾸하지 않았다. 대신 유리카가 입을 열었다.

"우리에겐 시간이 없어. 네 다리를 걱정할 만한 시간 말야."

딱 맞는 지적이어서 나는 박수라도 칠까 하다가 참았다. 그리고 대신 말했다.

"티무르, 난 내 다리도 몇 번은 부러뜨려 본 처지야. 남의 다리쯤이야 걱정도 하지 않는다."

티무르는 대답을 하지 않았지만 표정을 보니 뭐 씹은 기분인가보다. 물론 내가 거짓말을 하는 건 아니었다. 내가 스노보드 연습 하다가 발목 삐고, 뼈 접질린 것이 몇 번이냐. 굳이 따지자면 부러뜨린 일은 없지만, 어쨌든.

"……하고 싶은 말을 해라, 파비안."

구원 기사단 부단장의 아드님께서 내 이름을 직접 불러준 것은 처음이지 싶었다. 나는 목소리를 가다듬으며 말했다.

"어쨌든 네 다리를 굳이 부러뜨리고 싶지 않으니, 이베카 시를 나갈 때까지만 좀 협조해라."

"싫다면?"

"싫을 이유가 없지 않아?"

대꾸한 사람은 유리카였다. 돌아보니 눈도 깜빡이지 않고 단호한 시선을 보내는 그녀가 보였다.

"……여기 시장은 세습이나 다름없지. 아마 외할머니께서 돌아가시면 이모님께서 맡으시게 될 거야. 그 다음은 이모님의 양딸로 되어 있는 내 여동생일 거고. 이 사람들의 이름이 모두 이베카야. 일부러 그렇게 지은 거지."

"그러니까 여자 시장만?"

"그래."

"거 참 이상하네. 무슨 이유냐?"

티무르가 나와 유리카를 데려간 곳은 이베카 시의 남쪽에서 시작되는 커다란 숲이었다. 켈라드리안 숲이다. 지도에 그렇게 나와 있었다. 이 숲을 따라가다가 야트막한 성벽만 넘으면 이베카 시를 빠져나갈 수 있다고 했다. 성문 쪽에는 지금쯤 우리를 잡으려고 사람들이 잔뜩 집결해 있을 테니 가서는 안 된다고 친절하게 알려 주기까지 했다.

티무르의 태도는 참 모호했다. 우호적이라고 볼 수는 없었지만, 그렇다고 적대적일 것도 없었다. 좀 전에 여관 창문 앞에서도 그는 속시

원하게 우리를 돕겠다고 말하지는 않았다. 그저 '다리가 부러지기 싫어서……' 하고 애매하게 대답했을 뿐이다.

"2백 년 전의 어느 한심한 이베카 때문이지 뭐야."

앞장서서 걷던 유리카가 대신 대답하는 바람에, 티무르와 나는 의아한 표정이 되었다.

"한심한 이베카?"

티무르의 어조는 '네가 뭔데 아는 척이냐'에 가까웠지만, 유리카는 아랑곳하지 않고 말을 이었다.

"그래서 멀쩡한 시 이름까지 '이베카'로 바꾸어 버린 거잖아."

"그럼 그 전에는 이름이 뭐였는데?"

"힘보른 시."

"뭐야?"

내 지도, 이거 언제 만들어진 거냐.

숲에 가까워질수록 주위가 캄캄해졌다. 바닥에는 돌과 잡풀이 밟히기 시작했다. 그런데 조금 전부터 주아니가 자꾸 꼬물거리는데, 이유를 알 수 없었다. 다른 사람 앞에 나서길 싫어하니 왜냐고 물어볼 수도 없고 말이다.

티무르가 참지 못하고 다시 물었다.

"그러니까, 무슨 소리야. 뭐가 한심한 거냐고."

"이베카가 한심한 거지."

"왜?"

"사랑에 빠진 여자만큼 한심한 건 없어."

"뭐?"

티무르가 한참 캐물은 끝에 유리카의 입에서 이야기가 나오게 되었다. 하지만 내키지 않는다는 티가 역력했다.

"이베카는 원래 리안센 가문의 여자가 아니야. 이베카 민스치야, 그루터기 엘프 족의 일원이었지."

"엘프?"

"그루터기 엘프는 또 뭐냐?"

유리카는 약하게 한숨을 내쉬었다.

"엘프는 세 부족으로 나뉘는데 그루터기 엘프도 그중 하나야. 베어져 나간 나무 그루터기만 보면 슬프게 운다고 해서 그런 별명이 붙었어. 다른 이름으로는 녹색 발자국의 엘프라고도 하지……. 그런데 너희는 이런 이야기 처음 듣니?"

나와 티무르의 표정을 본 유리카는 곧 그렇겠다는 듯이 머리를 끄덕거렸다.

"하긴 엘프가 사라지기 시작한 지도 이미 오래됐구나. 엘프에 대한 지식들이 다 잊혀져 버린 것도 무리가 아니지."

티무르가 물었다.

"너는 어떻게 알고 있는 거야?"

유리카는 피식 웃었다.

"옛 지식들에 좀 관심을 가져봐라. 무식한 게 자랑이야? 난 '무리가 아니다'라고 했지 '당연하다'고는 하지 않았다고."

티무르가 발끈해서 한마디 하려는 것을 내가 손으로 제지했다. 네 녀석이 유리카한테 잔소리까지 하는 건 바라지 않으니 말이다.

"그래서, 이베카 민스치야가 어떻게 되었는데?"

"사랑에 빠졌겠지, 뭐."

티무르가 시답잖게 내뱉은 말이었다. 목소리가 부루퉁했다.

"그래. 그때는 켈라드리안 숲 속에 엘프가 많았어, 아니 많았었대. 그루터기 엘프 족도 큰 무리를 짓고 살았었고. 인간들과의 교류도 흔했지…… 뭐야, 그런 눈으로들 보지 마! 너희들의 유치한 기대대로 인간하고 사랑에 빠진 건 아니라고. 이베카의 연인은 하얀 부리 엘프라는 부족의 남자였으니까. 그 남자가 이베카만큼 사랑에 빠졌는지는 잘 모르겠는데 말야, 하여튼 남자는 떠났어."

"어딜?"

"왜?"

"어디…… 라는 말에는 대답하기가 그렇고, 어쨌든 그는 에제키엘을 따라갔거든. 봉인을 푸는 자, 에제키엘."

이상한 말이다. 에제키엘은 봉인을 하는 사람이었다고 알고 있는데 봉인을 푸는 자라니.

"에제키엘한테 그런 이름도 있었어?"

지난번에 나한테 한참 잘난 척했던 티무르도 모르는 모양이었다.

"그런 이름도, 라니? 그가 살아있던 시절엔 그 이름으로 가장 많이 불렸다고."

이해가 가지 않았지만, 다음 이야기가 궁금해서 참았다.

"그 엘프 남자는 돌아오지 않았어. 에제키엘의 동료가 되어 여행했지만…… 결국 마지막에는 에제키엘의 손에 봉인되어 버렸거든."

유리카의 목소리는 그렇게 들어서 그런지, 우울하게 가라앉아 있었다. 슬픈 이야기라서 그런가?

"그가 무슨 잘못을 했는데?"

유리카는 고개를 저었다.

"아무 잘못도 없었어."

"그런데 왜 동료를 봉인하는 거야?"

"그 이야기는 일단 넘어가자. 하려는 이야긴 그게 아니니까."

거기까지 말했을 때, 달이 구름에서 나왔다. 주위가 밝아진 김에 둘러보니 우리는 작은 떨기나무들이 드문드문 있는 곳을 걷고 있었다. 내가 두리번거리는 것을 본 티무르가 말했다.

"아무도 쫓아오지 않아."

자신만만하시긴. 내가 마음속으로 세우고 있는 계획을 안다면 그렇게 말하지 못할 거다.

"그래서 어떻게 되었는지 계속 이야기해 봐."

티무르도 나만큼이나 이야기를 좋아하는 모양이었다.

"이베카는 기다렸어. 바보 같은 일이지만 그랬어. 엘프 남자가 돌아오겠다고 약속한 것도 아닌데. 그렇지만 봉인된 사람이 돌아올 리 만무하지. 이베카가 그걸 몰랐던 것도 아니야. 봉인을 풀어줄 에제키엘이 이미 죽었다는 것도 벌써부터 알고 있었지. 엘프들은 꽤 오래 살기 때문에 평생토록 같은 배우자만을 사랑하기는 힘들다고 하지만……. 그런데도 그녀는 남은 세월을 하염없이 그대로 보냈어. 결국 죽음이 가까워지는 것을 깨닫고 그녀가 택한 해결책은……."

갑자기 주변에서 바삭거리는 소리가 들렸다.

"엎드려."

티무르가 조그맣게 말하더니 곧 보이지 않게 되었다. 나도 떨기나무 사이로 배를 깔고 엎드렸다.

"유리카?"

"조용히 해."

바로 옆에서 대답이 들려왔다. 숨소리까지 생생하게 들렸다.

이윽고 마른풀을 밟는 소리가 들리더니 금방 가까워졌다. 뭔가를 찾는 듯, 주의 깊게 딛는 걸음이었다. 숨을 죽이고 귀를 기울여본 결과, 한 명인 것 같았다. 그렇다면 이렇게 숨어 있을 필요가 없는데.

나는 검을 고쳐 잡고 티무르의 옆구리를 찔렀다.

"티무르, 네가 말해."

"뭐, 뭘?"

티무르는 당황한 듯했다. 검 손잡이로 녀석의 옆구리를 한 번 더 찔렀다.

"네 동료일 거 아냐. 나가서 이야기하라고. 내가 알아서 할 테니 가라고 하면 되잖아."

"……."

왜 망설이는 걸까. 아무리 생각해 봐도 망설일 만한 이유가 없었다. 그렇다면 수상하다.

나는 갑자기 녀석의 옆구리를 껴안듯이 휘어잡아 당겼다. 동시에 단

검을 꺼내 옆구리에 들이댔다.

"갑자기 왜 이래……."

티무르의 목소리가 높아지려다 다시 잦아들었다. 동시에 들려오던 발소리도 멈췄다. 나는 벌떡 일어섰다. 그래서 티무르도 덩달아 일어서는 셈이 되었다.

"무슨 볼일이냐!"

내가 갑자기 일어서는 바람에 상대방도 놀란 모양이었지만 사실 내가 몇 배 더 놀랐다. 왜냐하면 우리 주위에서 열 명도 넘는 사내들이 우르르 일어섰던 것이다. 언제 저렇게 가까이 와 있었는지 알 수 없었다. 아무 소리도 못 들었는데? 혹시 주아니가 자꾸 움직인 것이 저들의 소리를 들었기 때문이었을까?

나는 마른침을 삼켰다.

"대담한 녀석이구나."

어두컴컴한 그림자들이 빙 둘러서 있으니 누가 말하는지도 확실하지 않았다. 나는 숨을 가다듬고 외쳤다.

"긴말은 필요 없다. 나는 갈 것이고, 이 녀석은 안전한 곳까지 간 뒤에야 놓아줄 테다."

유리카도 일어섰다. 달빛을 받아 머리카락이 파르스름하게 빛났다. 그녀의 목소리는 당당하고 낭랑했다.

"티무르 리안센, 네가 이야기 좀 해 줘. 우리는 가던 길을 가겠으니 상관하지 말아 주십사 하고 말야."

"……."

"내 말이 안 들려?"

움켜잡고 있는 티무르의 몸이 좀 떨리는 듯했다. 이 자들을 믿고서 고분고분 따라온 모양이지만, 우리도 너를 믿고서 여기까지 고분고분 따라온 거라고. 배신을 하다니, 무척 불쾌한데.

유리카가 티무르 쪽으로 고개를 돌렸다. 그녀의 말투는 느긋하게까지 들렸다.

"빨리빨리 보내. 그래야 이베카 민스치야 이야기도 마저 해주지."

"……비켜줘라."

빙 둘러쌌던 사내들이 비켜서며 길을 열었다. 우리는 그들을 바라보지 않고 걸어 나갔다. 등 뒤에서 느껴지는 시선 때문에 뒤통수가 간지러웠다. 주변은 미칠 것처럼 적막했다. 발에 밟히는 풀 소리뿐이었다. 당장 뛰어 달아나고 싶은 심정을 억지로 누르면서 천천히 걷는 것도 쉬운 일이 아니었다.

숲이 시작되고 있었다.

숲은 밤이라 검디검었다.

높이 자란 상록수 잎들 때문에 별빛마저 가려졌다. 발부리에 걸리는 것이 뭔지도 안 보일 지경이었다. 그렇지만 불을 켤 수도 없는 노릇이라 넘어지지 않도록 천천히 걷는 수밖에 없다.

아무 말도 하지 않고 있으니 주변의 공기가 무게가 있는 것처럼 호흡기를 눌러 왔다. 누군가 손으로 틀어쥐고 있는 것처럼. 티무르를 너무 꽉 잡은 나머지 등과 팔뚝에 땀이 흥건했다.

"티무르, 너 우리를 어쩔 셈이었니?"

유리카가 조그마한 목소리로 입을 뗐다. 그러고도 얼마 동안 발끝에 마른 풀잎들이 바스락대는 소리만이 들렸다. 한참 뒤 티무르가 포기한 듯 입을 열었다.

"있던 곳으로 돌려보낼 생각이었지."

"왜?"

"그걸 질문이라고 하는 거야?"

"아까 우리가 했던 말에는 전혀 수긍이 가지 않는다는 거야?"

"그런…… 것은 아니야."

"그러면?"

다시 침묵. 한참 만에 목소리가 들렸다.

"너희들은 나를 이해 못해."

티무르는 나와 유리카의 중간에 서서 걷고 있었다. 그가 말한 얕은 성벽을 넘은 뒤로 나는 녀석의 팔을 다시 밧줄로 묶고 등 뒤에 단검까지 들이대고 걸었다. 이젠 조금도 방심할 수 없는 녀석이니까.

나도 모르게 심사가 꼬여서 말이 막 나왔다.

"그렇겠지. 나 같은 촌구석 무지렁이가 이름만으로도 빛나는 구원 기사단 부단장님의 아드님의 깊은 속을 어찌 짐작하겠어. 가당키나 하겠냐고."

"그런 것보다는…… 수도의 복잡한 인간관계나, 권력 문제란 한두 마디로 설명할 수 있는 게 아니란 말이야."

"설명할 생각도 없으면서 뭘 그래?"

한참을 걸어왔지만, 따라오는 사람은 없었다. 혹시 앞서 가서 진을 치고 기다리고 있는 건 아닐까 싶어 나는 협박하듯 낮게 말했다.

"만약에 또 뭔가 나타나서 나하고 유리카를 위험하게 한다면, 인질이고 뭐고 없이 그냥 찔러버릴 테니 알아서 해. 나는 네 말대로 촌녀석이라서 앞뒤 사정 같은 거 잴 줄 몰라. 기분 나쁘면 내 마음대로 할 거야."

"……"

티무르는 아무 대답도 하지 않았지만 어둠 속에서도 그의 어깨가 긴장해서 올라가는 것이 보였다.

숲은 안쪽으로 들어갈수록 빽빽했다. 날씨가 따뜻해서인지 남은 눈도 별로 없었다.

"너, 나이 몇 살이냐?"

"그건 왜 물어?"

"수도의 복잡한 관계인지 뭔지에 대해 고찰할 만한 나이가 과연 몇살인가 궁금해서."

"열여덟."

딱 잘라 대답하고는 말이 없었다. 앞서가던 유리카가 픽 웃는 소리가 들렸다.

"파비안, 너랑 동갑이네?"

으음, 그건 일단 넘어가고 녀석이 불리할 만한 이야기를 해야지.

"열여덟 살이 너보다 어린 녀석의 심부름이나 하고 다닐 나이냐?"

"말 함부로 말아. 너는 아무 것도 몰라."

자꾸 기분 나쁘게 하네.

걷다보니 숲이 조금씩 트이는 듯했다. 벌써 끝나는 건가? 꽤 큰 숲이라고 들은 것 같은데.

"강물 소리다."

유리카의 말에 귀를 기울여 보니 확실히 물 흐르는 소리 같은 것이 들렸다. 방향을 바꾸어 서둘러 걸었다. 물소리를 들으니 목도 말랐다. 하긴 저녁도 못 먹었구나.

우리는 곧 멈춰 섰다. 나무 그림자들을 벗어나 하얗게 닳은 바위 둔덕에 오르자, 눈앞에 폭이 열 다섯 걸음 정도 되는 얇은 강이 빛나고 있었다. 뛰어 오르는 물방울들이 은빛 등을 가진 물고기들 같았다. 지금이 여름이라면 낚시질하기에 좋을 듯한 강이었다.

맞은편 강둑에는 지금까지 오던 숲보다 훨씬 울창하고 깊은 숲이 펼쳐져 있었다. 강 위로 트인 하늘을 올려다보니 가느다란 달이 그려 놓은 것처럼 또렷했다.

내가 지도를 꺼내보려고 배낭을 내려놓는 참인데 유리카가 말했다.

"저기부터 켈라드리안이야."

"뭐? 그럼 지금까진?"

"그냥 이베카 시에 딸린 조그마한 숲이고. 이름도 모르겠어. 진짜 켈라드리안은 그 정도가 아니지."

지금까지 걸어온 숲도 작지 않다고 생각했는데.

어쨌든 저 강을 건너야 할 듯했다. 주위를 둘러보니 조그마한 거룻배 하나가 기슭에 끌어올려져 있었다. 그런데 나는 한 번도 배를 저어

본 적이 없었다.

"저건 무슨 강이야?"

"셔벗."

유리카는 모르는 게 없었다.

우리는 강변으로 내려가서 번갈아 티무르의 손을 묶은 끈을 맡은 다음 물을 떠 마셨다. 차가운 물에 몸속까지 시원해졌다. 그러고 보니 어느새 사방이 신선한 물소리로 가득했다. 지금껏 너무 조용했던 까닭에 가득 찬 소리가 오히려 낯설었다.

"너도 마시겠어?"

티무르는 말없이 강물에 직접 입을 대고 마셨다. 그러느라 목 언저리의 옷이 다 젖었다. 아직은 밤공기가 찬데 돌아갈 때 춥겠다고 생각하다 보니, 땀이 식은 내 몸도 서늘했다.

유리카를 돌아보니 그녀도 조금 추운지 몸을 움츠리며 어깨를 감싸 안고 서 있었다. 나는 배낭 속을 도로 뒤졌다.

"이거 덮어."

"응?"

이리하여 새로 산 망토는 다른 사람이 개시하게 되었다. 얼결에 망토를 받아들고 선 유리카를 보더니 티무르가 비꼬듯 한 마디 던졌다.

"너희 둘은 도대체 무슨 사이냐?"

밤이라 유리카가 무슨 표정을 지었는지는 보이지 않았다. 나는 티무르의 손을 묶은 끈을 힘껏 앞으로 잡아챘다.

"어억!"

"네가 지금 우리한테 말장난할 위치라고는 생각 안 해."

나는 계산이 철저한 사람이다. 주위를 두리번거리자 쓸 만한 나무가 한 그루 보였다. 굵직한 가지가 강 쪽으로 드리워져 있었다. 나는 그 쪽으로 걷도록 녀석을 떠밀었다.

"이제 계산을 끝낼 때지?"

유리카도 금방 내 말을 알아듣고는 망토를 어깨에 두르더니 내 뒤를 따라왔다. 일단 남은 밧줄을 꺼내 쓸 만한 크기로 잘랐다.

"뭘 하려는 거야?"

"잠자코 기다리고 있어."

밧줄을 감아 어깨에 걸고는 나무 둥치에 달라붙었다. 나무타기쯤은 식은 죽 먹기라서 금세 둥치를 타고 가지 위에 올라섰다. 그리고 밧줄을 가지에 묶었다. 한때 밧줄을 팔던 사람으로서 나는 매듭이나 올가미 같은 것을 만드는 법에는 상당히 정통하다. 하물며 그물까지 짰던 내가 아닌가! 이런 재주는 어디서나 쓸모가 있다고 볼 수 있지.

튼튼하게 가지에 묶어진 것을 확인한 다음, 한쪽 끝은 올가미처럼 둥글게 매듭을 짓고, 다른 한쪽은 그대로 바닥에 늘어뜨렸다. 준비가 끝나자 가지에서 뛰어내렸다.

티무르는 눈치를 챈 모양이었다. 두어 걸음 뒤로 물러섰다.

"뭐야, 나를 어쩌려고……."

"유리, 밧줄 꽉 잡고 있어."

"야, 이 깡패 같은 놈들아! 이거 내려주지 못해!"

"너를 내려주려고 내가 이 수고를 했겠냐? 난 그렇게 안 한가해. 아까 내가 애써서 나무에 기어 올라가고 묶고 하는 거 다 보고도 그런 소리 하면 벌 받는다, 벌 받아."

"걱정 마, 네 동료들이 내일 아침쯤에는 풀어주지 않겠어?"

유리카조차 티무르가 소리를 지르든 말든 상관도 하지 않은 채 빙긋 웃으며 말했다. 내가 하나 더 제안했다.

"유리, 아무래도 저 녀석 입도 막는 게 좋을 것 같지 않아?"

"너무 시끄럽지?"

티무르는 손을 묶었던 밧줄로 팔과 몸이 꽁꽁 싸매진 채 꼼짝도 못하고 우리를 노려보고 있었다. 저대로 놔두면 죽진 않겠지만 쥐가 좀 날 것 같다. 그래서 운동도 하라고 친절하게 다리는 풀어 뒀지 않아.

유리카와 눈짓을 주고받은 다음, 가지에 대롱대롱 매달린 녀석에게 다가가 말을 걸었다. 한쪽 손은 늘어뜨려 놓은 밧줄을 쥐고 있었다. 이걸 당기면 녀석은 가지 위로 올라붙게 되는 것이다. 물론 잘 조절해서 당겨야지.

"야, 티무르. 네가 자꾸 소리를 지르면 입도 막고 갈까 하는데, 네 생각은 어때?"

"이……."

티무르도 바보는 아니었다. 이 상황에서 입까지 막아버리면 언제 구해줄 사람이 나타날지 기약도 없게 되는 거였다. 우리가 사라질 때까지 조용히 있다가 그때부터 소리를 질러야 구원받을 가능성이 조금이라도 커지지.

"알겠냐?"

"……."

티무르는 벌써부터 입을 다물기로 했는지 아무 말도 하지 않았다.

"티무르, 또 하나 네가 잊은 게 있는데 말야."

"……?"

티무르는 정말 말을 잘 들었다. 대답도 하지 않고 고개만 조금 든다.

"스물두 대, 아니 스물네 대 말야. 잊어버렸니?"

티무르의 표정이 바뀌었다. 녀석의 기분을 나는 정확하게 설명할 수 있다. 뼈빠지게 일해서 빚진 1백 존드 갚으려는 참인데 갑자기 1천 존드 빚이 있다는 통보를 받은 기분이겠지.

"스물네 대? 그게 뭐야?"

영문을 모르는 유리카가 옆에서 거들었다. 나는 씨익 웃었다.

"아, 티무르가 나한테 진 빚이 있거든. 그래서 스물네 대를 나한테 맞아야 되는 입장이야. 야, 티무르, 어디를 맞을래?"

"그래? 스물 네 대나 때리려면 꽤나 시간 걸리겠다. 빨리 끝내고 얼른 가자."

이럴 때면 유리카와 나는 정말 하늘이 정해준 팀이라는 생각이 든단 말야.

"빨리 때리려면 따귀가 최곤데. 티무르, 괜찮겠냐?"

티무르는 말없이 내 얼굴을 쳐다보고 있었다. 지금은 부기가 좀 가라앉았지만 아직도 부어올랐던 자국이 선명한 내 양 뺨을 보고 있는 걸 거다. 맞고 나면 어떻게 되는지 알고 싶을 테니까.

나는 주먹을 손바닥에 비비며 외쳤다.

"자자, 빨리 골라! 시간 없으니까."

"……."

이제 협상 조건을 제시할 때가 된 것 같은데.

내가 저항도 못하는 상대방을 무지막지하게 스물 몇 대나 두들겨 팰 만큼 악독한 성격이 못 되는 것을 감사하게 생각하라고. 솔직히 내가 네 얼굴을 그렇게 때리면 어느 한 구석 남아날 것 같지가 않구나. 그러면 또 네가 얼마나 날 원망하겠냐. 그런 입장은 별로 되고 싶지 않거든.

"야, 티무르. 내가 시간도 없고, 또 스물네 대나 때리려면 내 손도 아플 것 같고 하니까 한 가지 타협안을 제시하겠어. 들어볼래?"

"말해 봐."

목소리도 조그맣다. 오히려 내 목소리가 더 클 지경이었다.

"딱 한 대. 한 대만 맞고 끝내는 거야. 대신 이걸로 깨끗하게 서로의 빚은 없었던 걸로 하자."

협상은 타결되었다.

"자, 각오해! 하나, 둘, 셋!"

퍼억!

"으윽……."

나는 밧줄을 힘껏 양손으로 잡아당겼다. 녀석의 몸이 허공에 매달렸다.

"그럼, 다음에 또…… 보지는 말자!"

"빨리 누가 와서 풀어주기를 빌겠어! 물론, 우리가 멀리 간 다음에!"

나와 유리카는 친구한테 인사하듯 손을 흔들면서 강변으로 내려갔다. 사실 이런 행동은 하나도 필요가 없었다. 왜냐면 인사를 들을 사람이 현재 볼 수도 들을 수도 없는 상태였으니까.

내가 힘을 모아서 배에 주먹을 한 대 먹인 결과, 티무르 녀석은 지금 세상모르고 잠들어 있다. 이런 결과를 예상하고 한 일은 아니지만 오히려 잘된 걸지도 몰라. 우리가 어디로 가는지 봐 놓지도 못할 테고, 깰 때까지 소란을 피우지도 못할 테고. 게다가 저러고 있으면 밤새 매달려 있느라 지루하지도 않을 테고. 깨고 보면 시간이 갔더라, 이거 아니겠어?

봐둔 거룻배를 강가로 끌어냈다. 매어져 있지도 않은 걸 보면 오랫동안 내버려둔 배인지라, 혹시 샐 지도 모른단 생각에 먼저 물에 띄워 보았는데 별 문제는 없는 듯했다. 배 위에 쌓인 나뭇잎들을 걷어낸 다음, 수건을 물에 적셔서 흙먼지를 닦아냈다.

"이리 와, 유리."

유리카를 먼저 태웠다. 배낭도 올려놓고 강 쪽으로 조금씩 밀었다. 다행히 강물의 흐름이 세지 않아서 배에 걸려 있던 삿대만으로도 충분히 헤치고 갈 수 있을 듯싶었다. 몇 걸음 밀다가 훌쩍 배 위에 올라탔다.

둥실, 물 위에 뜬 배가 가볍게 좌우로 흔들렸다. 불안한 마음에 숨을 죽이고 꼼짝도 하지 않았더니 먼저 앉아 있던 유리카가 까르르 웃었다.

"물결 때문에 그런 거야."

건너편 기슭의 검은 윤곽을 향해 삿대를 저었다. 강이 별로 깊지 않은 듯 삿대가 바닥까지 닿았다.

배가 강물을 가르고 지나가자 하얀 물등이 불쑥불쑥 솟아났다. 은빛 머리채 같은 강물 위에서 본 주위는 어둠과 은빛, 그리고 희미하게 솟아난 검푸른 숲으로 가득 차 있었다.

물 한가운데에서 옷을 적시지 않고 떠 있어 보는 것은 처음이었다. 삿대의 움직임에 따라 배는 뒤집히지도 않고 둥실둥실 잘도 흘러갔다. 아까 배를 탈 때 내심 겁이 전혀 나지 않은 것은 아니었는데, 강 한가운데까지 오도록 겁먹을 만한 일은 일어나지 않았다. 슬그머니 재미있다는 생각이 들었다.

"괜…… 찮네?"

그 말이 화근이었다. 유리카는 장난기가 발동했는지 갑자기 생긋 웃으면서 자리에서 일어섰다.

"으악, 앉아, 유리카!"

배가 커다랗게 기우뚱거리는 바람에 기겁을 한 내가 뱃전을 붙잡고 소리 지르자 유리카의 웃음소리가 음악처럼 강물 위로 퍼져나갔다. 유리카는 아마 배 타는 것에 익숙한 모양이었다. 아니면 겨울에 강에 빠지는 것이 무섭지 않을 정도로 수영을 잘 하거나. 그것도 아니면…….

"그쪽으로 갈까?"

……그 모든 것을 극복하고 남을 정도로 심각하게 장난꾸러기거나.

"오지 마, 오지 마!"

"아하하……."

배가 기슭에 닿기가 무섭게 나는 유리카가 내리는 것도 기다리지 않고 후닥닥 강둑으로 뛰어내렸다. 그 바람에 배가 유리카 쪽으로 휘청거려서 이번에는 도리어 유리카가 비명을 질렀다.

"파비안!"

"내 손 잡아!"

"응!"

덕택에 나는 급히 뛰어내린 보람도 없이 결국 장화를 흠뻑 적시고 말았다. 앞으로 유리카와 뭔가 위험한 일을 할 때에는 주의 깊게 행동해야 되겠다. 아무래도 골탕을 먹는 것은 항상 내 쪽인 것 같으니 말야.

9. 켈라드리안, 이스나에의 숲

인간에게 황금과 왕홀과 영예로운 관이 있다면
우리에겐 보석 중의 보석, 숲 중의 숲
세월 속에서 늙지 않는 켈라드리안이 있다.
영원한 어머니, 영원한 처녀여.

– 그루터기 엘프의 노래

숲자락을 밟고 지나가는 소리, 잎새와 낙엽이 부딪치는 바스락 소리, 밤새 맺힌 물방울들이 후드득 떨어지는 소리, 긴 세월 잠든 흙바닥을 깨우는 발소리.

위를 쳐다보면 서로가 서로를 가린 굵은 가지들과 각양각색 잎의 그림자, 그 사이로 내리는 안개, 숨 막힐 듯 향기로운 나무진의 냄새, 숲이 머금은 새벽.

"유리카, 네 목에 걸린 목걸이 말야, 그만 돌려주는 게 어때?"

"이거?"

새벽이 오도록 걸었지만, 끝이 없는 숲이었다. 바닥에는 눈 기운이 남은 잎새들이 푹신할 정도로 깔려 있었다. 몇 년 동안이나 떨어져 쌓인 잎이었다. 길이라고 할 만한 것도 없는 숲을 풀과 가지들을 헤치며 걸었다.

잠을 자지 못해 조금 전부터 눈이 슬슬 감겼다. 이제 따라오는 자들도 없겠지 싶었다. 오면서 본 것이라면 큼직한 밤송이처럼 한구석에 웅크리고 있다가 달아나는 조그만 고슴도치들이나, 가지 사이에 다닥다닥 붙어 있다가 후드득 날아오르는 작은 새들뿐이었다.

유리카는 짓궂은 미소를 지으며 나를 돌아보더니 목걸이 추를 들어올렸다. 녹색 가득한 숲 속에서도 가장 빛나는 잎새가 그 위에서 반짝거렸다.

"이건 너 구해준 값인 줄 알았는데?"

"야, 그건 안 돼."

나는 황급히 고개를 저었다. 사실 아까부터 목걸이를 돌려달라고 해야겠다 싶었는데, 왠지 말이 잘 나오지 않았다. 이유는 모르겠지만 목걸이가 검은 옷의 유리카에게 무척 잘 어울린 것도 원인 가운데 하나인 것 같았다.

유리카는 계속 장난스런 미소를 지어 보였다.

"내가 가질래. 너무 예쁜 보석이잖아."

"그……."

뭐라고 하면 좋을지 모르겠다. 물론 목걸이와 보석은 아버지가 준 것이고, 그러니까 다른 사람에게 줄 수는 없었다. 그런데 이상하게도 마음 한구석에서 유리카에게 저걸 줘버리면 어떨까, 하는 마음이 불쑥 솟아나 스스로도 놀랐다. 어찌 됐든 안 될 말이지. 내가 무슨 생각이 들든 간에 말이야.

"그건 줄 수가 없어. 구해준 값이라면…… 뭔가 다른 선물을 할 테니까."

"다른 선물 뭐?"

음…… 뭐가 있나.

머리를 아프도록 굴리면서 무심코 가슴을 헤집다가 손에 잡히는 것이 있어서 끄집어냈다. 평상시라면 무척 아까워했을 텐데 지금은 이거라면 줘도 되겠지, 하는 생각이 앞서는 것이 참으로 이상했다. 어쨌든 나는 미르보가 준 푸른 보석이 든 주머니를 목에서 벗겨내어 내밀었다.

"자."

유리카는 일단 받았다. 그리고 주머니를 열어 보더니 안색이 약간 변했다.

"파비안, 너 이거 어디서 났니?"

새벽빛이 안개를 뚫고 숲에 내렸다. 공기에는 아직 물기가 남아 있었다. 싸한 공기 때문에 졸음도 조금 가셨다.

"어디서 났냐고?"

"전에 어떤 사람한테서 받은 거야."

유리카는 이맛살을 찌푸리며 고개를 갸웃거리더니 다시 물었다.

"어떤 사람이었는데?"

"그냥 사냥꾼이었어. 예전에 우리 가게에서 물건 사고 물건값으로 준거라고."

물건값치고 좀 많긴 했지만 말야.

유리카는 생각에 잠긴 얼굴로 손에 든 구슬을 내려다보았다. 유리카의 손바닥 위에 있으니 내 손에 있을 때보다 한결 빛이 돋보이는 것처럼 보였다. 하지만 고개를 든 유리카는 심각한 표정이었다.

"일단 이건 내가 맡아 둘게. 내가 가지겠다는 말이 아냐. 이건 누가 함부로 가질 수 있는 성격의 물건이 아니거든."

돈 대신 받았다는 걸 생각하니 어이가 없었다.

"가질 수 없다니?"

"이건…… 살아있는 어떤 존재를 보석으로 만든 거야. 아니, 그 생명이 어떤 방법을 통해 보석 속에 갇힌 거지. 어떤 사람이든 한 생명을 개인의 소유물로 할 자격은 없는 거니까."

"뭐?"

유리카의 표정이 하도 심각해서 농담을 하고 있다고 생각할 수도 없었다.

"그럼 이 보석이 살아있다는 거야?"

"그렇게도 말할 수 있고 아니기도 해. 어쨌든 한때는 생명이었고, 다시 생명으로 되돌아갈 가능성이 전혀 없지도 않아. 조심해서 다루는 게 좋겠다. 더군다나 여기 켈라드리안처럼……."

유리카는 잠깐 말을 멈췄다가 이었다.

"이스나에의 힘이 강한 곳에서는 말이지."

이스나에라고?

확실히 켈라드리안 숲에 들어와서 걷는 동안 숲 전체의 규모도 그렇고, 태곳적 삼림처럼 울창하게 들어찬 각종 식물들이 놀랍지 않았던 것은 아니었다. 그리고 숲에 가득한 생명력이 밤새 걸어야 했던 우리의 피로를 한결 덜어주지 않았나 하는 생각 역시 하지 않은 건 아니었다.

그러나 이스나에라는 것이 그리 흔하게 볼 수 있는 존재들인가? 류지아가 불러내던 헤렐인가 하는 그 이스나에만 해도 상당히 까다로운 의식을 거치고서야 와 주지 않았던가. 거기다가 보석은 좀 많이 달랬나? 거기다가 머리카락까지…….

유리카의 말이 잘 이해가 되지 않았지만 고개를 끄덕이는 수밖에 없었다. 이스나에 같은 문제는 내가 이러쿵저러쿵 할 수 있는 영역이 아니니까, 잘 아는 사람의 말을 따르는 방법밖에 없었다. 그런데 유리카는 어떻게 이런 걸 알고 있는 걸까?

내가 묻기도 전에 유리카는 보석이 든 주머니를 목에 걸어 옷 안쪽으로 집어넣더니 몸을 돌려 걷기 시작했다. 나는 황급히 따라가며 물었다.

"유리, 내 목걸이는 줘야 할 거 아냐?"

"음……."

앞서 걸어가고 있는 유리카가 생각에 잠겨 낸 소리였다.

이거 푸른 구슬은 뭔지 모를 이상한 이유로 가져가고, 내 목걸이는 또 어떻게 돌려받는담?

내가 고민에 싸여 발걸음을 재촉하고 있을 때 유리카가 다시 밝아진 목소리로 말했다.

"응, 네 이야기와 교환하기로 할까?"

"무슨 이야기? 이야기라면 네가 하고 있는 중이었잖아?"

"이베카 민스치야 이야기 말야?"

유리카는 나를 돌아보더니 가볍게 입가를 올리며 웃어 보였다. 희고 갸름한 얼굴에 그려진 은빛 눈썹이 나는 새의 날개 끝처럼 아주 조금 움직였다. 그리고 드맑게 갠 이마도, 조각가가 깎아 놓은 대리석처럼 흠 하나 없는 얼굴이었다. 어쩌면 저런 얼굴이 존재할 수가 있지?

내가 엉뚱한 생각에 잠겨 생각의 끈을 놓치고 있는 사이 유리카가 말을 이었다.

"그 이야기라면 조금 있다가 해주고, 내가 듣고 싶은 건 너와 이 목걸이의 이야기야. 네가 왜 고향을 떠나게 되었는지, 어디로 갈 생각인지, 그리고 이렇게 예쁜 목걸이가 어디서 났는지, 뭐 그런 것들."

"내 이야기는 별로 할 게 없는걸. 목걸이도…… 마찬가지고. 아는 이야기가 있어야 말이지."

"상관없어. 아는 이야기만 하면 되잖아."

이상한 반응이었다. 보통 사람이라면 '네 일인데 왜 아는 이야기가 별로 없냐'는 말부터 나올 법한데, 유리카는 네가 잘 모르는 것이 당연하다는 듯이 아는 이야기만 하라고 일찌감치 관대하게 말해버렸다. 좀 기분이 이상한데.

"아, 그러니까······."

나는 생각을 하느라고 말꼬리를 흐렸다. 우리가 이야기하는 동안 어느새 주위는 아침이었다.

공기는 차갑고 맑았다. 문득 생각난 것처럼, 숨을 연이어 짧게 들이쉬어 보았다. 마침 내 몸에 들어온 것과 똑같이 서늘한 바람이 나무 사이 오솔길로 들어왔다가 휘돌아 나갔다. 유리카가 빙긋 웃더니 내가 한 그대로 따라했다.

"맑고, 차다."

방금 내가 한 생각을 그대로 말하는 그녀.

젖은 숲 공기가 신선한 나머지 들이쉬는 목구멍과 폐에서 약간의 고통마저 느껴졌다. 그런 대로 그것도 좋은 기분이었다.

걸음을 옮기자 그 사이 좀 더 밝아진 숲은 문득문득 다양한 빛으로 변했다. 흰 바탕에 보랏빛 무늬가 있는 손바닥보다 커다란 버섯들이 몇 발짝 앞에 줄지어 돋아나 있었다. 숲에는 이름도 잘 알 수 없는 별 가지 생명들이 뭉쳐 자라고 있었다. 우린 단지 손님일 뿐.

"고향에서 처음 너를 만났을 때, 내가 세상 속으로 이사 간다고 말했던 생각이 난다. 물론 그땐 너를 이렇게 다시 만날 줄은 몰랐는데 말야."

"응, 그 이사가 이 목걸이 때문이었니?"

"그런 셈이기도 하지. 목걸이의 이름은 아룬드나얀, 또는 사계절의 목걸이라고 한대. 본래는 네 계절의 상징인 보석들이 박혀 있었던가봐. 지금은 한 개밖에 없지만."

"녹색이니까, 봄의 상징이구나."

"응……."

아버지를 우연히 만난 이야기, 그리고 아버지가 녹색 보석을 찾았다는 설명을 간단히 하고, 다음 이야기를 이어나갔다.

"……그래서 아버지가 목걸이를 내게 주신 거야. 언젠가 아버지에게 찾아갈 때까지 잘 간직해야만 하겠지. 그 날을 앞당기기 위해서 이렇게 여행하고 있는 거고."

"다른 보석들을 찾지는 않는 거야?"

"글쎄…… 별로 생각해 보지 않았는데."

"그렇구나."

유리카는 고개를 끄덕이며 목걸이를 만지작거렸다. 아룬드나얀을 쓰다듬는 유리카의 분홍빛 손톱이, 검은 바위 위에 떨어진 복사꽃잎들처럼 점점이 흩어져 있었다. 한참을 쳐다보고 있다가, 유리카가 걸음을 멈춘 그대로 서 있다는 사실을 깨달았다. 무슨 생각을 하는 것 같기도 하고, 좀 이상하다. 설마 나더러 잘 쳐다보라는 배려는 아닐 테고.

"나, 이 목걸이에 대한 이야기를 들어본 것 같아."

"응? 네가?"

깜짝 놀랐다. 우리 집안의 보물로만 알고 있었는데 유명한 거였나?

"처음엔 생각이 안 났는데, 네 얘기를 듣다보니 떠오르더라고. 나도 옛날에 들은 이야기여서 말야. 보석 네 개가 박힌 검은 목걸이라고 했는데, 그게 이거구나. 아주 대단한 보물이라고 들었는데. 아주 옛날에…… 에제키엘이 만든 거지?"

나는 엄청나게 흥미가 동해서 유리카의 얼굴을 쳐다보았다. 집구석에 박혀 있던 고물이 골동품으로 밝혀진 사람의 기분이 이런 걸까 싶었다. 물론 이건 고물이 아니지만, 그래도 유리카까지 알고 있다니 생각보다 유명하다는 거잖아?

"무슨 얘기를 들었는데? 내가 모르는 새로운 얘기도 있어?"

"네가 아는지 모르겠는데…… 네 보석을 다 모아 완성하면, 세계에 큰 위기가 닥쳤을 때 단 한 번 그걸 막을 수 있다고 알고 있어."

"그게 정말이야?"

생각보다 엄청난 이야기를 듣고 나는 눈만 끔뻑거렸다. 유리카는 내 얼굴을 보더니 빙그레 웃었다. 그렇게 보아선지 그 미소가 평소와 조금 달라 보였다.

"위기라면 어떤 위기? 언제 오는데?"

"그거야 나도 모르지. 닥쳐오기 전에 어떻게 알겠어? 에제키엘 같은 사람이나 알 수 있는 거지."

"그럼 에제키엘은 그 위기가 언제 어떻게 오는지 알고 있었을까?"

"알았으니까 이런 것도 만들었겠지."

나는 고개를 갸웃거리다가 말했다.

"네 말을 처음 들었을 땐 무척 좋은 것 같았는데, 생각해보니 언제였든 위기가 온다는 말이잖아. 그것도 전 세계에. 그렇게 생각하니 왠지 무섭네."

"막을 수 있다는데 뭐가 걱정이야. 오기도 전부터 지레 겁먹니?"

"하지만 막으려면 보석을 찾아야 된다는 거잖아."

유리카는 별 것 아니라는 것처럼 어깨를 으쓱했다.

"네가 찾으면 되잖아."

"야, 에제키엘 같은 대마법사가 준비한 건데 설마 나 같은 별 볼일 없는 녀석이 해낼 수 있는 일이겠어?"

유리카는 내 얼굴을 가만히 쳐다보았다. 너무 오래 쳐다보고 있어서 나는 저도 모르게 내 뺨에 손을 갖다 댔다.

"왜 그래?"

"아냐……. 아니, 왜 네가 별 볼일 없는 사람이라고 생각하니? 세상 일은 어떻게 될지 모르는 거라고. 너도 충분히 훌륭한 일을 해낼 수 있는 사람이야. 왜냐면, 너도 사람이니까. 사람은 살아 있는 한 수많은 가능성과 함께 사는 거지."

유리카의 말이 아버지 곁에 설 수 있도록 훌륭해지겠던 결심을 떠오르게 해서 나는 창피해졌다. 결심한 지 얼마나 됐다고 한심한 말을 해버리다니.

게다가 여자애가 이렇게까지 말해 주는데 자기 비하나 하고 있을 만큼 한심한 놈은 아니었다. 나는 고개를 끄덕이며 말했다.

"그래. 네 말이 맞아. 나도 어떻게 될지 모르는 거지."

유리카는 다시 개구쟁이처럼 키득 웃었다.

"그런 의미에서 네가 그 보석들을 찾아봐."

"하지만 야, 어디에 있는지 단서도 없는데 무작정 찾으란 말이야? 전 대륙의 보석상을 뒤지기라도 하라고?"

유리카는 내 말이 어이가 없었는지 한참 동안 웃었다.

"보석상을 다 뒤진다는 것은 무리겠지만, 가을을 의미하는 붉은 보석이 세르무즈의 산 속에 있다는 이야기를 들은 일이 있어."

나는 세르무즈라는 말에 흠칫 놀라 물었다.

"세르무즈의 산 속이라고? 어느 산인지는 모르고?"

"대륙에서 가장 높은 산이라고…… 그렇게만 들었어. 할머니가 해준 얘긴데 뭐."

듣자니 '대륙에서 가장 높은 산' 이라는 말이 어쩐지 익숙했다. 가만히 기억을 더듬어 보니 미르보가 했던 말이 생각났다. '세르무즈에 있는 스조렌 산맥은 너도 들어봤겠지. 거기에는 대륙에서 가장 높은 산인 융스크-리테가 솟아 있다.'

융스크-리테?

오, 말도 안 돼. 헤렐의 예언이 맞는다는 거야?

내가 괴상한 표정을 연달아 짓는 바람에 유리카는 의아한 듯 눈썹을 올렸다.

"왜 그래?"

"아니, 그게 말야……. 나한테 세르무즈에 가야 된다고 예언한 사람…… 아니, 하여간 그런 친구가 있었거든. 그땐 아무 생각 없이 들었는데 지금 네 말을 듣고 좀 놀랐어. 예언에서도 그런 얘길 했단 말이야.

융스크-리테에 가라고. 그럼 내가 정말 그 보석을 찾아 넣게 될 지도 모른다는 거잖아? 그거 참 믿어지지 않네."

"……."

유리카는 내 말을 듣고 뭔가 생각하는 눈치였다. 그러나 잠시 후 생긋 웃었다.

"그런 대단한 예언도 받았다니, 너도 나중에 에제키엘 같은 사람이 될 지도 모르겠네."

"말도 안 돼, 야. 내 주제에 무슨 대마법사야."

아침도 됐고, 한참 떠들었더니 슬슬 배가 고파 오기 시작했다. 다리도 아파 왔다. 티무르를 두고 온 곳에서도 멀어졌으니까 뭐라도 먹고 한숨 자는 것이 좋지 않을까.

"유리, 배 안 고파?"

"먹을 거라도 갖고 하는 소리야?"

할 말이 있어서 다행이었다. 나는 의기양양하게 손을 펴 보였다.

"말린 고기 같은 거라도 좋다면."

"말린 식량이면 어때. 네가 먹을 거 이야기하니까 진짜 배가 고파졌어. 그렇지만 일단 다른 것도 있는지 좀 찾아보자."

"뭘 찾잔 거야?"

"물이랑 나무 열매, 그런 거지 뭐. 하지만 겨울이라서 쓸 만한 열매가 있을지는 잘 모르겠는데."

그 동안의 경험으로 말린 식량만 씹는 게 얼마나 맛없는 식사인지 잘 알게 됐기 때문에, 유리카의 뒤를 따라가 보기로 했다. 유리카는 나보다 여행을 오래 했기 때문인지, 이런 숲 속에서 뭘 찾을 수 있는지 잘 아는 것 같았다.

그리고 훨씬 귀가 밝기도 했다.

"물소리, 들리지?"

나무 사이를 걷고 있다가 문득 멈췄다. 덜 걷힌 새벽 안개가 시내를 이루며 흘러갔다. 내 귀에도 곧 물소리가 들려 왔다. 가볍게 통통거리는 듯한, 물방울 튀는 소리 말이다. 그 소리를 따라 걸음을 재촉해 바위를 딛고, 가로놓인 나무를 뛰어넘고, 작은 둔덕을 가로질렀다.

"조그맣고 깨끗한 샘일 것 같아."

안개가 한순간 걷히자 정말로 작은 빈터에 자리 잡은 샘이 보였다. 갑자기 커진 물소리와 마주하자 머릿속이 맑게 개는 듯했다.

다가가 보니 샘 가운데 조그마한 자연의 분수가 말뚝처럼 솟아 흘러 나오는 것이 보였다. 샘의 머리에 드리워진 잎새 사이로 눈이 희미해지도록 하얗게 내리는 햇빛도 보였다. 이끼로 뒤덮인 작은 바위들이 샘을 둘러쌌고, 샘에서 발원한 시내가 은빛 리본처럼 숲으로 사라져갔다.

샘을 들여다본 유리카가 말했다.

"이거 천연의 샘 맞을까? 누군가가 만들어 놓은 것 같지 않아? 여길 좀 봐."

유리카가 가리키는 대로 다가가 물속을 들여다보니 바닥에 부드러운 모래가 깔린 것이 보였다. 주위에는 이런 모래가 없는 걸 보니 누가 일부러 가져다가 깐 것 같았다.

우리는 일단 물을 마셨다. 손을 담그니 등줄기에 경련이 일어날 정도로 차가운 물이었다. 오는 도중에 물주머니에 약간 남은 물을 마셨지만 이렇게 신선하고 차지는 못했기 때문에 몇 번이나 손으로 떠서 마셨다. 물통도 채웠다.

"파비안, 네 목걸이 돌려줄게."

유리카가 젖은 손으로 목걸이를 벗어 내게 넘겨주었다. 목걸이를 받아든 나는 보석이 없는 빈자리들을 내려다보며 생각해 보았다. 우리 가문에 전해 내려왔다는 보물, 내게 이 목걸이를 주신 아버지, 세르무즈로 가야 한다는 헤렐, 그곳에 있을지도 모르는 또 다른 보석, 그 모두가 가리키는 융스크-리테는…… 내 검이 발견되었다는 곳이기도 했다. 나만이 만질 수 있는 희한한 검이 있었다는 곳. 정말 그곳에는 내 운명과 관련된 무언가가 있는 것일까?

그러고 보니 나르디한테도 세르무즈에 간다고 호언장담을 했네.

"유리카, 넌 어디로 가니?"

"세르무즈."

나는 깜짝 놀라 돌아봤다.

"뭐, 정말이야?"

유리카는 빙그레 웃더니 샘가에서 일어섰다. 나는 따라 일어나며 물었다.

"아니, 넌 왜 가는데? 세르무즈에 뭐가 있어?"

"할아버지를 뵈러 가는 거야. 스조렌 산맥 산골짝에 살고 계시거든. 네가 말한 융스크-리테하고 가까울지도 모르겠다."

"그런 데를 너 혼자서? 아무리 할아버지를 뵈러 간다고 해도 너무 위험한 거 아니야?"

"그렇긴 한데 안 갈 수가 없거든. 자리에서 일어나지도 못하시는데 나를 너무 보고 싶어 하셔. 내가 가면 벌떡 일어나 앉을 것 같다나."

"그렇다면야…… 할 수 없겠지만……."

유리카가 갑자기 입술에 손가락을 가져다 대는 바람에 나는 말을 멈추었다.

"이상한 소리 안 들려?"

"으응?"

주위를 둘러봤지만 바람이 바스락바스락 숲 사이를 헤치고 돌아다니는 소리 외엔 고요했다. 나는 고개를 갸웃거리다가 흔들었다.

"전혀."

"잘 들어봐."

그러나 여전히 아무 소리도 들리지 않았다.

"무슨 소리를 들었는데 그래?"

"웃는 소리, 조그맣게 속삭이면서 웃는 소리가 들렸어."

"뭐야? 벌써 쫓아왔나?"

내가 긴장한 표정이 되자 유리카가 손을 저었다.

"아냐. 그런 소리가 아니고 마치 조그마한 아이들이 내는 것 같은……."

나는 그제야 짐작이 갔다.

유리카 앞에서라면 괜찮겠지 싶었다. 지금껏 생긴 일들을 봐 왔을 테니 유리카가 위험한 사람이 아니라는 것쯤은 알겠지. 나는 주머니를 가볍게 두드렸다.

꼼지락.

"주아니, 주아니. 그만 나와봐."

"주아니가 누구야?"

유리카는 의아한 표정으로 내가 하는 양을 보고 있더니 내 주머니 안에서 뭔가 움직이는 걸 보고선 눈이 동그래졌다.

"쥐? 토끼?"

"그 말 들으면 주아니가 화낼걸."

나올 생각이 없는 것 같아 나는 다시 주머니를 두드리다가 아예 손을 집어넣었다.

"꺄륵!"

주아니는 내 손이 닿자 굉장히 놀란 듯이 후닥닥거리더니, 주머니 속에서 팔짝 뛰어나오다가 바닥에 떨어질 뻔했다. 주아니는 한 번 잠이 들었다 하면 쉽게 깨지 못하는 모양이었다. 깨울 때마다 저렇게 깜짝 놀라니 말이다. 아까 웃었다는 것도 잠꼬대가 아닌가 모르겠는걸.

"야, 야, 진정해."

주아니를 샘가에 내려놓았다. 그런데 정말 자다 일어난 듯이 눈이 부스스했다. 두리번대다가 다시 한 번, 이번엔 샘 속으로 떨어질 듯이 비틀거려서 나까지 깜짝 놀랐다. 얼른 손바닥을 세워 샘과 주아니 사이를 막았다.

유리카는 흥미진진한 눈으로 보고 있더니 뜻밖의 말을 했다.

"로아에구나?"

"어, 처음 보는 게 아닌 거야?"

유리카는 주아니 쪽으로 손바닥을 펴서 내밀었다. 올라오라는 듯이. 그런데 잠이 깬 주아니는 불안하게 눈동자를 굴릴 뿐, 도망가지도 손바닥 위로 올라가지도 않고 웅크리고 있을 뿐이었다. 나는 안심도 시킬 겸 겸연쩍게 웃어 보였다.

"내 친구야, 주아니. 괜찮아."

"꼬마 로아에 친구, 나는 유리카 오베르뉴라고 해."

유리카가 자기소개를 하면서 생긋 웃어 보였는데도 주아니의 표정은 전혀 풀어지지 않았다. 한참을 그러고 있자니 내가 민망해질 지경이 되었다.

"왜 그래? 뭐 잘못됐어?"

묵묵부답.

이거 날 처음 만났을 때하고 비슷한데.

"야, 주아니."

일단 내 손바닥 위로 올라오게 했다. 표정을 자세히 보니까 이것도 전에 본 표정 같았다. 언제 봤더라, 그러니까…… 동굴에서 '나 화 안 났어' 할 때의 표정 같은데?

확인 삼아 물어 보았다.

"너 화났냐?"

"아니."

틀림없었다.

주아니는 그 말을 하고도 한참 몸을 비틀고 꼬고 하더니 드디어 하고 싶은 말을 했다.

"파비안, 너…… 내가 좋아, 쟤가 좋아?"

"뭐…… 뭐?"

그 순간 유리카의 표정도 볼만했다. 입가가 일그러지다가 애써 참느라 얼굴을 다 찡그리더니…… 결국 참지 못하고 폭소를 터뜨려 버렸다.

"아하하하……."

이럴 땐 어떻게 해야 되지?

다행히 유리카가 도저히 멈추지 못할 것처럼 웃어대고 있어서 내가 말을 할 필요가 없었다. 주아니의 표정은…… 말하지 않겠다.

"아, 하하하하…… 아하하하하……."

한참만에 간신히 웃음을 멈춘 유리카가 주아니를 향해 입을 열었다.

"얘, 꼬마 로아에 아가씨. 너하고 파비안이 어떤 사이인지는 모르겠지만 말이야……."

"무, 무슨 소리야, 유리!"

내가 당황해서 외쳤지만 유리카는 아랑곳 않고 말을 이었다.

"나하고 파비안은 그저 '친구' 사이란다. 친구로서 누구를 더 좋아하니, 하는 것은 별로 의미 없는 질문 아닐까? 적어도 내 생각엔 그런데 말야."

주아니가 뭐라고 대답할지 궁금해졌다.

"같이 다닐 거야?"

실질적인 질문이었다. 유리카는 고맙게도 고개를 끄덕여 주었다. 세르무즈까지 같이 가자는 건가? 어쩐지 기분이 좋아지는데. 그런데……

뭔가 미심쩍은 기분도 들고 말이야.

"응. 그러니까 주아니 아가씨하고도 같이 다니게 되는 거겠지? 나는 너하고도 친구가 되고 싶은데 말야. 어려울까? 어때?"

유리카는 정말 말을 잘 했다. 내가 주아니라도 별로 대답할 말이 없을 것 같았다. 물론, 예상대로 아무 대꾸가 없었다.

그런데 유리카는 이어 더 상냥한 말씨로 덧붙였다.

"내가 파비안보다 주아니 너를 더 좋아하게 될지 누가 아니?"

뭐야, 방금 그 말은?

"그래서 이베카 민스치야가 한 선택은 이거였어."

가만히 보니 나보다 주아니가 더 이야기를 흥미진진하게 듣는 것 같았다. 하긴 주아니는 유리카보다 나이가 많으니까 저 이야기가 어쩌면 가까운 시대의 일로 여겨질지 모르겠다. 하여간 유리카는 선택을 잘 했다. 주아니의 흥미를 끌 만한 일을 금방 찾았으니 말이다.

이렇다 보니 유리카는 주로 주아니를 바라보며 이야기를 하고 있었다. 이거 소외된 것 같은 기분이 드네.

"그녀는 죽을 때가 가까워오자 인간들의 도시로 찾아갔어. 그때만 해도 힘보른이라는 이름으로 불리던 그 도시 말야. 당시엔 수도에서 파견된 귀족이 와서 다스리고 있었대. 물론 자손에게 물려지는 자리는 아니었지. 그때에도 힘보른 시는 상당히 발전한, 그러니까 수익이 좋은 도시였기 때문에 국왕 폐하가 가까운 사람을 임명하곤 했거든. 이베카는 그때 도시를 다스리던 귀족을 찾아가서 이렇게 제안을 했대."

"뭐라고 했는데?"

우리는 샘 근처에서 야영을 하기로 했다.

밤은 아니었지만 잠이 너무 부족해서 쉬지 않고는 더 갈 수가 없었다. 말린 식량을 좀 씹은 뒤 근처에서 올라갈 만한 나무를 찾았다. 커다란 떡갈나무를 골라 내 키의 네 배 정도 되는 높은 가지까지 올라갔다.

두툼하게 뻗은 가지 위에서 내키는 대로 적당히 기대고는 망토와 담요 등도 꺼내 요령껏 덮었다. 편안한 잠자리는 아니라 해도 너무 피곤해서 등만 닿아도 잠들 것 같았다.

물론, 유리카의 이야기가 끝나는 대로 말이다.

주아니는 말까지 거들어 가며 잠도 안 자고 흥미진진해 했다. 하긴 오는 동안 실컷 잤을 테니 안 졸린 것도 당연할지 모르지만.

"뭐라고 했느냐면, 자기가 마법을 써서 당신 핏줄을 이은 딸들에게 대대로 이곳 시장직이 물려지도록 해 주겠다, 이렇게 말했대. 그녀는 켈라드리안에 살고 있던 그루터기 엘프 중에서 가장 뛰어난 마법사 중 하나였거든."

"그래? 그런데 아무리 마법이라도 그런 일이 가능한 건가?"

유리카는 빙긋 웃더니 입을 내밀어 보였다.

"물론 불가능하지."

"뭐야?"

내가 황당해서 몸을 뒤채다가 바닥으로 떨어질 뻔한 소동이 있은 뒤 유리카가 설명해 주었다.

"그녀는 자기의 마법이 아니라 이스나에들의 힘을 빌리려고 한 거야. 대단한 마법사였으니까, 알고 지내는 이스나에가 많이 있었을 테지. 이스나에들이 특별한 일이 없는 한 영원히 산다는 것은 알고 있지?"

그러면 이스나에들의 힘을 빌려서 인간 세계에 영향력을 행사하려 한 건가? 그런 일을 해서 뭘 얻으려고?

나보다 주아니의 추리가 더 빨랐다.

"그리고 그 딸들은 대대로 '이베카'라는 이름을 가지게 하고?"

아하. 그제야 상황이 이해가 갔다.

그녀는 연인이 돌아올 때까지 살아있을 수 없다는 것을 알게 되자 자신의 흔적을 영원히 남길 방법을 찾았을 것이다. 엘프들은 기록을 잘 남기지 않으니, 세월이 까마득히 흐른 후 언젠가 봉인에서 풀려날 자신의 연인에게 기록을 전할 방법이 없었겠지. 대대로 사람을 통해 전해지는 이름이라니, 기발한데.

내가 생각을 정리하는 중인데 유리카가 웃으며 손뼉을 쳤다.

"맞았어. 그거야. 자기 이름이 영영 없어지지 않도록 도시의 이름도 이베카로 고치게 하고 말이지."

주아니는 기분이 좋아진 모양이었다. 그런데 나는 이해가 안 되는 점이 있었다.

"그런데 부탁 받은 이스나에는 그런 일을 해서 얻는 게 뭔데? 그리고 이스나에가 무슨 수로 인간들의 시장직 같은걸 이래라 저래라 할 수가 있지? 그들은 그저 영혼들일 뿐이잖아?"

"그건."

유리카는 잠자기 전에 리본을 꺼내서 머리카락을 묶었다. 그것조차 까만 천이었다. 그녀는 묶은 머리채를 가지 뒤로 늘어뜨리고 가능한 한 편안하게 자세를 잡더니 말했다.

"조금만 생각해보면 간단한 문제라고."

순식간에 생각 없는 사람이 돼버렸네.

"이스나에는 보통 사람들의 눈엔 보이지 않아. 그러나 이스나에가 원한다면 무슨 모습으로든 나타날 수 있지. 이베카와 계약을 맺은 이스나에는 새로 부임한 귀족들에게 매번 장난을 쳤다나봐. 혼비백산해서 도망갈 정도로 말야. 그러면서 아마 누구를 불러오라는 말을 했겠지. 이베카라는 이름을 물려받은 처녀 말이야. 귀족들은 예나 지금이나 귀찮고 무섭고 그런 거 버티는 경우가 별로 없거든? 결국 원하는 대로 됐지 뭐. 그래서 파견 귀족 대신 세습 시장이라는 이상한 제도가 생긴 거야. 이걸로 두 번째 의문은 해결."

"그럼 첫 번째?"

유리카는 의미심장하게 웃었다. 이야기 듣는 애들한테 겁을 주려고 하는 어른처럼 말이다.

"켈라드리안에 이스나에들이 많아지게 된 게 그때부터지."

"뭐야?"

"이스나에는 종류가 많지만, 그중에는 특정한 자연이나 장소에 자리 잡지 않으면 힘을 제대로 발휘할 수 없는 종류가 있어. 하지만 이스나에의 생명은 영원하다보니, 세월이 가다 보면 어떤 이유로든 살아가던 곳을 잃고 헤매는 경우가 생기기 마련이지. 그렇게 떠도는 이스나에들이 이곳 켈라드리안에 둥지를 틀도록 해 준 거야. 그 전까지 여긴 엘프들의 땅이었지, 이스나에의 땅은 아니었거든."

"그럼 엘프들은?"

"예전엔 많았던 엘프들이 거의 없어지게 된 시기가 바로 그 2백 년 전이잖아. 어차피 비어있는 땅을 누구한테 주든, 그런 건 엘프 중에서도 마법사들이나 관여할 만한 문제였지. 평범한 엘프들은 종족이 멸망해 가고 있다는 중대한 시련 앞에서 그런 문제에까지 관심을 가질 수 없었을 거야. 또한 도움을 받으면 받았지 해를 끼치지는 않을 이스나에잖아. 엘프는 인간들처럼 이스나에를 두려워하지도 않고. 그러니 그들이 와서 자리를 잡은들 누가 상관했겠어?"

나는 머쓱해져서 코를 약간 훌쩍거렸다. 유리카가 말을 이었다.

"그렇게 한동안 엘프들과 이스나에들은 서로 도우며 지냈어. 그러나 마법을 잃은 엘프들은 차츰 도태되어 갔고, 영원한 생명을 가진 이스나에들은 사라지지 않았지. 다시 말해……."

유리카는 본격적으로 겁을 주려고 마음먹은 것 같았다.

"2백 년이 흐른 지금, 인간들에겐 유령이나 다를 바 없는 이스나에들이 가득 찬 숲이 된 거라고."

밤에 들었으면 확실히 음산했겠는데.

주아니는 실제로 몸을 좀 떨었다. 로아에도 유령이나 귀신을 무서워하나? 하긴, 무서워하지 않을 이유도 없겠지.

유리카는 나와 주아니의 표정을 번갈아 보더니 효과가 있었다 싶었는지 기분 좋게 생글생글 웃었다. 정말 저 애는 얼굴과는 달리 고약한 성미야.

이제 졸음이 턱까지 찼다. 눈이 거의 감겨 있는데 뒷이야기를 덧붙이는 유리카의 목소리가 꿈인 양 들려왔다.

"그런데 웃긴 건, 나중엔 서로 그 이베카라는 이름을 쓰려고 집안끼리 암투를 벌였다는 거야. 딸에게 물려주는 거다 보니까 세월이 흐르는 동안 여러 집안이 권리를 갖게 되지 않았겠어? 결국 여러 번의 분쟁 끝에 아까 그 티무르의 리안센 가문에서 거의 독점을 하게 됐다는데 그 이유도 아주 웃겨."

"이유가 뭐였는데?"

나보다 정신이 맑은 주아니의 질문이었다.

"글쎄, 리안센 가문에서는 자기네 이베카한테 결혼을 시키지 않았다지 뭐니? 그러니까 이베카가 다른 가문으로 갈 여지를 아예 막아버린 거지. 지금의 시장인 이베카 할머니 역시 처녀야. 이베카 민스치야는 이런 결과까지 예상하진 못했을 텐데 말야. 하여간 인간들이 일을 그르치는 데는 뭐가 있단 말야."

자기는 인간이 아니기라도 한 듯한 말투였다. 졸음이 쏟아졌지만 마지막으로 묻고 싶은 것이 있었다.

"그 할머니, 티무르한텐 외할머니가 된다던데?"

"양자를 들인 거지. 그것도 한 집안 안에서."

어이가 없다는 감정과 더불어 나는 잠 속으로 빠져 들어갔다.

"잠꼬대? 그럴 리가 없는데?"

"무슨 소리야. 유리카가 들었댔어."

그런데 유리카마저도 고개를 저었다.

"아냐, 지금까지 주아니 목소리를 죽 들었지만 내가 들은 것하고는 달라. 그리고 하나가 아니라 여럿 같았다고. 웃고 떠들려면 혼자서는 안 되잖아."

"괜히 음산한 소리 하지 마. 아깐 낮이었지만 지금은 아니라고."

이미 한밤중이었다. 우리는 차례로 깨어나 나무 위에서 내려올 차비를 하는 중이었다. 나무 위에서 자면 불편하고 제대로 자지 못할 것 같지만 방금 경험한 바로는 꼭 그렇지만도 않은 듯했다. 나는 집의 침대에서 실컷 잔 것처럼 개운하게 깨어났다. 밤에 깨어나는 것만은 좀 낯설었지만.

"컴컴해서 낮에 본 샘이 어디 있는지 모르겠네."

"내려가 보면 어둠이 눈에 좀 익을 거야."

"램프를 켤까?"

"아냐. 이런 곳의 이스나에들은 인간이 일부러 켠 불을 싫어해."

유리카는 가지를 몇 개 헤치고 아래로 내려가더니 자기 키의 네 배쯤 되는 높이에서 그냥 훌쩍 뛰어내렸다. 그것도 아주 가볍게, 자세도 흐트러뜨리지 않고 착지했다. 멋져 보이긴 하지만 저런 흉내를 내다가 다리가 부러지고 싶진 않았다. 게다가 배낭도 있으니까. 나는 올라오던 방법대로 적당히 줄기를 타고 내려왔다.

"피로가 풀린 것 같아."

"켈라드리안은 자기 품에서 피로해 하는 아이를 보지 못하는 어머니거든.”

“뭐?”

유리카는 수수께끼 같은 말을 남기더니 뭔가 보이는 것처럼 한쪽으로 걸어갔다. 어둡다고 생각했는데 어디선가 비쳐오는…… 빛이 있네?

빛나는 곳은 유리카가 걸어간 쪽이었다. 하지만 다가가 보니 빛은 어느새 사라진 후였다. 샘가에 앉아 양손을 물에 잠그고 있는 유리카가 있을 뿐이었다.

“밤에 마시기엔 좀 차갑네.”

작은 물고기 하나도, 물풀조차도 살고 있지 않은 샘이었다. 얼마나 투명한지 물에 잠긴 손의 손금까지 비쳐 보였다. 손을 오므려 물을 떠 마시자 몸 구석구석으로 차가운 기운이 퍼져 나갔다. 나는 몸을 떨었다.

“으…… 추워라. 주아니, 물 마실래?”

“응…… 아니, 응?”

주아니는 대답을 이상하게 하더니 주머니에서 기어 나와 두리번거렸다. 덩달아 두리번대다 보니 내게도 느껴지는 것이 있었다.

“아, 밝네?”

그러고 보니 이렇게 어두운데 물속에 잠긴 손금이 보인다는 게 말이 안 되잖아? 물풀도 그렇고.

빛이 사라졌다고 생각한 건 다가앉은 이곳이 빛의 근원이었기 때문이었다. 어느 한 군데가 아니라 샘 전체가 발광체처럼 빛나고 있었다. 스스로 빛을 내는 곤충이라면 몰라도 샘이 빛을 낸다는 이야기는 들어

본 일이 없었다.

"분명 이스나에의 장난이야, 이건."

단정 짓듯 말한 유리카는 손을 샘에 집어넣고 천천히 휘저었다. 하얀 광채가 물결을 따라 솟아나오는 듯했다.

"이스나에가 이런 장난도 쳐?"

"이스나에들 중에 한 장소에 붙박이로 있어야 하는 자들이 있다고 아까 말했지? 그런 자들 중엔 자기가 있는 곳을 이상하게 만들어놔서 인간들을 놀라게 하는 경우가 종종 있지. 이 빛나는 샘도 그런 것일 것 같다. 여기가 켈라드리안인 이상 그렇게 이상한 일도 아니지."

헤렐과 같은 녀석이 안 보이는 곳에서 쏘아보고 있을지도 모른다고 생각하니, 기분이 좋지 않았다.

"지금 우리를 보고 있을지도 모르겠네?"

"무슨 소리야. 당연히 보고 있다고. 이런 이스나에들은 웬만해서는 자기 자리를 떠나지 못한단 말야."

그런 말을 예사롭게도 하는군 그래.

유리카는 주아니와 나한테 겁을 주던 때처럼 자기는 유령이나 귀신 따윈 조금도 무섭지 않다는 투였다. 저 또래 여자아이치곤 흔한 일이 아닌데. 겁먹어서 떠는 여자아이들 앞에서라면 나라도 아무렇지 않은 척 해야 할 텐데, 그걸 할 필요가 없어 좋은 점도 있었다.

"샘이야 어찌 됐든, 말린 식량이나 씹으면서 출발하기로 할까? 우린 갈 길이 바쁘다고."

걸으면서 생각해 보니 이상했다. 뭐가 바쁘다는 거지? 쫓아올 사람들도 이젠 없을 것 같은데.

"유리카, 넌 어느 아룬드에 태어났니?"

드문드문 잎새에 별이 가려지기는 하지만 맑은 밤하늘이었다. 고집
스럽게 자신의 천 배낭을 되찾아 멘 유리카는 머리를 묶었던 폭이 넓은
리본을 풀지 않은 그대로였다.

"난 아무 때도 태어나지 않았어."

"뭐?"

하지만 곧 이해가 갔다. 암흑 아룬드(2월)에 태어난 사람들은 자기의
생일을 잘 밝히지 않을 뿐더러, 대답해야 하는 상황이 와도 '없는 달
태생'이라거나 또는 '태어나지 않았다'는 말로 대신하는 경우가 많았
다. 암흑 아룬드는 저주받은 아룬드라고도 불렸고, 이때 태어난 사람들
은 주변 사람들에게 기피 대상이 되는 경우마저도 있었다.

그런 만큼 부모들도 이 달에 아이를 낳지 않으려고 상당히 주의 깊
은 계산을 한다. 따라서 실제로 이 달에 태어나는 사람은 그다지 많지
않았다. 나도 스스로 암흑 아룬드에 태어났다고 말하는 사람을 만난 것
은 유리카가 처음이었다.

오늘이 음유시인 아룬드 29일이라는 것이 생각났다. 이번 달은 30
일까지 있으니까 이제 하루 남았네.

"그럼 생일이 얼마 안 남았겠구나? 언제니?"

"암흑 아룬드에 태어난 사람들은 생일을 기념하지 않는단 것, 모르
니?"

"……."

유리카는 별 감정 없는 말투였지만 나는 아픈 곳을 찌른 것 같아 마음이 불편해졌다. 유리카의 말이 맞았다. 암흑 아룬드 태생은 '태어나지 않은' 자들이기 때문에 생일이 없다. 아무도 기념해주지 않는 것이다. 심지어 부모조차도.

구체적으로 생각해본 것은 처음이지만, 갑자기 무척 부당하다는 생각이 들었다.

"왜 꼭 기념하지 않아야만 하는 거지? 그때 태어난 게 자기 잘못도 아니잖아. 무슨 끔찍한 잘못을 저지른 것도 아닌데."

유리카는 대답 없이 그저 걷고만 있었다.

이거 참. 나는 수호성이 무엇인가 물어보고, 하늘이 맑은 김에 서로 별이나 찾을까 싶어서 태어난 달을 물었을 뿐이었다. 그러나 암흑 아룬드 태생한테는 수호성조차도 없었다.

물론 암흑 아룬드를 지배하는 별이 없는 것은 아니다. 어느 달이나 하나씩 있으니까. 그러나 암흑 아룬드의 별인 '사스나 벨(Saasna Belle)'은 누군가를 지켜 주는 수호성이 될 자격이 없었다. 스스로가 불길함과 동의어인 별이니까 말이다. 게다가 다른 열세 달 동안은 볼 수조차 없었다.

"이런 이야기 꺼내서 미안하다. 하지만 다른 사람들이 그런다고 꼭 생일을 그냥 지나칠 필요는 없잖아. 나한테 가르쳐 주면 안 될까? 세상 사람들이 하는 대로 꼭 할 필요는 없다고 생각해."

유리카는 그제야 내 쪽으로 얼굴을 돌렸다. 별다른 표정은 없었다.

이런 일쯤 너무 익숙하다는 것처럼.

"그만해, 파비안. 없는 달 태생한테 자꾸 생일을 묻는 것도 실례야."

나는 더 할 말이 없어졌다.

한동안 말없이 걸으면서 주아니한테 생일을 물어볼까 하다가 유리카만 더 신경 쓰이게 할 것 같아 포기했다. 별이 잘 보이긴 하지만 전혀 쓸데가 없네.

"유리카."

주머니 속의 주아니가 유리카를 불러서 나는 깜짝 놀랐다. 옛날이야기 좀 나눴다고 해서 유난히 낯을 가리는 주아니가 유리카와 쉽게 친해질 거라는 생각은 하지 않았으니까.

유리카는 굳이 돌아보지 않고 대답했다.

"왜."

"암흑 아룬드 어쩌고 하는 건 인간들뿐이야. 로아에들 사이에서 그런 건 없어."

"……."

대답이 없었지만 주아니는 계속 말했다.

"우리들도 아룬드의 체계는 알고 있어. 이를테면 나는 약초 아룬드 2일에 태어났고, 수호성은 에를라니(Erlani)지. 그렇지만 어느 아룬드에 태어난 로아에든지 가치는 똑같아. 암흑 아룬드에 태어났다고 해서 '태어나지 않았다'고 말하는 건 인간들뿐이야."

약초 아룬드라고 하니 세이지를 들고 있는 주아니의 모습에 잘 어울리는 달인 것 같았다. 나는 궁금한 게 생겨서 물었다.

"그럼, 암흑 아룬드에 태어난 로아에의 수호성은 뭐니?"

"고통받는 달."

내가 무슨 말인지 몰라서 헤매고 있는데 유리카의 한결 밝아진 목소리가 들렸다.

"그건 재미있는 생각이구나."

두 소녀—혹은 소녀와 할머니일지도—가 한창 그 의미에 대해서 재잘거리는 동안 나도 드디어 해답을 찾았다.

"사스나 벨에 의해서 고통받고 있는 달, 그 자체란 말이지?"

"그걸 이제 알았니?"

……합창으로 대답할 필욘 없어.

암흑 아룬드의 별 사스나 벨은 열네 달 가운데 암흑 아룬드에만 볼 수 있는 희한한 별이다. 그 별은 아룬드의 이름처럼 온통 검은 색이었다. 검은 하늘에 검은 별이 보일 리가 있겠어? 낮에는 햇빛 때문에 안 보이고. 그러니까 다른 열세 달 동안 아무리 기를 쓰고 찾아봐도 어디 있는지 알 수가 없는 게 당연했다.

그럼 그 별은 어떻게 볼 수 있냐고?

암흑 아룬드가 되면 사스나 벨의 위치는 확실해진다. 왜냐하면 그 별은…… 그 시기에 달 위에 나타나는 것이다.

하얀 달 위에 나타난 끔찍한 검은 구멍.

그 모습을 밤마다 보는 것만으로도 충분히 불길한 기분이 되곤 했다. 왜 옛날 사람들이 암흑 아룬드를 이런 달로 만들어 놨는지 이해가 될 정도로.

"······다른 열세 달 동안 사스나 벨이 어떻게 움직이는지 계산해보려고 많은 점성술사들이 노력했지. 아직도 확실한 결과는 내지 못했지만 말이야. 아니, 낼 수가 없을지도 모르지. 아무리 연구를 한들 보이지 않는 별이 어디에 있는지 또는 없는지, 무슨 수로 확신할 거야?"

설명은 결국 유리카가 넘겨받아 말하고 있었다. 나도 그런 복잡한 이야기까진 몰랐기 때문에 귀를 기울였고, 주아니도 마찬가지였다.

하늘에는 그믐을 앞두고 있는 달이 뚜렷했다. 이번 암흑 아룬드는 그믐달로 시작할 모양이니, 가느다란 달의 허리를 뚝 자르는 것처럼 나타나는 사스나 벨의 모습을 볼 수 있겠구나.

"그럼 점성술사들이 경로를 예측한다는 건 도대체 어떻게 하는 거야? 그들이 이스나에도 아니고."

"이스나에도 그런 건 알 수 없을 거야."

나와 주아니가 저마다 떠드는 가운데 유리카의 말이 이어졌다.

"점성술사들은 다른 아룬드의 별들과 일곱 별자리와의 관계 속에서 사스나 벨의 위치나 움직임을 알려고 했어. 달 위에 나타난 사스나 벨이 밤을 지배한다는 것은 너희들도 알지? 그러니까 암흑 아룬드의 절반은 낮조차 밤과 다름없는 거 아냐. 그런 식으로 사스나 벨은 지상의 일에 영향을 끼치지."

"그러면 좋지 않은 일이 일어난 때를 연구해서 그 즈음 어느 별자리 옆에 사스나 벨이 있었을 것이다, 뭐 이런 식으로 위치를 알려 했다는 거야?"

주아니가 맞받았다.

"그건 너무 억지 같은데?"

"차라리 나라면 해가 질 무렵에 하늘을 차근차근 관찰하는 쪽을 택하겠다. 여러 사람이 잘 보다보면 혹시 잠깐이라도 사스나 벨이 보일지 알아?"

"맞아맞아."

우리 두 무식한 인간들, 아니 인간과 로아에가 떠들어댔지만 유리카는 고개를 저었다. 그리고 뭔가 말하려다가 갑자기 입을 딱 벌렸다.

"왜 그래, 유리?"

"세상에."

나도 이유를 알게 되었다. 유리카가 바라보는 쪽에 물소리와 함께 빛이 어른거렸다. 빛나는 샘이라…… 아주 익숙하네?

유리카는 못 박힌 것처럼 자리에 서 있었지만 나는 샘가로 달려갔다. 덩달아 주머니 속의 주아니도 함께. 긴말이 필요 없었다. 우리가 떠나온 바로 그 샘이었다.

"이게 어찌된 거야?"

"우리가 아무리 이야기에 정신 팔면서 왔다고 해도 이렇게 왔던 자리로 똑바로 되돌아올 수는 없어."

유리카가 딱 잘라 말하더니 주위를 휘둘러보았다. 뭔가를 찾는 것처럼. 잠시 후 유리카의 목소리가 밤의 어둠을 자르듯 퍼져나갔다.

"우리한테 바라는 게 있다면 모습을 드러내고 말을 해!"

어제 아침에 올라가 잤던 나무까지 확인했지만 틀림없었다. 그러나 귀가 밝은 주아니조차 주위에 누가 있는 기척은 못 느꼈다고 말했다. 그러니까 살아 있는 누군가가 우리를 혼란시켜 엉뚱한 길로 인도했다고는 생각할 수 없었다.

유리카 판단대로 이스나에의 짓이 틀림없어.

유리카는 우리가 이스나에의 장난에 걸려들었다면 밤새 숲을 헤매고 내일, 모레, 아니 1년 내내 여기를 헤맨다고 해도 같은 장소로 되돌아오게 될 거라고 말했다. 죽을 때까지 못 빠져나가는 거냐고 주아니가 묻자 유리카는 고개를 끄덕였고, 그래서 우리는 무척 당황하고 있었다.

"유리카, 화났나 보다."

주아니가 속살거렸다. 내가 고개를 끄덕이는데 유리카가 다시 말했다.

"그래, 안 나오겠다는 거지……."

말끝이 위협적으로 낮아져서 나는 주아니와 눈짓을 나눴다. 쟤가 뭘 하려고 저러지?

"후회하게 해 줄 거야."

유리카는 샘가로 가서 배낭이 앞쪽으로 오도록 빙글 끈을 돌렸다. 그리고 배낭을 열어 코르크로 막힌 약병을 하나 끄집어냈다. 자그마한 유리병인데 안에는 빨갛고 투명한 알사탕 같은 것들이 가득 차 있었다. 유리카는 코르크를 뽑고 한 개를 끄집어냈다.

"뭘까?"

"글쎄."

유리카는 약병을 갈무리하더니 꺼낸 구슬을 집게손가락 사이에 끼워 잡고, 샘 앞으로 내밀어 흔들어 보였다. 구슬에서 희미한 빛이 나와 어둠 속에서 착시 같은 선을 그렸다.

"네가 정말 이스나에라면 이게 뭔지 모르지는 않겠지?"

반응이 없자 유리카는 목을 가다듬더니 다시 한 번 외쳤다.

"의식을 통하지 않아도 충분히 사용할 수 있어. 내가 무슨 힘을 가졌는지 너도 알 수 있을 텐데?"

여전히 조용했다. 나는 유리카가 무슨 힘을 가졌는지 궁금했지만 유리카는 더 설명하지 않고 혼잣말로 중얼거렸다.

"네가 정말 샘의 이스나에라면, 블로지스틴의 구슬을 무서워하지 않을 수가 없을 거다."

유리카는 물이 솟아나 조그마한 말뚝 분수를 만든 그곳에 구슬을 갖다댔다. 그러자 놀라운 일이 벌어졌다. 불이 옮겨 붙는 듯한 소리와 함께 갑자기 구슬에서 백 배나 되는 빛이 쏟아지기 시작했던 것이다. 다시 말해 커다란 불덩이가 되었다!

"어, 어어……."

유리카의 손이 불꽃에 휩싸였지만 뜨겁지는 않은 듯했다. 주변 숲도 불이라도 난 것처럼 시뻘겋게 밝혀졌다. 유리카의 화난 얼굴은 환영처럼 타오르고 있어 내 눈에도 무섭게 보일 지경이었다.

유리카는 힘껏 소리 높여 외쳤다.

"이래도!"

째랑한 목소리의 여운이 채 사라지기도 전에 옆에서 낯선 목소리가 들려왔다. 그것도 매우 급한 듯한 목소리였다.

"그만두지 못해! 뜨겁단 말야!"

어린 소년 같은 목소리였다. 내가 고개를 돌리자 샘가의 녹색 이끼 가득한 바위 위에 누가 앉아 있는 것이 보였다.

"으헤엑!"

저도 모르게 두어 발짝 뒤로 물러서고 말았다. 아까는 절대로 없었던 사람이다. 맹세해도 좋다. 참, 사람이 아닐지도 모르겠구나. 그보다 사람일 수가 없는 건가?

겨우 놀란 마음을 가다듬으며 자세히 보았다. 귀신이라고 생각하니 더럭 무서운 생각도 드는 것이 사실이었다. 헤렐처럼 희미하게 보이는 둥 마는 둥 했다면 놀라서 진짜 비명이라도 질렀을지 모르겠다.

그런데 생긴 건 별로 안 무서워 보이네.

숲 안개처럼 푸른 기가 도는 회색 눈동자, 홍조라고는 없는 희디흰 뺨, 가볍게 다문 붉은 입술이 기이한 조화를 이룬 얼굴이었다. 흑녹색 눈썹이 선명하게 이마를 가로질렀고, 그 아래로 섬세한 속눈썹이 샘을 감싼 검은 갈대처럼 곱게 펴진 것이 보였다. 날씬하다 못해 날아가기라도 할 것 같은 몸에 녹색 옷을 입고, 뾰족하게 위로 선 귀를 가진 열 두어 살 정도로밖에 보이지 않는 소년이었다.

그 소년이 심술 난 어린아이처럼 말하는 것도 들렸다.

"이제 그만둬. 위협이라니, 기분 나빠."

"흥, 네가 먼저 장난을 시작한 주제에. 게다가 아까 부를 때 냉큼 나타났으면 이런 일도 없잖아?"

유리카는 그가 나타난 것이 전혀 놀랍지 않다는 듯 톡 쏘아붙이며 구슬을 샘 위에서 치웠다. 그러자 불덩이는 순식간에 평범한 구슬로 되돌아갔다. 밝다가 갑자기 어두워지는 바람에 한동안 앞도 잘 안 보였다. 그런 구슬이 한 개도 아니고 병 하나 가득 있다니 신기해 죽을 지경이었다.

그러나 녹색 옷의 소년이 곧 손을 휘둘러 주변을 밝혔다. 어떻게 했는지는 말하지 않겠다. 그냥 손이 허공을 가로지르자 주변이 밝아졌다는 것 말고는 달리 할 말이 없으니까.

소년은 불만스런 얼굴이었다.

"그래도 그렇지. 이스나에가 위협에 굴복하다니 이건 있을 수 없는 일이란 말야."

"그럼 굴복하지 말고 그냥 어떻게 되나 보지 그랬니?"

유리카는 아랑곳 않고 냉정하게 쏘아붙이며 구슬을 만지작거렸다. 이스나에 소년—이스나에라는 자들의 나이를 생각하면 적당한 호칭이 아니겠지만—을 위협하는데 아주 효과적인 물건인 모양이었다.

"블로지스틴의 구슬을 쓰는 여자애라니……."

바위에서 몸을 일으킨 소년은 못마땅한 말투로 중얼대며 유리카를 쨰려봤다.

"내가 뭘 쓰든 네가 상관할 바 아니잖아?"

"인간이 어떻게 정령의 구슬을 쓰는 거야?"

"그런 걸 궁금해 하고 있을 처지가 아닐 텐데. 실수로 내 손에서 구슬이 미끄러지기라도 하면, 넌 이 샘 말고 다른 집을 찾아봐야 한다고."

우와, 생각보다 훨씬 대단한 물건이었다.

보아하니 둘의 신경전이 쉽게 끝날 것 같지 않아, 질문하는 역할은 내가 맡아야 할 것 같았다.

"좀 묻자. 네가 이 샘의 이스나에야?"

소년은 고개를 돌리는 대신 한쪽 귀가 쫑긋거리면서 움직였다. 꼭 토끼처럼 말이다. 내 귀는 아무리 움직여보려고 해도 안되던데.

"나는 이 샘, 메르농의 주인이야."

"그럼 네가 장난을 쳤니?"

그때 유리카도 소년이 귀를 움직이는 것을 본 모양이었다. 눈을 가늘게 뜨더니 한 마디 했다.

"무지개 껍질 엘프의 일족이시군?"

소년은 기분 상한듯이 손을 내저었다.

"엘프니 뭐니, 난 이스나에지 그런 것들하곤 관계없어."

"이스나에가 되기 직전에는 엘프였던 거잖아. 귀를 벌레 더듬이처럼 사용하는 무지개 껍질 엘프……."

소년은 이 이야기를 더 하는 것이 달갑지 않은지 유리카의 말을 잘랐다.

"원하는 게 뭐야?"

"내가 하고 싶은 말이야, 그건."

"너희들이 귀찮게 굴지 않고 썩 사라져 주는 게 내가 바라는 바야."

"뭐라고? 이게 어디서 장난을 걸어 놓고 딴소리야!"

"너 따위한텐 볼일 없어!"

"볼일 없는데 왜 이렇게 되돌아오게 만들어!"

둘은 절대적으로 중재가 필요한 사이였다. 별 수 없이 나는 한창 열이 올라 노려보고 있는 둘 사이로 걸어 들어갔다. 그리고 두 손바닥을 양쪽으로 펴서 들어올렸다. 한쪽은 유리카 쪽으로, 다른 한 쪽은 이스나에 소년 쪽으로.

"둘 다, 그만 하라고. 이제 와서 앞에 했던 일로 실랑이를 벌여 봤자 소용없잖아. 그러니 질문은 내가 할게. 이스나에 소년, 당신 이름 뭐야? 난 파비안 크리스차넨이고 켈라드리안을 지나가려는 단순한 여행자야."

"누구 마음대로 켈라드리안을 지나가?"

나는 똑같은 높이로 들고 있던 손 중 이스나에 쪽의 손을 약간 아래로 내렸다. 그리고 말했다.

"자꾸 시비 걸래? 긴 말 안하고 저 구슬이라는 걸 샘에 던져 넣는 수가 있어."

"……"

소년이 입을 다물자 유리카가 말했다.

"난 유리카 오베르뉴. 고상하게 나오는 상대에게는 한없이 고상한 사람이지."

나는 이번엔 유리카 쪽의 손을 약간 내렸다. 양쪽의 높이가 같아졌다.

"제발 유리…… 싸울 필욘 없단 말야."

둘은 잠시 조용해졌다. 그리고 그 침묵을 깬 것은…….

"난 주아니. 켈라드리안을 지나가고자 하는 로아에지."

"로아에?"

주머니 밖으로 주아니가 뾰족하게 고개를 내밀고 있었다. 주아니를 보는 이스나에의 표정이 묘했다.

"로아에가 여행을 한다는 이야긴 처음 들어보는데?"

"내가 그 첫 번째 로아에야."

주아니의 표정은 아주 자랑스러워 보여서 나는 속으로 좀 웃겼다. 하긴, 저렇게 작으니 여행을 한다는 것이 쉬운 일은 아니겠다. 게다가 낮까지 가리니—그게 주아니 혼자의 성격이 아니라 로아에 족 전체의 특징이라면—누굴 따라서 여행하는 것도 쉽지 않을 거고.

주아니와 나, 그리고 유리카를 번갈아 보던 이스나에 소년은 끼고 있던 팔짱을 풀더니 포기한 표정이 되었다. 하긴 포기하고 말고 할 것도 없었다. 어차피 자기가 설명해줘야 하는 입장이었잖아.

"그래, 그래, 좋아. 난 아르단드. 메르농의 주인이자 켈라드리안의 이스나에. 이곳에서 살아온 지 15년 정도밖에 안 되지만 여길 찾아온 인간은 처음 보는군."

"용건은?"

"너희들을 잡아놓는 것."

나와 유리카 둘 다 어이가 없어 눈을 깜빡거렸다.

"왜?"

"부탁을 받았어."

"누구한테?"

아르단드는 입가를 일그러뜨리더니, 나로선 일부러 따라하려 해도 어려울 정도로 거만한 표정이 되었다. 혼자 대단한 비밀을 숨기고 있다고 생각하는 꼬마 소년의 표정이 꼭 저럴 것 같다. 그는 샘 뒤쪽에서 우리를 향해 걸어 나왔다. 그런데 샘 위를 걸어서 가로질러왔다.

"물 위를 걷네?"

내가 순진하게 탄복해서 말하자 아르단드는 더욱 잘난 체하는 표정이 되어 손가락을 쳐들고 까딱거렸다.

"너희들을 여기에 붙잡아 놓아 달라고 부탁한 이들이 있었어. 보아하니 돌려보내는 것도 내 몫이 될 것 같지만. 어쨌든 이제 시간이 다 됐어. 그러니까 설명해줘도 상관없겠지. 게다가 내가 잡고 있을 작정이라면 너희들한테 도망칠 능력이 있겠어?"

"우리가 여길 떠날 능력이 없는지는 몰라도, 너를 떠나게 할 능력은 충분하지."

유리카의 눈이 손가락 사이의 붉은 구슬과 함께 감정적으로 반짝였다. 붉은 빛도 다시 조금 커진 듯했다. 아르단드는 기분 나쁜 듯 얼굴을 찌푸렸지만, 겁은 나는 모양이었다.

"……정령사인가?"

"네가 알 거 없고, 빨리빨리 대답이나 해. 누구야? 왜 우리를 붙잡는 거야?"

아르단드는 드디어 우리가 듣고 싶어 하는 말을 내놓았다.

"페어리 일족이 너희에게 볼일이 있단다."

갑자기 유리카는 긴장한 눈빛으로 나를 쏘아보았다. 왜 나를? 내가 무슨 잘못이 있다고?

"골치 아프게 됐다, 파비안."

그러더니 유리카는 다시 아르단드를 보며 한 마디 던졌다.

"너 같은 애가 어떻게 이스나에가 되었나 모르겠다. 요샌 이스나에의 기준도 꽤 약화되었나 보지?"

"너, 너……."

10. 요정의 테

밤이 깊어지자, 별들만 얼음 조각처럼 빛났다.

우리 넷은 옹기종기 샘가에 앉아서 올지 안 올지 모를 페어리들을 기다리고 있었다. 웃기는 상황이었다. 우리가 멋대로 떠나봤자 아르단 드가 보내주지 않을 테니 시간낭비요, 그냥 앉아 있자니 우리한테 좋지 않은 볼일이 있는 상대를 친절하게 기다려주고 있는 것 같으니.

심심하다보니 얘깃거리가 필요했다.

"아이, 지루해."

"그 페어린지 뭔지, 좀 빨리 오면 안 된대?"

"아르단드, 재미있는 이야기라도 해봐. 그렇게 오래 살았으면 재미있는 이야기도 많이 알 거 아냐?"

"기다리는 게 제일 귀찮아."

"당장 오라고 불러, 불러. 우리 겁 하나도 안 나."

아르단드는 한 마디도 대꾸하지 않았지만, 어이가 없었는지 우리들을 번갈아 보며 헛웃음을 흘렸다. 하지만 어이가 없는 건 나도 마찬가지였다. 아르단드가 앉아 있는 모양새를 보면 황당해서 저절로 웃음이 나온단 말이다.

아르단드는 앉은 채로 샘 위에 나뭇잎처럼 가볍게 떠 있었다.

"꼭 그런 모양으로 앉아 있어야 되니? 신경 쓰이게."

"알만 해. 그런 거 할 줄 안다고 잘난 척 하고 싶은 거지, 아르단드?"

"그냥 바위 위에 앉아 있어도 될 걸, 그렇게 자랑하고 싶냐?"

"잘난 체 하는 이스나에도 있다는 거 오늘 처음 알았어. 그것도 아주 어설프게 잘난 체."

나와 유리카는 화 돋우기 내기라도 하는 것처럼 주거니 받거니 떠들어댔다. 내용은 대부분 아르단드를 바보로 만드는 것들이었다. 소외되어버린 아르단드는 뾰족한 귀를 이리 움직였다 저리 움직였다 하면서 어쩔 줄 몰라했다.

특히 유리카는 은근히 화풀이까지 섞어 지분거렸다.

"그러니까 아르단드 너, 페어리들의 하인쯤 되는구나, 그렇지? 요새 켈라드리안의 패권은 페어리들이 쥐었나 보지? 난 켈라드리안 하면 이스나에의 숲인 줄 알았더니만."

"너, 말이면 단줄 알아!"

"오오, 드디어 화나셨구나?"

유리카의 목소리가 극도로 비꼬는 방향으로 흘러가고 있는 중인데 가만히 있던 주아니가 나를 불렀다.

"파비안, 파비안. 누가 와."

유리카도, 아르단드도 주아니의 말을 들었다. 다들 두리번거리는데 어두운 숲 쪽에 흰 그림자가 어른거렸다. 좀 더 자세히 보니 조그맣고 하얀 불빛 같은 것들이 덩어리져 왔다 갔다 하는 것이 보였다.

나는 벌떡 일어났다.

"저게 페어리야?"

아르단드가 비꼬았다.

"넌, 페어리도 처음 보냐?"

"난 18년의 기억밖에 갖고 있지 않은 인간 소년이야. 너처럼 몇백 년 쯤 산 귀신 나부랭이가 아니라."

"너, 너……."

나도 유리카와 비슷해져 가고 있었다.

유리카도 일어섰다. 그러더니 아무 대책 없는 나와는 달리 옷섶 안쪽에서 뭔가를 꺼냈다. 내게서 받아간 파란 구슬이 든 주머니였다. 유리카는 주머니를 열고 보석을 꺼냈다.

"유리카, 그걸로 뭘 하려고?"

유리카는 대답 없이 손바닥에 보석을 얹어 하얀 그림자들이 떠돌고 있는 숲 쪽으로 내밀었다. 이제 하얀 불빛들은 훨씬 많아져서 수백 개 는 되어 보였다. 그리고 숲 주변을 빙글빙글 돌기 시작했다.

유리카가 입을 열었다. 아르단드한테 말할 때와는 달리 진지한 말투였다.

"너희들, 이것 때문에 볼일이 있다는 거야?"

저 보석이 페어리와 관계가 있나?

그런데 갑자기 아르단드가 샘의 수면 위에서 벌떡 일어나더니 유리카에게 소리쳤다.

"저 중엔 여왕께서 계실지도 모르는데 지금 반말을 하는 거야?"

예상대로 유리카는 들은 척도 하지 않았다.

이윽고 불빛들이 가까워졌다. 처음엔 형체 없는 불빛일 뿐이어서 자세히 보려 하니 눈까지 아파 왔다. 하얗게 빛나는 불덩어리들을 계속 쳐다보자면 누구라도 그럴 것이다.

불빛들의 크기는 다양했다. 주먹만 한 것, 달걀만 한 것, 접시만 한 것…… . 그중 큰 것은 팔에 다는 방패(buckler) 만했다. 점차 가까워지니 눈도 못 뜰 지경이라 나는 고개를 돌려 아르단드에게 물었다.

"페어리들은 평소에도 저렇게 눈 아픈 빛을 내냐?"

"밤이니까 그런 거야. 그리고 오늘같이 방문객에게 볼일이 있을 때 그들의 권위를 위해서 치장을 했다고 봐도 되겠지."

"그런 치장이라면 좀 자제해 줘도 괜찮은데."

내 중얼거림을 들은 아르단드가 코웃음쳤다.

"저건 저들 종족의 권위를 나타내는 거야. 너를 위해서 저러고 있는 게 아니라고. 괜찮다니, 웃기지도 않는구나."

아르단드도 나한테도 쌓인 게 많았던 모양이었다.

숲을 빙글빙글 돌던 그들이 이윽고 둥글게 무리 짓기 시작하자 커다란 빛의 공이 만들어졌다. 그 안에 작은 사람들의 윤곽이 무수히 오가고 있었다. 희미했지만 잠자리 같은 날개가 언뜻 보였다.

"놀랍긴 한데…… 이대로 얘기하다간 시력 장애가 먼저 오겠다."

용건이 뭘까. 적대적인 볼일일 수도 있었다. 만일 싸워야 한다면 어떻게 해야 할까? 일단 검은 소용이 없어 보였다. 나비나 잠자리를 검으로 잡을 수는 없으니까. 게다가 멋쟁이 검처럼 크고 묵직한 걸로는 어림도 없다.

활은 갖고 있지도 않지만, 있다 해도 쓸모는 없을 것 같았다. 저들은 마음먹으면 무척 빠른 것 같으니까. 그러니 내가 갖고 있는 돌팔매 역시 도움이 될 것 같지 않았다.

하지만 저들이 마법이라도 부린다면 아무 대책도 없겠지. 저렇게 희한한 빛을 내고, 또 날아다니고, 게다가 샘의 이스나에라는 자에게 심부름까지 시키는 거 보면 대단한 존재들일 것 같기도 하잖아?

아, 그렇지. 그물 같은 걸로 싸잡아 버리면 제격일 텐데. 지금은 저렇게 한꺼번에 몰려 있으니까 큰 그물이 좋겠지만, 한 명과 마주쳤다면 촘촘하고 조그마한 그물로…… 어?

갑자기 머릿속에 떠오르는 사람이 있었다.

"무엇을 원하지? 싸움인가, 대화인가?"

유리카는 아르단드가 당황해서 얼굴이 빨개지든 말든 여전히 반말이었다. 그러고 보니 유리카가 지금까지 누군가에게 존대를 하는 것을 본 일이 없었다. 본래 존댓말이란 걸 모르는 건가?

빛의 공이 갑자기 선형으로 펼쳐지더니, 순식간에 긴 끈으로 변해 반원을 그리며 우리를 둘러쌌다. 끈보다는 구슬을 엮은 반지나 왕관 모양이라고 해도 좋겠다. 중간쯤에 가장 밝게 빛나는 무리들이 큼직하게 무리를 짓고 있었다.

그런데 페어리들은 아무 말도 없었다. 볼일이 있다면서?

유리카가 가장 큰 무리 쪽으로 성큼성큼 다가가는 것을 보고 나는 쟤를 잡아야 하나 말아야 하나 속으로 고민했다. 이런 문제에 있어선 나보다 윗줄인 것 같긴 한데.

유리카는 그들과 한 걸음 정도 사이를 두고 멈췄다. 그리고 유난히 커다란 빛을 내고 있는 한 페어리와 그 주위의 무리들을 훑어보더니 입을 열었다.

"너는 여왕이 아니구나. 말을 전하고자 왔으면 빨리 전해라. 내가 누구인지 안다면 쓸데없는 시비를 하기보다는 그 쪽이 나을 터."

어느 나라 공주라도 되는 것처럼 엄숙하고 고압적인 말투였다. 시킨 대로 하지 않으면 안 될 것 같은 분위기 말이다. 게다가 '내가 누구인지 안다면'이라니?

나는 저도 모르게 숨을 들이키면서 페어리의 대답에 귀를 기울였다.

"……."

소곤대는 소리, 재잘대는 소리, 어느 쪽도 대답은 아니었다. 페어리들은 끊임없이 소리를 내고 있었다. 저렇게 엄숙한 대열을 짓고 있는데도 조그마한 소음들이 계속 흘러나왔다. 날개를 파닥이고, 꼼지락거렸다.

문득 생각이 났다. 처음에 유리카가 들었다는 소리가 저들의 소리였을까? 꼬마들이 웃고 떠드는 소리 말이다.

"알았어."

유리카는 대답을 들은 것처럼 고개를 끄덕였으므로 나는 고개를 갸웃거렸다. 유리카는 내게 고개를 돌렸다.

"파비안, 아무래도 오늘 길을 재촉하긴 틀린 것 같네. 이들을 따라가야 할 것 같아."

"따라가다니, 어디로?"

환각으로 눈을 속여서 벼랑으로 이끌거나 그런 건 아니겠지? 페어리나 엘프에 관련된 전설에서는 그런 이야기들이 얼마든지 있었다.

"나도 몰라. 저들의 여왕이 자리를 마련한다나 봐. 어쩌면 재판정이 될 지도 모르고, 잘 하면 연회가 될 지도 모르지. 일단 따라는 가야겠어."

"왜?"

나는 전혀 가고 싶지 않았으므로 이유를 들으려고 버텼다. 설마 가지 않으면 평생 여기서 빙빙 돌아야 한다는 건 아니겠지?

유리카가 약간 웃더니 내 기대와 다른 대답을 했다.

"페어리 여왕의 초대를 거절하는 것은, 숲을 지나가는 사람의 예의가 아니거든."

페어리들은 날개가 있어서인지 무척 빨랐다. 요정처럼 몸이 가벼운 유리카가 저들을 따라가는 건 문제가 없을지 몰라도, 커다란 검에 사슬 갑옷까지 입고, 꽤 묵직한 배낭을 어깨에 멘 내가 그렇게 걸음을 재촉하는 것은 쉬운 일이 아니었다.

게다가 주아니가 끊임없이 말을 걸어대는 상황에서 말이다.

"파비안, 나 무섭단 말야. 정말 따라가도 되는 거야? 가다가 절벽에서 떨어지거나 그런 거 아냐? 지금은 밤이란 말야. 밤의 숲은 저들의 세계라고."

주아니도 나와 같은 걱정을 하다니 황당했다.

"절벽에서 떨어진대도 넌 내 위에 떨어질 테니 죽을 걱정은 없잖냐?"

"무슨 소리야. 혼자 살아남는 건 필요 없어."

"어어……."

주아니는 전설이나 모험 이야기에 나보다 더 심취한 모양이었다. 함께 다닌 지 몇 년씩 된 절친한 동료들끼리 할 법한 대사를 간단히도 하는 걸 보면 말이다. 물론 기쁘긴 한데, 좀 이른 것 같아서 말야. 갑자기 나까지 장엄한 기분이 들잖아.

페어리들의 빛 때문에 숲은 램프를 내어 단 거리처럼 변해 있었다. 밝아진 것까진 좋았지만 길도 없이 빽빽한 숲을 헤치고 가자니 나뭇가지가 목과 머리, 팔 등을 찔러와서 걷기가 여간 고통스럽지 않았다. 은밀한 장소에 가기 위해선 이런 길을 지나가야 하는 모양인데…… 아니, 이건 길도 아니었다. 페어리들에게는 길일지 몰라도. 도끼가 있다면 나무를 베면서 가야 할 상황인데.

드디어 숲을 빠져나와 둥그런 언덕으로 들어섰다. 손도 뻗기 힘들만큼 울창한 숲을 헤치고 온 탓에 팔다리를 쭉 펼 수 있다는 것만으로도 만족스러울 지경이었다. 언덕에 서고 보니 그렇게 애써 헤치고 왔건만, 저 숲에 내가 통과해 온 흔적 따위는 남지 않았다. 방금 전의 침입자를 잊은 듯 무심한 숲 위로, 보석 이불 같은 밤하늘이 이어졌다.

"다 온 건가?"

밤공기는 찼고, 언덕 위라 바람도 좀 불었다. 잠깐 흘렀던 땀이 다 말랐다. 언덕을 내려간 바람은 숲의 머리를 헤집어 하늘로 잎새를 뿌렸다. 땀으로 엉겨 붙은 머리카락을 떼면서 숨을 골랐지만, 페어리들은 언덕 기슭에 멈춘 그대로였다.

으스스한 기분이 들어 유리카를 바라보니 흰 빛들로 둘러싸인 그녀의 뺨이 발그레하게 상기되어 있었다. 그녀가 나를 돌아봤다.

"거의 다 왔대."

이윽고 페어리들이 다시 움직이기 시작했다. 이번에는 천천히 언덕 꼭대기로 올라갔다.

지금이 봄이었다면 무척 아름다운 언덕이었을 듯했다. 수많은 풀씨들이 누렇게 된 어머니 풀잎 사이에서 아직 깊은 잠에 빠져 있었다.

언덕 꼭대기에 이르자 페어리들은 나와 유리카를 둘러싸고 빙글빙글 돌기 시작했다. 주머니 속의 주아니가 불안해서 이리저리 움직이는 것이 느껴졌다.

엄숙하다면 엄숙한 원무였다. 서로 손에 손을 잡고 있는 페어리들은 불빛의 크기에 관계없이 구슬 팔찌 같은 빛의 고리를 이뤘고, 느리게 느리게 돌고 있었다.

빛이 점차로 커지는 듯했다. 그들이 가까이 다가오는 걸까? 파닥이는 날개 소리가 들리는 듯한 건 그저 착각인 걸까?

유리카의 입에서 흘러나오는 나직한 노랫소리도 내 착각일까?

요정 여왕에게 초대된 이들은
평생 잊지 못할 것을 보게 된다네.

새벽의 베일 같은 날개를 보았는가?
밤새의 지저귐 같은 웃음소리, 들었는가?

별들의 머리장식, 밤을 밝히는 작은 초롱
천진스런 소란, 벌새의 지껄임, 귓가에 키스하는 나비

어디선가 향긋한 나무딸기 주스의 냄새가 나네……

귓가를 맴도는 음악소리가 있었다. 정확히 언제부터인지 모르겠지만, 어느새 유리카의 노래와 합쳐져 같은 가락이 되어 있었다. 유리카가 먼저인지, 그 가락이 먼저인지도 알 수 없었다. 노래는 서서히 빨라지고, 원무의 회전도 빨라졌다.

"눈이 핑글핑글 도는 것 같아."

조그맣게 속삭인 주아니는 주머니 속으로 쏙 들어가 버렸다. 속 편해서 좋겠다.

유리카를 보니 눈을 감고 있었다. 비단 같은 눈꺼풀을 잠시 보고 있다가 어지러워져 나도 눈을 감았다. 페어리들의 빛 때문에 감은 눈 속의 세계도 희게 빛났다. 빛 속에 어지러운 흰 점들이 꼬리를 끌며 날아다녔다. 수백 개의 유성이 춤추는 듯했다.

유리카의 노래 때문인지, 코끝에 달콤한 냄새가 나는 기분이었다. 진짜 나무딸기 냄새 말이다. 또는 여름의 포도에서 나는 향긋하고 새큼한 그런 향기.

음악소리는 서서히 커지며 수많은 소리가 합쳐진 것으로 변했다. 악기 연주인지, 노랫소린지, 휘파람을 부는 듯도 하고 바람이 풀을 스치는 듯도 한 소리. 빨라지고…… 저절로 춤추고 싶은 생각이 들게 하는 음악이다.

갑자기 눈앞이 눈부시게 밝아지는 바람에 나는 놀라 눈을 떴다.

"아……."

"파비안, 저게 뭐야? 뭐지?"

주아니가 조잘거리는 소리가 꿈속에서 들려오는 듯했다. 풍경이 달라졌다. 겨울의 메마른 언덕이었는데, 한여름 녹색 풀밭으로 변해 있었다. 공기도 어느새 여름밤처럼 훈훈했다. 지금이 약초 아룬드라고 해도 믿겠다. 들풀과 꽃들이 가장 아름답게 피어나 융단처럼 푹신한 잔디를 만드는 달 말이다.

마법인가 싶어 눈을 몇 번이나 비볐다. 물론 마법의 일종일지도 모른다. 하지만 내가 간파할 수 있을 만큼 시시한 마법이 아닌 건 틀림없었다. 몇 번씩 눈을 비비고 봐도 풍경은 그대로였다.

"멋진 솜씨야!"

유리카의 탄성이 들려오고서야 그녀를 돌아볼 정신이 들었다. 유리카는 나처럼 가만히 서서 풍경을 감상하고 있지 않았다. 그녀는 반짝이는 잎새들과 빨갛고 노란 꽃들이 가득한 밤의 정원으로 달려 내려갔다.

풀숲에 주저앉아 풀들을 어루만지고, 향기로운 공기를 한껏 들이마셨다.

페어리들은 어디로 갔을까?

고개를 들어보니 금방 찾을 수 있었다. 머리 위의 허공에 찬란한 빛의 고리가 떠올라 있었다. 이윽고 그것은 조금씩 아래로 내려왔다. 그와 함께 조그맣게 속삭이고 까르륵대는 꼬마들의 웃음소리도 들려왔다.

유리카가 말했다.

"멋진 구경을 시켜 줘서 고마워. 충분히 기분이 좋아졌어. 무례하게 불러 세운 것도 다 용서할 것 같아."

그런데 유리카는 나처럼 빛의 링을 쳐다보고 있지 않았다. 어딜 보고 말하는 건가 싶어 두리번대고 있는데 다시 말하는 소리가 들렸다.

"그럼, 하고 싶은 이야기를 해야지?"

그제야 나도 발견했다. 빛 고리의 구슬들이 이곳저곳에서 빠져나와 땅 위로 내려서고 있었다. 내려서는 즉시 그들은 작은 사람의 모습으로 변했다. 빛의 공 속에서 희미하게 보이던 손바닥만 한 모습이 아니라 내 팔 길이 정도는 되어서, 정말 '작은 사람'이라고 부를 만한 모습들이었다.

날개는 이제 잠자리에 비교하기에는 너무 커져 있었다. 그래도 희미한 빛을 머금은 얇은 날개는, 노래 속에 나오는 '새벽의 베일'이라는 이름에 손색없는 아름다움을 지니고 있었다. 또한 그들의 날씬하다 못해 가느다란 몸은 그런 날개로도 충분히 날아오를 수 있을 것처럼 보였다. 조금 전에 봤던 아르단드의 모습도 그들에 비하면 '날아갈 것 같은' 이란 표현에는 턱없이 부족했다.

이윽고 그들은 수백의 작은 사람들이 되었다.

언덕이 페어리들로 꽉 차서 유리카에게 다가갈 수가 없을 정도였다. 그러나 그들은 곧 예의바르게 길을 내주었다. 내가 옆으로 가자마자 유리카가 나지막하게 말했다.

"정신 바짝 차려. 아름답지만 장난꾸러기이고, 선량한 만큼 교만하며, 천진하지만 그만큼 화도 잘 내는 종족이니까. 일단은 우리를 초대해 줬지만 앞으로도 어떨지는 알 수 없어."

그 사이 페어리들은 자리를 정돈했다. 미처 눈치채기도 전에 꽃과 여름 목초로 쌓아올린 높다란 단이 만들어졌다. 유리카가 그곳을 가리키며 알려 주었다.

"여왕이 앉을 자리야."

진짜 왕의 옥좌를 본 일은 없지만, 그와는 또 다른 멋을 지닌 자리였다. 보석이나 황금이 없는 대신 여름 들판에서 볼 수 있는 온갖 야생 꽃들이 거기에 있었다. 흰 데이지, 앵초, 수레국화, 페리윙클, 재스민, 은방울꽃, 참제비고깔, 매발톱꽃, 백리향, 그리고 야생 장미꽃.

잠시 후 마술처럼 순식간에 만들어진 그 단 한가운데에서 서서히, 살아있는 나무가 돋아나는 것이 보였다. 또 이상한 마법인가?

"저기, 지금 움직이고 있잖아?"

"응. 마법의 힘으로 빠르게 자라고 있는 거야."

나무가 자라는 모양을 눈앞에서 보는 황당한 심경을 뭐라 표현해야 할지 모르겠다. 게다가 줄기 가운데에 누군가를 앉히기 위한 자리까지 만들며 자라고 있었다. 페어리 하나가 그 위에다가 풀방석을 가져다 깔았다. 나무는 자리를 만든 뒤에도 계속 돋아나더니 순식간에 큼직한 성목(成木)이 되었고, 가지들은 양쪽으로 죽죽 늘어졌다. 나무가 다 자라고 나자 나는 무슨 나무인지 알아보았다.

"사과나무다."

"오늘은 사과주를 마실 건가 보지."

유리카의 목소리는 느긋하고 흥겹게 들렸다. 그러나 눈앞에서 펼쳐지고 있는 꿈같은 장면들을 나는 유리카처럼 편안한 심정으로 지켜볼 수가 없었다.

반은 날고, 반은 바닥을 차면서 통통 튀는 것처럼 돌아다니는 페어리들을 바라보고 있는 것은 참으로 이상한 경험이다. 눈을 뜬 채로 꿈을 꾸고 있는 것만 같다. 언덕을 가득 메운 작은 불빛들, 향긋한 꽃과 풀, 과일의 향기, 그리고 갑자기 달라져버린 계절.

딱 하나 달라지지 않은 게 있다면 하늘의 별자리였다. 문득 올려다본 하늘의 별들은 겨울의 모습 그대로 빛나고 있어서 오히려 낯설게 느껴지기까지 했다. 우리가 방금 빠져나온 숲조차도 여름의 빛으로 바뀌어 있는데 말이다.

흥분되어 있기는 주아니도 마찬가지였다.

"신기해, 신기해. 놀라워, 놀라워."

키 작은 친구들은 사뿐사뿐 돌아다니면서 자신들의 몸을 나뭇잎과 꽃들로 치장했다. 긴 덩굴을 띠처럼 두르기도 했고 화관을 머리에 쓰거나 귀 뒤에 흰 꽃을 꽂기도 했다. 그들의 머리카락은 마른풀처럼 부석부석하고 윤기가 없었지만 개구쟁이처럼 흐트러진 그대로 특이한 매력이 있었다. 그렇게 풀어헤친 금발 아래에는 일고여덟 살 먹은 아이처럼 조그마하고 귀여운 윤곽을 지닌 얼굴들이 있었다.

하늘하늘한 베일 같은 치마나 팔이 드러난 녹색의 낡은 옷을 걸치고 있는 그들은 우리에게 말을 걸지는 않았지만 저들끼리는 몇 번이고 속닥이면서 웃기도 했다.

금빛, 헝클어진 머리의 아이들. 여름밤의 아이들.

이윽고 모든 것이 준비되었다.

나와 유리카는 풀꽃과 목초로 만든 단 앞에 나란히 섰고 좌우로 페어리들이 삼삼오오 짝지어 늘어섰다. 그들은 인간들이 열병식을 할 때처럼 규율 있게 늘어서지는 않았다. 모여 있다는 느낌만 줄 정도로 자유롭고 삐뚤삐뚤한 줄을 만들었다. 여전히 웃고 소곤대면서. 그들에게 그 이상의 질서를 강요하는 것은 불가능해 보였다. 꼬마들을 똑바로 줄 세우는 것이 어려운 것처럼 말이다.

그런 그들도 음악 소리가 멈추고 바람 소리조차 고요해졌을 때에는 소곤거림을 뚝 그쳤다.

"여왕이 나올 차례야."

나는 여왕은 어떻게 다르게 생겼을까 싶어 호기심 가득한 눈으로 풀꽃 단을 주시했다. 어떤 식으로 나타날까? 여왕이라니, 아마도 이곳의 페어리들보다 몇 배는 아름답겠지? 그리고 멋진 치장도 했겠지? 혹시 나이 많은 할머니 여왕인 거 아냐?

"봐."

어디서 나타날까 싶어 숲이나 하늘 등등을 두리번대고 있는데, 유리카가 나를 툭툭 치면서 단 쪽을 가리켰다. 고개를 돌리는 순간 하늘에서 달이라도 떨어져 내린 것 같은 강렬한 광채에 나는 눈을 감아 버렸다. 낮처럼 환해졌다는 착각이 눈을 감은 내 머릿속을 스치고 지나갔다.

그리고 눈을 떴다.

"여왕…… 인가?"

질문은 필요 없었다. 페어리들이 일제히 무릎을 꿇었기 때문이다. 얼떨결에 같이 무릎을 꿇으려고 하다가 유리카가 꼼짝하지 않고 선 것을 보고는, 어떻게 해야 좋을지 혼란에 빠지고 말았다.

이윽고 유리카의 낭랑한 목소리가 들렸다. 그녀는 찬란한 빛으로 가득한 단을 똑바로 올려다보며 말하고 있었다.

"밤의 어린아이들을 다스리는 여왕이여, 그들의 웃음과 속삭임을 지켜보는 자애로운 광채의 어머니여, 그대의 땅에 초대된 기쁨은 겨울 속에 숨어 있던 한 조각의 여름과 같으나, 내가 스스로 속하지 않은 어떤 권위 앞에서도 무릎을 꿇을 수 없는 자임을 이해해 주겠소?"

"저게 무슨 말이야?"

주아니가 내 생각을 그대로 말해 줬으므로, 나는 어깨만 으쓱해 보였다. '아무 앞에서도 무릎을 꿇을 수 없다' 라는 말의 의미를 생각해보려 했지만, 괜히 머리만 아파지는구나.

대답하는 소리가 들려 왔다.

"프랑드(봄)의 신부, 검은 봉인의 공주 유리카 오베르뉴. 세월의 강을 건너 이곳까지 잘 와 주었소. 그대의 특권은 내 잘 알고 있지."

고귀한 느낌을 주는 온화한 목소리였다. 게다가 특이한 억양의 가늘고 고운 목소리였다.

이윽고 빛이 걷히고, 목소리의 주인공을 내 눈으로도 볼 수 있게 되었다. 무릎을 꿇었던 페어리들은 여왕이 한 번 손을 젓자 자리에서 다시 일어섰다. 나무 왕좌 위에 앉은 페어리의 여왕이 우리를 굽어보고 있었다.

금빛 고수머리를 길게 늘어뜨린 자그마한 얼굴의 소녀—그렇다! 절대 그렇게 밖에 보이지 않았다—는 빨간 나무열매와 흰 꽃으로 장식된 관을 머리에 썼고 안개처럼 하늘거리는 청백색 옷차림이었다. 무릎 위에는 제비꽃 화환이 얹혀 있었다. 목소리에서 받은 느낌과는 달리 열네댓 살 먹은 소녀 같은 모습의 여왕을 보고 나는 아연해져 버렸다.

여왕의 등에서 천천히 나부끼듯 움직이고 있는 날개 또한 놀라웠다. 다른 페어리들의 잠자리 같은 긴 날개와는 달랐다. 커다랗게 펼쳐진 나비의 날개다. 무늬 없이, 티 하나 없이 하얀.

나와 유리카는 꿈속의 한 장면에 불려온, 지금의 풍경에 가장 낯선 모습인 인간들이었다. 유리카가 끈을 끄르고 머리를 풀어 내렸다. 페어리들의 금빛 머리카락과는 또 다른, 달빛 같은 그녀의 은발이 밤의 냇물이 되어 반짝였다.

그 결과 이 장소에 어울리지 않는 것은 나 혼자가 되어버렸다.

"곁은…… 그대가 찾던 자인가?"

"그렇소."

나?

나는 놀란 눈으로 유리카를 봤다. 유리카는 나를 돌아보지 않았지만 분명 고개를 끄덕이고 있었다. 유리카가 나를 찾아다녔다고?

"그렇군. 소개를 부탁해도 되겠는지, 인간의 소년이여."

얼굴과 어울리지 않는 어른의 목소리는 참 낯설었다. 적응이 안 된 나머지 허공에서 들려오는 소리처럼 느껴지기까지 했다. 나까지 반말을 할 순 없겠지 싶어 대답을 궁리하고 있는데, 어느새 내 입이 저절로 열려 말하고 있었다.

"파비안 크리스차넨, 엘라비다 족이고 이스나미르의 국민이며 엠버리 영지 하비야나크 마을 출신입니다. 켈라드리안을 안전히 지나갈 수 있도록 여왕님의 가호를 바라는 여행자입니다."

이런 소개를 잘도 하다니, 평소 읽던 옛날 이야기책에 이 영광을 돌려야겠다.

내가 말하고도 무안해져 얼굴이 붉어졌는데, 여왕의 얼굴에 부드러운 미소가 떠올랐다.

"나는 켈라드리안의 페어리들을 보살피는 자, 에졸린이라고 합니다. 이곳 춤추는 언덕 바드 댄스(Bard Dance)는 내 영지의 중심이고요. 그대들을 이렇게 양해 없이 불러 세운 점, 일단 사과하지 않으면 안 되겠지요?"

"저, 그……."

내가 망설이고 있는 사이 유리카가 답했다.

"마법이 깃들인 아름다운 땅, 그대의 영지를 방문하여 예상치 못한 멋진 구경을 한 것으로 사과가 필요 없을 만큼 보상이 되었다고 생각하오. 밤의 숲의 보석인 페어리 일족의 진짜 모습을 보게 된 영광도 물론 함께."

진짜 모습이라. 나는 새삼 우리를 둘러싼—어느새 줄은 사라져 있었다—페어리들을 바라보았다. 하긴 손바닥만 한 크기에 날개 달린 꼬마의 모습이라고 생각해 왔을 뿐 지금처럼 큰 모습에 대한 이야기는 한 번도 들어본 일이 없었다. 더구나 페어리의 여왕을 만나다니 확실히 보통 경험은 아니지.

"저도 그렇게 생각합니다. 초대에 재차 감사드립니다. 저도 무척 기쁩니다."

나는 내 예상보다 훨씬 말을 잘 하고 있었다. 앞으로 점원이 되려는 녀석이 있다면, 어디 가서나 말솜씨만큼은 빠지지 않게 해주는 놀라운 직업이라는 점을 반드시 선전해야겠다.

에졸린 여왕의 얼굴에 다시금 미소가 떠올랐다.

"그대의 솔직한 말투는 누군가를 생각나게 하는군요."

"네?"

"내가 지난번에 본 어떤 사람과 참 많이 닮았군요. 아, 인간에게는 긴 세월이려나요."

페어리들이 몇 살까지 사는지 짐작이 가지 않았으므로, 혹시 우리 조상이 왔었다 해도 누군지 알아낼 가능성은 없어 보였다. 나 말고 여행을 떠난 조상이 한 명도 없다는 건 말이 안 되겠지만, 이런 놀라운 경험을 한 사람이 또 있었다면 우리 가문도 꽤나 괜찮은 가문임에 틀림없었다.

"그럼 여왕이여, 아름다운 밤에 우리를 초대하신 용건을 말해 주길 바라오."

"서두르지 마시오, 봄의 공주. 손님들에게 사과주부터 대접하고자 하는 주인의 마음을 이해하리라 믿소만."

유리카 말대로 진짜 사과주였네.

여왕은 자리에서 일어나지도 않고 두 손을 허공에 흩뿌렸다. 그녀의 손에서 하얗게 빛나는 가루 같은 것이 떨어져 흩날리자 놀라운 일이 일어났다. 그녀의 왕좌, 사과나무 가지에서 주먹 두 개만 한 사과들이 불쑥불쑥 맺히기 시작한 것이다.

"우와아……."

주아니가 저도 모르게 주머니 속에서 탄성을 지르자 여왕이 말했다.

"일행이 한 사람 더 있군요."

주아니가 이 상황에서 어떻게 대처했는지에 대해선 굳이 설명하지 않겠다. 그저 여왕의 '한 사람'이라는 말에 '한 로아에'라고 응수했다는 것으로 간단하게 설명을 마무리 짓고자 한다.

에졸린 여왕은 빙그레 웃더니 덧붙였다.

"로아에 일족의 방문자는 내 긴 삶을 돌이켜보아도 오늘의 그대 이외에는 떠오르지 않는군요. 부디 아름다운 밤이 되었으면 합니다."

지금 깨달은 건데, 여왕은 나한테 쓰는 말투와 유리카에게 쓰는 말투가 달랐다. 낮춰 말하는 유리카에겐 자기도 역시 낮춤말을, 경어를 쓰는 나에게는 똑같이 경어를 썼다. 주아니에게도 마찬가지다. 굉장히 평등한 걸 좋아하는 여왕이라고 해야 하나.

쩍, 쩌억.

가지들마다 툭툭 불거져 맺힌 사과들이 소리까지 내면서 익더니 이번엔 뚝뚝 떨어져 내렸다. 물론 에졸린 여왕의 손길이 한 번 휘저어지자 사과들은 허공에서 멈추었고 여왕 주변에 있던 페어리들이 다가가 사과 밑에 나무잔을 댔다. 그러자 또 한 가지 기적이 일어났다. 사과는 저절로 즙을 내어 나무잔에 담기기 시작했다.

눈을 둥그렇게 뜨고 있는 나와, 그저 생긋 웃으며 지켜보고 있는 유리카 주변으로 다른 페어리들이 다가왔다. 그들은 마술처럼, 아니 정말 마술로 우리가 앉을 목초 더미 의자를 만들어 냈다. 앉아 보니 푹신한 쿠션에 앉은 것 같은 기분이다. 꽤 쓸 만한 것 같은데, 나도 나중에 한 번 만들어 볼까.

어디선가 야트막한 나무 탁자들도 나타났다. 굉장히 긴 탁자라 여왕의 자리에서 언덕 아래까지 닿을 정도다. 그 주변에 페어리들이 둘러앉았고, 우리 앞에는 따로 우리 키에 맞는 탁자가 준비되었다.

희한한 일이 또 한 가지 있었다. 탁자와 의자 때문에 한눈을 파는 새 어떻게 했는지 몰라도, 우리 앞에 놓인 나무잔에서 나는 냄새는 사과 주스가 아니라 분명 사과주였다. 그렇게 짧은 시간에 사과즙이 발효가 되어서 술이 됐다고? 정말 머리가 어떻게 되는 기분이군.

"와, 이 모든 게 다 마법인가?"

내가 진심으로 감탄해서 그렇게 말했을 때 여왕이 자기 앞에 잔이

놓이는 것을 주의 깊게 지켜보다가 고개를 들어 나를 바라보았다. 여왕의 잔은 허공에서 천천히 그녀의 손께로 내려앉았다.

"과거에 전 세계에 어둠이 닥쳤을 때, 우리의 마법 가운데 중요한 것들은 대부분 소실되어 버렸지요. 그때는 마법을 지니고 있던 모든 종족이 그랬듯, 우리 페어리 일족에게도 위기가 닥쳤던 때였으니까요. 이렇게 숲에 은거하면서 그나마 남은 것을 지키려고 애써야 하는 입장이 되어버린 것도 그때부터……. 그래서 지금 쓰는 마법은 모두 보잘것없는 것들에 지나지 않아요."

어둠이 뭘 말하는 것인지 모르겠지만, 내 눈에는 보잘것없는 것으로 보이지 않았다. 모두 다 훌륭했다.

에졸린 여왕이 잔을 들었고, 나와 유리카가 따라 들었고, 페어리들이 또한 높이 들어올렸다. 향긋한 액체가 나무 잔 속에서 출렁거렸다.

"예의바른 여행자와 봄의 공주에게 결실의 별이 비치기를."

"겨울 속에서 아름다운 한 조각의 여름을 주신 켈라드리안의 페어리 일족에게 영원한 계속됨만이 있기를."

조금 이상한 인사였다. 보통 무궁한 발전이라거나 행복이라거나 그렇게 말하지 않나? 계속되기만 한다고 해서 축복이라고 볼 수는 없을 것 같은데.

또한 에졸린 여왕이 유리카를 지칭하는 호칭들도 모두 이상하기 그지없었다. 이따가 여길 떠나게 되면 유리카에게 꼭 물어봐야겠다. 그 검은 봉인의 공주니, 프랑드의 신부니 하는 소리가 다 뭔지.

사과주는 숙성된 맛보다는 신선하고 향기로운 쪽에 가까웠다. 영원히 어린아이 같은 얼굴을 하고 있는 페어리들의 솜씨란 이런 것일지도 모르겠다. 인간들의 솜씨였다면 숙성이 덜된 술이란 분명 시고 떫은맛이 났을 텐데 말이다.

게다가 주아니를 위해 조그마한—너무 작아서 잘 보이지도 않는—잔까지 준비하는 걸 보면 참 사려 깊은 종족 같았다.

유리카까지 말했다.

"좋은 솜씬걸."

술이 한 순배 돌 즈음 나무딸기와 호두 파이, 꿀, 개암 열매 같은 것들도 나왔다. 사람들이 잔치를 벌일 때처럼 푸짐한 음식들이 나오지는 않았지만 나름대로 산뜻한 맛이 있었다. 인간들이라면 고기에 케이크에 각종 솜씨를 부린 요리들이 상다리 부러지게 나와야 제대로 된 잔치인 줄 알 테지만.

아참, 나도 인간이었지.

"본래대로라면 음식이 돌아간 뒤에는 춤이 있기 마련이지요."

에졸린 여왕이 입을 열자 모두 조용해졌다. 그래도 먹다가 멈춘다거나 하는 예의는 필요 없었다. 입 안에 든 것들은 계속 씹었고 사과주 다음에 나온 펀치(punch) 잔을 들고 마시기도 했다. 아몬드, 건포도, 레몬 등등이 들어간 딸기술 펀치는 여름에 정말 딱 맞는 음료수였다.

나는 겨울로 되돌아가야 한다는 사실을 슬슬 잊고 싶어졌다. 풀 냄새가 그렇게 싱그러울 수가 없었다.

"그러나 오늘은 할 이야기를 먼저 해야 하겠군요."

유리카는 펀치 잔을 마저 마시더니 내려놓았고, 나도 그렇게 했다.

잔을 탁자에 내려놓기만 하면 신기하게도 다시 펀치가 가득 찼다. 편리하긴 한데, 끝없이 먹게 될 것 같은 기분이 들어서 좀 불안하다. 게다가 탁자에 잔을 내려놓는 것이 마법을 쓰는 사람한테 수고로운 일을 시키는 것처럼 느껴져서, 어물어물 계속 들고 있게 되기도 하고 말이다. 먹고 싶은 만큼 나무통에서 퍼다 마시는 쪽이 내 취향엔 좀 더 맞는 것 같다.

"두 사람을 부른 것은……."

여왕이 말을 맺기도 전에 유리카가 목에 걸린 주머니에서 내가 줬던 보석을 꺼내더니 탁자 위에 탁 올려놓았다.

여왕은 말을 멈추어 버렸다.

"이것 때문이신지?"

여왕만 말을 멈춘 것이 아니었다. 페어리 일족의 움직임 전체가 한순간에 멎었다. 그들의 눈길은 모두 우리를 향해, 아니 탁자 위의 파란 보석을 향해 집중되어 있었다. 저게 무엇이기에?

"……유리카, 그대는 저것에 대해 얼마나 알고 있는가?"

에졸린 여왕이 가까스로 말을 시작하자마자 유리카가 대답했다.

"무엇을 묻는지 모르겠소."

"저것을 어떻게 손에 넣게 되었소?"

"적어도 내가 저것을 봉인하지는 않았소."

여왕이 가볍게 한숨을 내쉬었다. 페어리들은 저들끼리 속닥이고 있었는데 이 보석에 대해 나름대로 추측을 하는 모양이었다. 그들 모두가 적어도 나보다는 잘 알고 있는 듯했다. '그거 참새 그물 값으로 받은 건데요' 하고 대답하면 다들 어떤 반응을 보일지 궁금해진다. 솔직히 내가 할 말이라고는 그것밖에 없잖아.

방금 전까지의 온화한 분위기와는 딴판으로 정적이 흘렀다.

에졸린 여왕은 소녀 같은 얼굴에 심각한 빛을 띠고는 유리카가 뭔가 대답하기를 기대하는 듯했고, 유리카는 그녀대로 여왕이 뭔가 말을 해야 한다고 생각하는 모양이었다. 하긴, 내 생각에는 둘 다 할 말이 없을 것 같다. 할 말이 있는 건 내 쪽이었으니까.

설명을 할 생각으로 가만히 목을 가다듬었다. 그런데 입을 열기도 전에 갑자기 다양한 음조를 지닌 목소리들이 튀어나왔다.

"아시다시피 사스나 벨의 가호를 받는 검은 봉인의 공주는 지상에 존재하는 그 어떤 생명도 봉인해 넣을 수 있습니다, 여왕님, 저 엔젠을 돌려받아 그 안에 깃들인 봉인의 기운을 살펴보시는 것이 좋을 것 같습니다."

"검은 봉인의 공주가 한 봉인이라면 금방 알아볼 수 있을 것입니다. 봉인을 풀도록 명령해야 합니다."

"그녀의 봉인이 아니라고 해도 어디에서 얻었는지 반드시 말하도록 해야 합니다. 우리는 그것을 알 권리가 있습니다."

"라우렐란 님의 엔젠을 돌려받지 않으면 안 됩니다, 여왕님. 결정을."

이야기는 점차 이상한 쪽으로 흘러가기 시작했다.

"돌려주지 않는다면 다른 수를 써서라도……."

"저는 언제든지 봉사할 준비가 되어 있습니다!"

"여왕님, 저는 뭘 할까요? 필요한 것이 있다면 언제든지……."

"아참, 그럼 호두 파이 더 가져와도 되나요?"

……갑자기 저건 무슨 봉창 두드리는 소리야?

"그러고 보니 춤은 언제 추죠?"

"연회에 춤이 없다는 것은 말도 안 돼!"

결국 무슨 소린지 알 수가 없게 되어 버렸다.

페어리들이 한꺼번에 말하기 시작해서 나는 말할 기회를 잡을 수가 없었다. 처음엔 좀 더 키가 크고 우아한 외모를 지니고 있던 페어리들, 즉 에졸린 여왕의 측근이라고 생각되는 페어리들이 말을 시작했으나 서너 마디 오가자마자 너도나도 소리 높여 떠들어대기 시작했다. 게다가 말하는 내용도 논리의 비약에 비약을 거듭하더니 황당할 정도로 엉뚱한 쪽으로 흘러가기 시작했다.

그들의 목소리는 아이처럼 가늘고 귀여웠지만 여럿이 말해대니까 귀를 막고 싶을 정도로 왁자지껄했다. 손을 내젓는 자도 있었고, 저들끼리 논쟁하는가 하면 여왕 앞으로 뛰어나와 무릎을 꿇는 등 주변은 굉장히 소란스러워졌다.

……페어리가 어떤 종족인지 조금씩 더 잘 알게 되는 것 같다.

유리카는 나와 마찬가지로 끼어들 틈을 찾지 못한 채 이맛살을 찌푸리고 소란을 지켜보고 있었다.

"유리, 저들이 너를 이상하게 매도하는 것 같은데?"

"유리카, 그 보석 이름이 엔젠이야?"

주아니의 질문에 유리카는 고개를 끄덕였다. 그리고는 한숨을 쉬며 나를 돌아봤다.

"아무래도 이 엔젠 보석 안에 봉인된 자가 꽤 대단한 인물인 모양이야. 페어리인 줄은 알았지만 이럴 줄까진 몰랐는데. 일이 조용히 끝나지 않겠는걸."

나로선 페어리가 보석 안에 들어있다는 말부터 이해되지 않았다. 호박 같은 보석 속에 벌레가 갇혀 있는 경우가 있다는 이야기는 들어보았다. 희귀한 경우라서 꽤나 고가로 팔린다고 듣기도 했고. 좀 끔찍하긴 해도 보석 안에 그보다 큰 게 갇혀 있다면 더 귀한 건가? 그러나 이 엔젠인지 뭔지 하는 보석 안에는 페어리는커녕 좀벌레 한 마리도 보이지 않았다. 아니, 벌레는 고사하고 흠집조차 없이 말끔했다.

나는 골치가 아파졌다.

"유리, 그 안에 라우렐인지 뭔지 하는 페어리가 들어앉아 있다면 빨리 내보내 줘 버리면 안 되나? 그렇게는 못 하는 거야? 그러면 소란도 깨끗이 진압될 것 같은데."

"그걸 못 하니까 문제지. 내가 봉인했다면 내가 풀겠지만, 이 엔젠의 봉인자는 나도 전혀 모르는 사람이라고."

"그럼, 그렇다고 말하면 되잖아?"

"저들이 지금 내 말을 들을 정신이 있어 보이니?"

다시 앞을 바라보니 이제 페어리들은 흥분에 빠져 처음의 목적조차 망각해버리고 아무 이야기나 떠들거나 멋대로 주변을 날아다니기 시작하고 있었다. 술에 취한 건지 노래를 부르거나 춤을 추고 있는 페어리들까지 있어서 나는 반쯤 얼이 빠졌다. 어떤 감정적인 고조가 일어나면 이들은 도저히 자신들을 주체하지 못하는 모양이었다.

게다가 여왕은 왜 저들을 제지하지 않는 거지?

에졸린 여왕은 그들의 난장판에 끼어들진 않았지만 한 마디 말도, 표정 변화도 없이 가만히 왕좌 위에 앉아있기만 했다. 생각에 잠긴 건지, 아예 방관하는 건지.

이런 꼴을 보고 있자니 인간인 나는 점차 못 견딜 지경이 되었다. 나는 페어리가 아니기 때문에 처음의 이야기를 하기 시작한 지 몇 분도 안 된 지금, 잊어버린 건 하나도 없단 말이다. 왜 엉뚱한 짓들을 하는 거야? 하던 이야기를 해야 할 것 아냐, 하던 이야기를.

이 아무 생각 없는 페어리 떼—종족이라는 말이 있긴 하지만, 지금으로선 이쪽이 훨씬 어울렸다—에게 인간의 질서를 가르치겠다는 위대한 결심이 서는 순간, 나는 유리카를 향해 가볍게 어깨를 으쓱해 보이고는 주아니를 맡겼다.

"파비안?"

"잠깐만 유리하고 같이 있어."

주아니를 받아든 유리카는 내 의도를 알아채진 못했을 텐데 잘 해보라는 듯이 생긋 웃어 보였다. 주아니는 별 수 없다는 걸 알게 되자 유리카의 옷 주머니 속으로 냉큼 숨어 버렸다. 숨어 있지 않으면 불안한 모양이었다.

주위를 두리번대다가 우선 펀치 잔을 들어 죽 들이켜 버렸다. 탁, 하고 내려놓기가 무섭게 다시 가득 차버리긴 했지만. 그런 다음 탁자 위로 올라섰다. 페어리 여왕 에졸린의 눈이 나를 쳐다보는 것이 느껴졌다.

"다들 집중해요, 그만들, 조용히 하고!"

이 정도로 어림없으리란 것은 짐작하고 있었다. 가까이 있던 페어리 몇이 흘끔 쳐다보긴 했지만 그다지 큰 반향을 주지는 못했다. 나는 등 뒤로 손을 가져갔다.

"여왕님, 죄송합니다."

내 목소리가 들렸을지 모르겠다. 나는 검을 빼들어 휘두르지는 않고 그대로 펀치 잔 속에 꽂아 버렸다

푸슈슈슈슈……

순식간에 펀치가 증발되는 소리와 함께 하얀 김이 무럭무럭 솟아났다. 이 잔이 어떤 잔이냐 하면, 비어있는 것을 용납 못하는 잔이잖아. 게다가 이 검은 또 어떠냐 하면 온도가 내려가는 검이 아니란 말씀이야.

"어머, 뭐니 저건!"

"저것 좀 봐!"

예상대로 주변의 몇이 내 쪽을 가리키기 시작하자 너도나도 돌아보고는 희극적일 정도로 놀란 얼굴들이 되었다. 나와 유리카 주변은 펀치가 증발한 김으로 가득해졌다. 유리카가 기침을 했다. 잔에서는 하얀 김이 계속해서 무럭무럭 흘러나왔다.

페어리들이 내 주변으로 몰려들기 시작할 즈음 나는 검을 잔에서 뺐다. 검을 들자 페어리들이 뒤로 우르르 물러섰다.

"아, 아니에요. 해칠 뜻은 없다고요."

나는 얼른 검을 다시 등 뒤로 꽂고 싶었지만 요령이 없다 보니 그럴 수가 없었다. 이렇게 검을 들고 있으면 놀란 페어리들이 도저히 내 쪽

으로 올 것 같지 않아서 일단 탁자에서 뛰어내렸다. 페어리들이 비명을 지르면서 뒤로 물러나다가 한둘쯤은 바닥에 넘어지고 서로의 옷자락을 밟아 찢기도 했다.

나는 검을 바닥에 내려놓으면서 말했다.

"내려놓을게요. 내려놓는다고요. 그렇지만 만지지 마세요. 뜨거우니까 뒷일은 책임 못 져요."

그러나 내 경고는 호기심 많은 페어리 족을 만족시킬 만하지 못했던 모양이었다.

"꺄악!"

벌써 하나가 다가들어 검을 건드렸다가 비명을 지르며 물러났다. 하나가 하는 양을 봤으니 인간들 같으면 다들 만지지 않을 텐데, 페어리라는 친구들은 또 하는 짓이 달랐다.

"꺅! 뜨거!"

"아얏! 데었어!"

"아차찻…… 뜨거라!"

그것 참.

나는 더 난리가 벌어지기 전에 검을 도로 탁자 위에 올려놓고 훌쩍 뛰어올라 그 위에 걸터앉았다. 깔고 앉다니 검한테 좀 미안하긴 하군. 앞으로 다시 멋쟁이 검이랑 대화 나눌 일은 없었으면 좋겠다는 생각이 든다. 원성이 장난이 아닐 것 같아.

나는 눈을 크게 뜨고 몰려든 페어리 족들을 둘러보았다. 페어리들은 아마 잘 놀라는 만큼 또 그것을 금방 잊기도 하는 모양이었다. 멋모르고 달려들다가 손을 덴 친구들을 제하면 그들은 그저 반짝반짝 눈을 빛내고 있을 따름이었다.

"제 이야기를 잘 들어주세요. 아마 알고 싶은 이야기일 테니까."

별로 거창하게 할 얘긴 없지만……. 일단 나는 에졸린 여왕을 향해 고개를 숙여 보였다.

"소란을 피워 정말 죄송합니다. 어쩔 수 없는 상황이라 그랬으니 가벼운 벌이라면 받겠지만 무거운 벌은 억울하다고요. 아시죠? 어쨌든 제가 할 말은……."

내 말이 이상했나? 유리카가 옆에서 피식피식 웃고 있었다.

"이 보석인지 엔젠인지 하는 물건은 본래 유리카 게 아니고 제 겁니다. 그러니 뭐든 물으시려면 저한테 물으시죠."

여왕보다 대답 빠른 페어리가 하나 둘이 아니었다.

"그렇다면 왜 그녀가 갖고 있는 거지?"

"선물한 거야? 둘이 무슨 사이인데?"

"너는 어디서 났는데?"

"둘이 애인 사이야?"

"결혼은 언제……."

이야기가 엉뚱한 쪽으로 발전되기 전에 서둘러 말을 막는 것이 신상에 이로웠다.

"아뇨. 제가 맡긴 거예요. '여왕님', 물어보실 게 있으시면 물어보세요."

일부러 '여왕님'이라는 말을 커다랗게 했다. 그제야 에졸린 여왕이 기대 있던 나무줄기에서 등을 떼는 것이 보였다. 이거 참, 게을러 보이기까지 하는걸.

"엔젠을 어디에서 얻었나요, 파비안 크리스차넨?"

"물건 팔고, 물건값으로 얻었습니다. 전 잡화점을 경영했거든요."

나는 진짜 솔직하게 대답하기로 작정했다. 거짓말 끼워 맞추는 것이 훨씬 귀찮으니까. 다만, 잡화점을 '나 혼자' 경영한 것처럼 들리는 것만 빼고 말이다. 여기까지 와서 어머니 이야기를 꺼내고 싶지는 않았다.

여왕은 정말로 의아한 표정이 되었다.

"잡화점? 인간의 잡화점에 대해서 잘은 모르지만 거기에 저 엔젠과 바꿀 만한 물건이 있던가요?"

이거 참 우습게 됐다. 사실대로 말하기로 맘먹었으니 말하긴 해야겠는데 이러다가 사기꾼으로 찍히게 생겼네. 내가 이게 얼마나 귀중한지, 비싼지 알게 뭐였겠어. 돈이야 주고 싶은 사람 마음이고.

"……참새 그물이었죠."

유리카가 쿡 웃음을 터뜨리다가 간신히 자제했다. 페어리들은 크게 당황한 표정이 되었는데, 참새 그물이란 게 뭔지 잘 몰라서 그런 건지 아니면 다른 이유가 있는 건진 모르겠다.

여왕의 표정도 당혹스러워 보였다.

"참새 그물이란 게 그렇게 귀중한 건가요? 아니면 훌륭한 공예가가 만들었다거나……."

"아, 저희 집에서 참새 그물은 제가 직접 짭니다."

이리하여 이상스런 논리로 나는 페어리들 사이에서 훌륭한 공예가가 되어버리고 말았다.

에졸린 여왕은 생각에 잠긴 표정이 되더니 갑자기 양손을 허공에 들어올렸다. 또 무슨 마법이지?

그녀의 손이 허공에서 원을 그렸다. 손이 움직이는 대로 빛의 원이 만들어졌다. 그 안에서 무엇이 나타나는가 싶더니 바닥으로 툭 떨어졌다.

"혹시, 이런 건가요?"

"어엇?"

떨어진 물건은 분명 참새 그물이라 이번엔 내가 당황하고 말았다. 여왕은 오래 살다보니 정말 모르는 게 없는 건가? 어떻게 설명도 듣지 않고 저렇게 똑같이 만들어 냈지? 저걸 진짜로 짜려면 얼마나 오래 걸리는데. 경험상 하룻밤에 다섯 개도 못 짠다!

"맞는데요."

내가 대답하자마자 여왕의 표정이 사색에 가깝게 변하는 바람에 나는 깜짝 놀랐다.

"혹시, 혹시……."

여왕이 말을 더듬는 동안 나도 궁금해 죽을 지경이었다.

"당신의 그물을 산 자가, 혹시, 타는 듯한 붉은 머리를 갖고 있지 않던가요?"

미르보 겐즈 씨는 알고 보니 굉장히 유명한 사람이었던 것이다. 난 감동 받았다. 내가 그 곁에서 지냈었다는 것을 영광으로 여겨야 할 정도다. 사람들 사이에서 유명한 것도 아니고 세상에, 보통 사람은 일생에 한 번 만나기조차 힘든 켈라드리안의 페어리 일족 전체가 잘 알고 있는 사람이라니 정말 대단하지 않아?

에졸린 여왕의 말에 한동안 조용하던 페어리들 전체가 술렁거리기 시작했다. 나는 별 짓을 다해 간신히 진정시킨 페어리들이 다시 아까처럼 소동을 벌일까 싶어 내심 굉장히 걱정스러웠다. 애들 열 명씩 데리고 있는 보모나 엄마의 심정이 이해가 갈 지경이었다.

"그자… 그자를 만났군요……. 그렇다니 라우렐란의 엔젠을 갖고 있는 것도 무리는 아니지……."

에졸린 여왕이 시라도 읊조리는 것처럼 중얼대고 있어서 나는 뭐라고 더 말해야 좋을지 알 수가 없었다. 유리카를 흘끔 쳐다봤더니 내가 알아서 잘 하고 있다 싶은 건지 전혀 참견할 생각이 없어 보였다. 다시 말해, 유리카는 주아니하고 속닥속닥 이야기나 하고 있었다.

상황을 알아서 타개해야겠군.

"아, 그러니까 라우렐란이 누군데 그러세요?"

내 말에 갑자기 페어리들이 분개했다.

"라우렐란 님의 이름을 인간 주제에 함부로 부르다니!"

'인간 주제에'라는 말은 좀 기분 나빴지만 왜 실수인지는 알려줬으면 좋겠는데.

"아, 그러니까 그 라우렐란…… 님이 누군지 알아야 높여 부르든 어쩌든 할 거 아닙니까?"

"라우렐란 님의 이름을 자꾸 말하지 마라!"

"여왕님에 대한 불경이다!"

젠장, 설명은 안 해주고 엉뚱한 소리만 하다니.

내가 기분이 나빠져서 '라, 우, 렐, 란' 이라고 열 번쯤 외쳐버릴까 고려하고 있는 중인데, 드디어 여왕이 말했다.

"라우렐란은 내 딸이에요. 페어리 일족의 공주이자 내 뒤를 이어서 여왕이 될 몸이었죠."

으…… 정말 불경죄가 맞았군.

그런데 저렇게 어려 보이는 여왕의 딸이라니 도저히 상상이 안 됐다. 자매처럼 보일까? 아니면 갓난아이 모습을 하고 있기라도 하나?

그때 유리카가 갑자기 자리에서 일어섰다. 주아니는 어느새 주머니로 복귀하고 보이지 않았다.

"여왕이여, 우리에 대한 의심은 그만 해도 되지 않겠소? 엔젠을 준 붉은 머리의 남자에 대해 궁금하다면 물어도 좋고, 엔젠이야 그대들 종족의 것이니 내놓고 가라고 한다면 내주겠소. 이제 죄인 취급당할 필요는 없다고 생각하오만."

그러자 에졸린 여왕이 자리에서 일어섰다.

"모두 자리로 돌아가라."

여왕의 한 마디에 페어리들이 분분히 날거나 뛰거나 하면서 본래의 자리로 돌아갔다.

자리가 정돈되자 여왕은 손을 내저어 다시 은빛 가루를 주위로 뿌렸다. 그러자 페어리들이 돌아다니느라 흐트러진 자리나 컵, 음식 같은 것들이 저절로 깨끗이 정리되거나 없어지거나 했다. 나와 유리카 주변에 아직 떠돌고 있던 하얀 김도 사라져 버렸다.

"몇몇 페어리들이 봄의 공주를 의심한 것에 대해선 내가 사과하겠소. 나는 본래부터 그대를 의심하지도 않았거니와, 만일 의심했다면 일족의 힘의 근원이라 할 수 있는 내 영지의 중심으로 위험하게 불러들이지도 않았을 것이오."

유리카가 고개를 끄덕였다.

"사과를 받아들이겠소. 나 역시 여왕께서 나를 의심하였다고는 생각지 않았소."

나는 다른 생각에 잠겨 있었다. 의심했다면 여기로 데려오지 않았을 정도로 유리카가 위험하다는 건가? 저렇게 훌륭한 마법을 자유자재로 쓰는 페어리의 여왕이?

"그리고 파비안 크리스차넨."

나는 퍼뜩 정신을 차려 대답했다.

"네."

"여행자께선 미르보 겐즈에 대해서 아는 바대로 이야기해 주시겠어요? 그가 다른 엔젠을 많이 갖고 있었는지, 어디에서 와서 어디로 사라졌는지, 어떤 일을 준비하거나 계획하고 있든지. 아는 것 무어라도 좋으니 소상하게 이야기해 줘요."

문득 드는 생각이 있었다. 내가 페어리 일족에게 대접을 잘 받았고, 또 이들이 오래되고 훌륭한 종족이라고는 하지만, 그들과 미르보의 문제는 어디까지나 그들끼리의 문제였다. 내가 미르보를 꼭 도와야 할 이유가 없는 것처럼, 굳이 에졸린 여왕을 돕고 미르보를 불리하게 할 까닭도 전혀 없다.

더구나 미르보는 나를 많이 도와주었고, 결정적으로 이 검까지 내게 주었던, 친구라면 친구라고 부를 수도 있는 사람이 아닌가. 더구나 저쪽이 페어리라면 그 쪽은 나와 같은 인간이기도 하고.

"죄송합니다만, 여왕님. 제 입장을 이해해 주십시오. 저는 여왕님께서 미르보 겐즈와 어떤 관계이시며, 그가 무엇을 여왕님께 잘못했는지 납득할 만한 설명을 해 주시기 전에는 어떤 질문에도 대답할 수 없다고 생각됩니다. 왜냐하면, 저와 함께 있는 동안 미르보 겐즈는 저에게 어떤 나쁜 일도 하지 않았고—이 말을 하면서 미르보가 감옥 안에서 했던 말이 떠올랐다—그가 악한 일을 했다는 소문도 들은 일이 없으니까요. 따라서 저는 그를 악한으로 생각할 만한 어떤 근거도 알고 있지 못하며, 따라서 그를 불리하게 할지도 모르는 이야기를 묻는다고 그저 늘어놓는 것은 도리가 아닌 것 같습니다."

내 입에서 이렇게 길고 조리 있는 말이 나올 줄은 나 자신도 예상치 못했다. 여왕은 잠시 아무 말도 하지 않았으나 페어리들 사이에서는 예상대로 분개한 말들이 쏟아졌다. 대부분의 이야기는 내가 여왕과 그들의 일족을 의심했다거나, 또는 여왕의 온화한 제안에 건방진 대답을 함으로서 그녀의 권위를 무시했다는 내용이었다. 멋대로들 생각해라. 나는 왕이 코앞에서 나를 지켜보고 있는 곳에서 태어나 자라지는 않았기 때문에 그런 것에는 별로 관심이 없다.

그러나 여왕은 역시 생각하는 것이 달랐다. 그녀는 알았다는 듯이 고개를 끄덕였다.

"맞는 말이에요. 그대의 지적은 모두 다 타당해요. 그럼 내가 미르보 겐즈에게 어떤 '원한'을 가지고 있는지 설명하도록 하지요."

에졸린 여왕의 입에서 '원한'이라는 말이 떨어졌을 때, 나는 그 단어에 한기가 깃든 것을 느꼈다. 지금껏 들어온 그녀의 온화한 말씨와는 딴판이었다.

순진한 어린아이가 원한을 품게 된다면, 비록 무의식 속에만 남는다 해도 가장 뿌리 깊게 새겨지고 결코 없어지지도 않는다. 짓궂긴 해도 순진무구한 종족이라고 말해지는 페어리들도 어쩌면 그와 비슷할지도 모르겠다.

여왕은 입을 열었다.

"미르보 겐즈, 그의 별명은 '페어리 사냥꾼'이라고 하지요."

나는 미르보가 페어리를 잡아먹는다는 뜻으로 듣고 눈을 크게 떴다. 사냥꾼이라면 자기가 잡은 포획물을 팔거나, 죽은 고기를 요리해 먹는 것을 서슴지 않을 테니 말이다. 그러나 다행히 여왕의 다음 설명이 나의 끔찍한 상상을 막아 주었다.

"그는 어디에선가 페어리들을 죽음과 같은 상태에 빠뜨릴 수 있는 특별한 재주를 알아 왔어요. 페어리들은 죽어서 소멸되는 것 말고도 지금 보고 있는—여왕은 내 손의 푸른 엔젠 보석을 가리켰다—저 엔젠의 형태로 봉인되어 깊은 잠에 빠져들 수가 있지요. 과거엔 그것을 봉인하거나 푸는 것이 페어리의 여왕들에게 가능한 일이었다고 해요. 하지만 언제부턴가 실전되어 사라지고 말았지요."

여왕의 목소리는 착 가라앉아 있었다.

"그러나 그 기술이 완전히 사라진 것은 아니었나 봅니다. 내 눈으로 직접 페어리의 엔젠을 보고 있으니 말이에요. 나는 여왕이지만 인간인 미르보 겐즈조차 가지고 있는 재주를 이미 잃었으니 참으로 자격 없는 여왕이라 하겠지요."

"……."

뭐라고 위로하는 말이라도 하고 싶을 정도로 에졸린 여왕의 어조는 슬펐지만 이 상황에서 감히 끼어들 용기는 없었다.

"그의 별명을 보아 알 수 있듯이, 그는 페어리들을 닥치는 대로 사로잡아 엔젠으로 만들어 버렸어요. 나의 딸, 라우렐란과 마찬가지로 그렇게 희생된 페어리가 수십에 달했지요. 이만하면 내가, 그리고 우리 페어리 일족이 그 엔젠에 민감하게 반응하는 이유를 알 수 있을 거예요. 그동안 우리 손으로 돌아온 엔젠은 단 하나가 있었지만……."

여왕은 오른손을 들어 허공에 동그라미를 그렸다. 그러자 빛의 원 안에서 한 개의 보석이 나타나 허공에 머물렀다. 그것은 페어리의 공주가 봉인된 엔젠과는 달리 분홍색 보석이었다.

"어떤 방법을 써도 원래대로 되돌릴 수 없었지요. 이제는 거의 포기하고 있답니다."

갑자기 내 옆에서 유리카의 목소리가 들려왔다.

"그렇다면 왜 처음에 저들은 나를 의심한 것이오?"

"그건 봄의 공주, 엔젠이라는 민감한 문제 앞에서는 어떤 가능성도 완전히 배제할 수 없었기 때문이라오. 미르보가 그 재주를 가지고 있는데 훨씬 높은 봉인의 힘을 가진 그대가 그 재주를 가지지 않았으리라는 보장은 없지 않겠소? 물론, 나는 그대가 그런 일을 할 리 없다는 것을 알고 있었소. 다만 나의 일족들은 '검은 봉인의 공주'라는 별명을 가진 그대가 엔젠을 가지고 나타난 것만으로도 충분히 의심할 만했던 것이오."

"그러면 미르보는 왜 여왕의 일족을 공격하는 거죠?"

이번에는 내가 질문했다.

"그가 무슨 목적으로 페어리들을 공격하고 있는지는 나도 모릅니다. 전통적으로 인간에게 별다른 해를 끼친 일이 없고, 인간들 앞에 나타난 일조차 거의 없는 우리 일족인데 말이에요. 처음엔 엔젠 보석의 가치가 탐나서가 아닌가 생각했어요. 그러나 그가 마치 일부러 그러는 것처럼, 손에 넣게 된 엔젠들을 아무 데나 뿌리고 다니는 것으로 보아 그것도 아니라는 생각을 하게 됐지요. 물론, 고작 보석을 갖고 싶어 위험을 무릅쓰고 페어리들을 공격할 만큼 우리 페어리 일족이 약하지만은 않단 것도, 앞서의 생각을 재고케 한 하나의 이유가 되었지요."

난 아까 전부터 에졸린 여왕이 각종 마법을 쓰는 것을 신기하게 보아 왔다. 여왕만큼은 아닐지 모르지만 다른 페어리들도 마법에 무지하지만은 않을 텐데, 그런 그들을 무슨 수로 잡았을까? 검이나 활은 아닐 거 아냐?

"저기, 혹시 그럼 그 그물로……."

"그대의 생각이 맞아요, 예의바른 여행자."

여왕이 내게 보여준 참새 그물, 저건 여왕이 미르보로부터 얻을 수 있었던 몇 안 되는 증거물 가운데 하나였겠지. 하지만 고작 나 같은 사람이 만든 그물로 페어리를 잡을 수 있단 말이야?

나는 조심스럽게 물어 보았다.

"여왕님, 페어리들이 여왕님처럼 마법을 쓴다면 어떻게 미르보의 그물에 잡힐 수 있습니까?"

실례되는 질문이 아닐까 조금 걱정했는데 그렇지만도 않았던 모양이었다. 여왕 곁에 서 있던 금빛 고수머리의 페어리가 내 질문에 대답해 주었다.

"미르보는 그물에 페어리들이 꼼짝할 수 없는 어떤 마법을 거는 모양입니다. 마법이 아니라면 약이나 기타 다른 것이겠지요. 어쨌든 그의 그물에 잡힌 우리 일족 중 어느 누구도 마법을 사용할 수 없었습니다. 실제로 제가 잡혔다가 빠져나와 보아서 잘 알고 있죠."

그는 여왕을 제하고는 내게 경어를 쓰는 유일한 페어리였다.

주위를 돌아보니 페어리들은 침울해져 있었다. 조금 전에 모든 걸 잊고 활기 있게 떠들던 모습은 어디로 갔는지 금방 눈물을 뚝뚝 흘릴 것 같은 얼굴들이었다. 작은 새들보다도 쾌활하던 그들이 저러고 있는 것을 보니 마음이 편치 않았다. 아이들은 떠들어야 아이들다운 것처럼, 페어리들도 마찬가지다. 적어도 내 생각엔.

나는 짐짓 활기 있는 어조로 입을 열었다. 물론 속으로는 한 푼도 보상받을 수 없다는 것에 대해 몹시 아쉬워하고 있었지만.

"여왕님의 말씀, 잘 들었습니다. 원하신다면 공주님의 엔젠은 여기에 당연히…… 두고 가겠습니다. 그리고 아까 물으신 것들에 대해서라면, 미르보는 대륙 북쪽 끝의 하얀 산맥 안으로 들어갔다고 생각됩니다."

이건 나중에 나우케 의사한테 들은 말이었다. 내가 병상에 누워 있는 동안 소리 소문 없이 사라진 미르보. 그가 묵고 있던 여관 주인에게 돈을 치르면서, 저 산으로 올라가려면 필요한 것이 무엇무엇인가를 물었다는 이야기였다.

"그리고…… 엔젠이라면 조그만 가죽 주머니 하나 가득 가지고 있는 것을 보았습니다. 물론 저는 그게 다 엔젠이었는지, 아니면 보통 보석과 섞여 있었는지는 모르겠어요. 그렇지만 이 엔젠을 그 속에서 꺼낸 것만은 틀림없습니다. 줄잡아 약 스무 개 정도는 되어 보였고요. 어디까지나 어림입니다만."

여왕은 고개를 끄덕이더니 다시 물었다.

"혹시, 뭔가가 그를 습격하거나 그가 상처 입은 것을 보거나 한 일이 없나요?"

"습격이요? 글쎄요……."

잠시 머리를 긁적이던 내 뇌리에 뭔가가 번개처럼 스치고 지나갔다. 그 하얀 털 괴물!

"그, 그게 혹시…… 그러면?"

"본 대로 말해 줘요."

충격으로 멍해졌지만, 이제 대답을 피할 길은 없었다.

나는 당시의 싸움에 대해 아는 대로 설명했다. 내가 바로 옆에 있었으니 설명하는 거야 식은 죽 먹기다. 그리고 몰랐던 사실도 알게 되었다. 페어리들이 그 괴물을 보냈다는 것, 그리고 그게 요정들 세계의 괴물이었다는 것도. 다른 세계의 생명들은 죽고 나면 스스로의 세계로 되돌아가는 습성이 있다고 했다. 그렇게 생각하니 그 괴물이 다음날 핏자

국까지 사라져 버린 일도 설명이 되었다. 그럼 꿈에 나타난 것도 혹시?

다만 내가 결국 그 괴물을 죽였다는 점에서는…… 나도 이유 없이 잘못한 것 같은 생각에 말을 더듬었다.

"그 검으로?"

으아아, 난 그저 정당방위였을 뿐이라고!

그러나 뭐라고 설명해야 좋을지 막막했다. 다행히 유리카가 끼어들었다.

"에졸린 여왕, 파비안은 우연히 그 옆을 지나가다가 휘말린 것이고, 어느 누구라도 자기를 향해 덤벼드는 존재가 있었다면 죽을힘을 다해 싸웠을 것이 틀림없소. 물론 그 점을 충분히 이해하리라 믿소만."

"그러나…… 결국 그를 죽인 것이 파비안 크리스차넨 그대로군요?"

나는 할 말이 없어져 버렸다. 내가 기껏 하얀 털가죽 괴물이라고 부르는 녀석을 다정스럽게 '그'라고 지칭하는 여왕 앞에서야.

당시에 난 마땅한 일을 한 것뿐인데 왜 이렇게 쥐구멍을 찾아야 하는 입장이 되었지? 왜 변명할 말이 겨우 '정당방위' 어쩌고 하는 초라한 말밖에 없지?

이 점에서 유리카는 나보다 말을 잘 했다.

"페어리들의 보호자여."

여왕의 눈이 유리카를 향했다. 그리고 웅성대며 나에게 분개하던 페어리들의 눈도.

"만일, 그에게 파비안이 다행히—분명 이건 다행한 일이오—이기지 않았더라면, 지나가려던 파비안 쪽이 그에게 아무 죄 없이 희생되었을 것이 틀림없지 않소? 그대 페어리 일족들은 그를 보낼 때 이 점에 대해 사과할 준비가 되어 있었소?"

"……."

우와아, 얘하고 같이 다니길 정말 잘 했어.

유리카의 말에 페어리들은 당황한 듯 말문을 열지 못했다. 여왕 역시 잠시 아무 말도 하지 않았다.

"그는, 그러니까 니할룬은……."

하얀 털가죽 괴물에게는 심지어 이름까지 있었다.

"내가 소녀시절부터 키우며 사랑해 오던 아름다운 흰 늑대였소. 내 나이와도 비슷할 정도로 오랫동안 함께 한 친구……. 그를 보내지 않는 건데 그랬소. 그가 가겠다고 했을 때 말리는 건데 그랬소……. 다 내 잘못이오."

여왕의 목소리에 눈물이 어려 있는 것이 느껴져 나는 정말 몸 둘 바를 몰랐다.

유리카의 달변으로 페어리들과 여왕 앞에서 죄는 벗었지만, 나는 마음 한구석에서 찜찜한 심정을 지울 수가 없었다. 그 흰 늑대 니할룬은 나이가 끔찍하게 많을 뿐만 아니라—그럼 저 여왕은 대체 몇 살일까?—충성스런 여왕의 친구였다고 했다. 아무리 잘못한 게 없다고 말하긴 했지만 여왕한테 설마 나를 원망하는 마음이 조금도 없을까?

여왕이 한결 가라앉은 목소리로 말했다.

"어쩌면, 니할룬은 그런 운명이었는지도 모르겠네요. 만일 파비안 그대가, 그 날 그 순간 그 고갯길을 지나가지 않았더라면, 그는 자기 목적을 달성했을 것이고, 기쁘게 우리들 곁으로 돌아왔을 테니 말입니다. 그러나 그 일을 계기로 해서 그대는 그대 임무에 중요한 검을 얻었으니 결국 일은 본래 이렇게 흐르도록 정해져 있었는지도 모르겠어요."

친구를 잃더니 여왕은 운명론자가 되었군.

여왕은 니할룬이 죽은 날 밤에 이미 그의 죽음을 알았다고 했다. 하긴 지금 안 거였다면 난 여왕의 진노로 여기서 살아남지 못했을 수도 있다. 어쨌든 그래서 그의 시체와 모든 것들이 켈라드리안으로 돌아오도록 즉시 손을 썼다고 했다. 그러나 직접 가서 본 것이 아니니까 누구 손에 죽었는지는 알 수 없었을 터였다. 이렇게 우연히 우리가 여길 지나가게 되지 않았더라면 말이다.

그러나 여왕도 내 꿈 이야기를 듣더니 금시초문이라는 표정을 지었다.

"그건 내가 손을 썼던 게 아니에요. 니할룬이 아마도…… 영혼의 상태가 되었으면서도 우리가 그의 원한을 아무 관계없는…… 그대에게 갚으려 할까봐 우려했던 모양입니다. 그는 매우 선량했으니까요. 단 괴물의 모양으로 변해 있을 때에는 그도 이성이 없는 상태이지요. 아니었다면 파비안 그대를 공격하지도 않았을 거고요."

말을 하다가 갑자기 여왕은 밝은 표정이 되었다.

"고개 밑에서 니할룬이 완전히 숨이 끊어졌었다고 했지요? 만약 그런데도 그대의 꿈에 나타났다면 그가……."

여왕이 말을 못하고 있는데 유리카가 대신했다.

"이스나에."

아, 그렇구나. 유리카의 입에서 떨어진 '이스나에'를 들은 여왕이 허리를 죽 펴면서 밝은 어조로 말했다.

"봄의 공주, 그대도 그렇게 생각하오? 그렇겠소. 그렇다면 언젠가 그를 다시 만날 수 있을 지도 모르니 나는 더 슬퍼하지 않겠소. 나 역시 어떤 생명에게든 이스나에가 된다는 것은 영광 중의 영광이라고 생각하오."

이야기는 다행스러운 방향으로 마무리되었다.

우리는 서로 잠시나마 저질렀던—또는 저질렀을지도 모를—무례를 사과했고, 여왕은 자리에서 일어서더니 말했다.

"밤이 끝나간다. 늦었지만 손님들을 위해 무도를 보여 드리자."

페어리들은 여왕의 기분이 다시 좋아진 것을 보고는 어린아이들처럼 행복한 웃음소리를 냈다. 어쩌면 여왕과 그녀의 일족은 이렇게 서로 한마음이기 때문에 오랜 세월 그대로 '계속' 되기만 해도 충분히 행복한 건지도 모르겠다.

여왕의 측근으로 보이는 페어리들이 먼저 외쳤다.

"춤을 추자!"

"둥글게 손을 잡고 춤을 추자!"

"뛰어라! 돌아라!"

"페어리 일족의 춤 솜씨를 선보이자!"

식탁과 의자, 음식 같은 것들이 어떻게 치워졌는지에 대해서는 군이 설명하지 않아도 될 것이다. 어느새 페어리들은 여왕의 사과나무를 중심으로 둥글게 손을 잡고 늘어서 있었다.

유리카가 내 얼굴을 보더니 말했다.

"파비안, 우리도 저기 끼자."

"응? 응……."

나는 유리카의 손에 이끌려 얼떨결에 군무의 원 안으로 뛰어들었고, 어느새 빙글빙글 돌기 시작한 그들과 발을 맞추고 있었다. 여왕도 단에서 내려와 그녀의 일족과 손을 맞잡고 섰다. 여왕의 나비 날개가 다른 페어리들 사이에서도 흰 비단처럼 곱고 우아한 빛을 발했다.

어디선가 음악 소리가 들리기 시작했다.

세상에서 잊혀진 숲 속 가장 깊은 자락엔
봄 신부의 베일보다 고운 날개, 아, 누구인지?
그 곳엔 향기 나는 목초와 꽃들 영원히 살아있고
고귀한 깃털의 새들이 보석처럼 숨겨졌네.

세상에서 사라진 기억 가장 오랜 그곳엔
꽃잎 속 꿀물보다 달콤한 속삭임, 그 누구인지?
그 곳은 연보랏빛 안개 커튼처럼 드리워진 자리
눈뜨면 부서질 듯, 꿈인 듯, 생시인 듯,
영롱한 곤충의 껍질, 찬란한 날개
오색 깃 새들의 노래, 상냥한 지저귐
풀밭 위의 검은 동그라미, 누구의 흔적인가요?
눈 돌리면 환영인양 힐끗 사라지는 작은 친구들.

페어리들과 함께 춤을 추어요.
향긋한 과일의 즙을 맛봐요.
아름다운 새벽이 또다시 눈을 뜰 때까지.

페어리들이 부르는 노래를 듣자니 이상한 느낌이 들었다. 저들이 지은 노래 같지가 않았다. 마치 인간이 관찰한 페어리를 묘사한 듯한 가사였다.

"누가 지은 노래지?"

다른 쪽 손을 잡은 페어리가 대답해 주었다.

"아주 옛날에, 여길 방문했던 시인이 지은 노래야."

페어리들은 키가 작기 때문에 나나 유리카의 손을 잡기 위해 팔을 높이 들어야 했다. 별빛이 내려오는 푸른 언덕에서 우리는 빙글빙글 돌며 춤을 추었다. 내 오른손 안에는 유리카의 자그마한 손이 있었다. 군무 속에서도 그 손을 잡고 있다는 사실이 생생하게 내 뇌리에 박혀 있었다.

녹청빛 휘황한 독을 품은 갑충이
황홀한 무지개를 그리며 번개같이 사라지고
잎새마다 이슬이 쏟아지는 켈라드리안
붉은 무늬 버섯, 밝은 레몬빛 나비.

죽음이 떨구는 낙엽도 없고

겨울에 갈아입을 털도 필요 없는
영원한 여름의 나라, 그 곳에 사는 여름 아이들
소매 없는 녹색 옷을 걸치고 영원한 세월을 즐기네.

헝클어진 머리의 꼬마 요정, 마주보면 재빨리 달아나요.
뒤를 쫓을 생각은 말아요, 그들은 심술궂어요.
오늘은 착한 마음이 들어 당신에게 인사했지만,
내일이면 다 잊고 무슨 장난으로 곯려줄까 궁리할걸요.

페어리들과 함께 춤을 추어요.
끝없는 여름의 밤을 노래해요.
아름다운 새벽이 하얀 눈꺼풀을 올릴 때까지.

커다랗던 군무의 원이 여러 개로 나뉘겼다. 일곱 개나 되는 작은 원
들이 이제 멋대로의 속도로 춤추며 돌아갔다. 하늘에서 내려다보면 풀
밭에 뿌려진 일곱 개의 은반지처럼 보이지 않을까.

페어리들의 등에서 파닥이는 날개는 인간이 어떤 파티 의상을 입는
다 해도 따를 수 없는 아름다운 치장이었다. 재잘대며 웃는 소리들이
하늘까지 울려 퍼졌다.

"여왕이시여, 춤을!"

"여왕님의 아름다운 춤을 보여 주세요!"

춤이 최고조에 달했을 때 여기저기서 이런 소리들이 터져 나왔다.

인간들의 관습을 생각한 나는 어리둥절했지만, 페어리들이 큰 원을 만들자 여왕은 미소 지으면서 가볍게 날아서 한가운데로 나섰다. 유리카가 내 귀에 대고 속삭였다.

"여왕의 춤은 페어리들의 여름 파티에서는 하이라이트야. 가장 아름다운 춤이기도 하고. 오늘 정말 멋진 구경을 많이 한다."

춤추는 여왕, 가벼운 날갯짓.

열두어 살 소녀만 하고, 또 얼굴도 소녀 같은 여왕은 하얀 옷깃과 금빛 고수머리를 흩날리며 춤을 추었다. 달 없이 별만으로 장식된 검은 천구 아래, 하얗게 빛나는 그녀는 이날 밤의 달빛이라고 하기에 손색이 없었다. 날개 때문인지 바닥을 디디는 발끝은 비할 데 없이 가벼웠고, 가냘픈 팔은 버드나무처럼 우아하게 휘어졌다.

그렇게 새벽이 하얀 눈꺼풀을 올릴 때까지 페어리들의 무도는 계속되었다. 한 편의 꿈처럼, 그렇게 잊어버릴까봐 두려운 겨울 속의 여름 환상.

"음, 으음……."

팔다리가 뻐근했다. 졸음 때문에 정신을 가누기 힘들었다. 이미 주위가 밝아진 것 같은데, 왜 이렇게 일어나기가 힘들지? 아침에는 늘 잘 일어났잖아.

눈이 감기려다가 다시 떠졌다. 코끝에 차가운 공기를 느꼈지만, 여기가 어딘지 헷갈렸다. 다시 몽롱해지던 머리가 갑자기 확 깨쳐졌다. 나는 벌떡 일어났다.

"아!"

"이제 깼니?"

내 몸에 덮여 있던 나뭇잎들이 풀썩 날려서 바닥에 떨어졌다. 갑자기 정신이 든 이유를 알게 되었다. 유리카가 차가운 물에 적신 수건을 가져다가 내 얼굴에 덮어버린 것이다. 가슴 위로 떨어지는 수건을 엉겁결에 잡았다.

"잠결에도 반사신경이 훌륭하구나?"

물이 뚝뚝 떨어지는 젖은 얼굴에 느껴지는 공기가 제법 찼다. 물이 묻어서 그런가. 아니, 차갑다 못해…….

"에취!"

내 앞에 앉은 유리카가 혀를 쯧쯧 찼다.

"뭐야, 따뜻한 대낮에 낙엽 이불까지 덮고 실컷 잔 주제에 어디서 감기 걸린 척 하는 거야?"

수건을 짜서 얼굴의 물을 훔치다가 유리카의 말을 듣고서야 주변을 둘러볼 여유가 생겼다. 여기는…… 아, 그렇지. 이제 어딘지 알겠다. 그런데 어젯밤하고는 경치가 딴판인데?

"음…… 다들 가버렸나?"

"그럼 지금까지 있겠니?"

머리가 좀 어지러웠다. 세수를 못해서 얼굴은 부스스하고, 게다가 가장 중요한 것은…….

"배고픈걸……."

유리카가 내 머리를 딱 때리려 했지만 칭찬까지 받은 반사신경으로 잽싸게 피했다. 유리카는 헛손질을 했지만 상관없다는 듯이 핀잔을 주었다.

"얘, 내가 네 엄마인 줄 아니? 자고 일어나서 배고픈 거야 당연하지. 얼른 일어나서 세수나 하러 가. 그런 다음에 뭘 먹어도 먹지."

엄마가 아니라고 하는 주제에 하는 말은 꼭 우리 어머니 같잖아.

가까운 곳에 시냇물이 있어서 대강 세수를 했다. 시간은 모르겠지만 점심때가 가깝지 싶었다. 배가 지독히 고픈 걸 보니 말이다. 어젯밤에 먹었던 호두 파이가 좀 있으면 얼마나 좋을까.

"어라?"

언덕 위로 도로 올라온 나는 풀밭을 내려다보고서 눈을 둥그렇게 떴다. 저게 뭐지?

언덕을 덮은 누런 풀 위로 군데군데에 검푸른 원들이 그려져 있었다. 가까이 가서 들여다보니 버섯이 둥그렇게 난 자국이었다. 그런 자국이 한 개가 아니고 주변에 몇 개나 있었다.

내 뒤로 유리카가 다가왔다.

"뭘 보고 있어?"

"이거, 이 둥그런 자국들 말야."

유리카는 픽 웃더니 내 머리를 지분거렸다.

"얘, 넌 '페어리 링(fairy ring)'도 모르니? '요정의 테'라고 하는 거잖아."

아, 들어본 것도 같다. 요정의 테는 밤새 요정이 춤춘 자국이라고 하던데, 정말 그렇잖아? 신기하네.

"그러고 보니 일곱 개잖아."

세어보니 둥그런 버섯 자국이 진짜 일곱 개 나 있었다. 다 같이 빙글빙글 돌다가 작은 원으로 나누어져서 춤췄을 때, 일곱 개의 원을 만들었던 생각이 났다. 왜 커다란 원은 안 남는가 모르겠네. 군무를 추던 생각, 그리고 원 가운데 나비 날개를 단 여왕의 아름다운 춤.

어젯밤의 기억이 떠올라 내 얼굴에 미소가 번졌다.

"생각하니?"

"응."

유리카의 얼굴에도 미소가 떠올라 있었다.

나는 유리카와 손을 잡고 일곱 개의 원에 하나씩 가까이 가 보았다. 크기도 일정하지 않고 모양도 이지러진 것이, 어젯밤 페어리들의 제멋대로이던 모습을 생각나게 해서 저절로 웃음이 나왔다. 참, 그리고 보니 어제 마지막에 어떻게 됐더라?

"유리, 우리가 어떻게 하다가 잠들었었지?"

우리가 잠들어 있던 곳은 언덕바지 아래 양지바른 장소였다. 겨울—어젯밤엔 여름이었을지 몰라도 지금은 겨울이니까—치고는 꽤 자란 풀들이 소복해서, 이 언덕에서 가장 편안하게 누울 만한 곳 같았다. 그 위에 나뭇잎들이 많이 모아져 있었다.

"페어리들이 모아다 주었잖아, 나뭇잎."

정말 그랬었다. 그 이야기를 들으니 어젯밤 일이 어렴풋이 기억나려고 한다. 나는 이렇게 물었었지.

"여왕이시여, 이 엔젠은……."

여왕은 희미한 미소를 지어 보였다.

"그것은 그대들이 가지고 있어 줘요. 내가 보관한다 해도 이미 어떤 방법도 없었다는 것을 말했지요? 그대들의 비범한 여행 속에서 어쩌면 라우렐란도 깨어나, 다시 우리 일족 곁으로 돌아올 수 있을지 모르겠단 생각이 드는군요."

맞아, 그랬어.

나는 유리카에 목에 걸린 주머니를 쳐다보았다. 시선을 느낀 유리카가 주머니를 벗어서 내 손에 넘겨주었다. 내 손바닥 위로 굴러 나온 엔젠이라는 이름의 파란 보석. 이게 페어리의 공주라고 했지. 잘 모시고 다녀야겠네.

귓가에 여왕의 마지막 인사가 쟁쟁했다.

"그대들의 생명에 축복이 깃들길, 그대들의 영원한 여행이 아름다운 끝으로 마무리되길, 그대들 가는 곳마다 익은 과실이 기다리기를."

어라? 어디서 듣던 말 같은데? 가만있자, 나르디의 편지에서 읽은 내용이잖아?

멍하니 생각에 잠겨 있는데 유리카가 배낭을 끌어당기면서 서둘렀다.

"얼른 뭘 먹어야 다시 길을 갈 거 아냐."

배낭을 열어보고 우리는 다시 한 번 놀랐다. 배낭 안에는 늘 가지고 다니던 말린 식량 꾸러미 대신, 조그마한 단지와 나뭇잎으로 싼 호두파이, 그리고 견과 열매 꾸러미가 놓여 있었다.

"어떻게 된 거야?"

언제나 나보다 적게 놀라는 유리카는 벌써 눈치챘다는 듯이 배낭 안에서 그것들을 끄집어냈다. 그러면서 말했다.

"에졸린 여왕의 친절이겠지. 이거 봐. 이 단지, 아마 꿀인 것 같은데?"

정말이었다. 음식들을 꺼내보니 호두 파이는 어떻게 된 셈인지 아직까지도 따뜻했다. 이것도 여왕의 마법 탓일까?

견과 열매는? 아, 누구 것인지 알겠다.

"야, 주아니."

주머니를 툭툭 쳤는데 응답이 없었다. 푹 잠든 모양이네.

"일어나. 안 일어나면 아침, 아니 점심 없다."

그제야 반응이 있었다.

"끄응…… 여기가 어디야?"

우리는 오랜만에 야외에서 식사다운 식사를 했다. 맛있게 먹으면서 나는 앞으로는 절대로 말린 식량만 갖고 여행하지는 않으리라는 다짐을 했다. 그건 그렇고 배낭에 넣어 두었던 내 말린 식량 꾸러미는 어디로 갔지?

"여왕은 평등 교환 원칙에 철저한 페어리였나 봐."

꿀을 바른 호두 파이를 씹어 삼킨 다음 내 의문에 대해 유리카가 한 논평이었다. 하긴 존댓말 문제도 그랬지. 그래도 호두 파이 대신 말린 식량이라면 꽤 해볼 만한 교환인데.

또 하나 웃겼던 점이 있었다. 주아니는 어젯밤 페어리의 군무에 대해서 전혀 기억하지 못했다.

"너 정말, 하나도 기억이 안나?"

"그럼 어디까지 기억이 나는데?"

나와 유리카의 집중 추궁 끝에, 우리는 주아니가 어젯밤 우리가 여왕과 지루한—주아니의 입장에서—이야기를 시작하던 즈음 혼자 조용히 꿈나라로 갔다는 사실도 알게 되었다. 본편은 나오기도 전에 잠들어 버렸단 얘기네.

더 의아한 사실이 떠올라 나는 물어 보았다.

"야, 주아니, 내가 그렇게 뛰어 돌아다녔는데 한 번 깨지도 않고 잤단 말이냐?"

대답은 듣지 못했지만, 뛰지도 않은 주제에 주아니는 누구보다도 강력한 식욕을 과시해서 우리는 다시 한 번 어이가 없었다.

"이제 그만 가야지."

식사한 자리를 정돈하고, 남은 음식을 챙겨 넣은 다음 그만 가려고 배낭을 짊어지다가 문득 생각나는 사실이 있었다.

"유리, 우리 나가는 길은 어떻게 찾지?"

"길? 으음……."

일단 오던 흔적이 남았나 주변의 숲을 살펴봤는데 희한하게도 부러진 가지 하나 발견할 수가 없었다. 하룻밤 사이 나무가 더 자라 막아버리기라도 한 것처럼 말이다. 도대체 어찌된 걸까?

배낭을 지고 선 채로 고민하는 것은 별로 재미없을 것 같아서 우리는 다시 풀밭에 주저앉았다. 풀밭이라 해도 어젯밤에 본 반짝거리는 여름의 풀과는 큰 차이가 있었다. 지금 언덕에 깔린 것은 누르스름하게 변색된 마른풀들일 뿐이었다. 어젯밤은 참 멋졌는데, 겨울로 돌아오니 이렇게 우울하군. 그 많던 페어리들은 다 어디로 갔을까.

쓸데없는 생각에 잠겨 있는 사이, 유리카가 입을 열었다.

"파비안, 길을 얼마나 기억해?"

"워낙 급하게 뒤따라왔잖아. 저 빽빽한 수림을 빠져나가는 것조차 어려울 것 같은데."

"처음에 있던 그 샘가, 메르농으로 다시 돌아갈 수만 있다면 좋을 텐데."

나는 한 번 듣고 벌써 잊어버렸던 이름을 말하면서 유리카는 생각에 잠겼다. 그러고 보니 아르단드 생각도 났다. 협박으로 끌려 나와서 실컷 놀림만 당했던 불쌍한 친구 말이다.

"아르단드는 잘 있을까?"

내가 그 말을 꺼내기가 무섭게 유리카가 뭔가 생각난 듯 손뼉을 쳤다.

"그래! 아르단드!"

내가 영문을 모르고 있는 사이에 유리카는 벌떡 일어섰다. 그러더니 주변을 두리번거리며 무언가를 찾았다.

"뭘 찾는 거야?"

"아르단드, 아니면 그 애가 보냈을 어떤 표지 같은 것."

"걔는 갑자기 왜?"

나도 따라 일어나 주변을 둘러봤지만 아무 것도 보이지 않았다. 유리카가 계속 두리번거리며 말했다.

"너, 아르단드가 우릴 돌려보내는 것도 내 몫, 이라고 말하던 생각 안 나?"

그 말이 기억나긴 했다. 그렇지만 이제 와서 그걸 믿고 찾는단 말이야?

내가 여전히 멀뚱한 표정이자 유리카는 보충 설명이 필요할 것 같다고 느낀 듯했다.

"이스나에라는 자들은, 절대 거짓말이나 빈말을 못해. 아르단드가 우습게 보여도 그도 이스나에야. 이스나에에게는 속임수 같은 것이 전혀 허용되어 있지 않아. 장난을 하거나, 할 말을 일부러 안 하는 정도는 될지 몰라도 고의로 남을 속일 수는 없단 말이야."

"왜 그런 건데?"

"그들은 깨끗한 영혼이니까."

유리카는 그 말이면 설명이 다 됐다고 생각하는 모양이었다. 다른 대책도 없고 해서 나도 그녀처럼 언덕을 돌아다니면서 두리번대는 수밖에 없었다.

"저기, 저걸 봐!"

주아니가 가장 먼저 소리쳤다. 유리카와 내 눈이 동시에 그쪽으로 향했지만 아무것도 보이지 않았다. 우린 주아니의 눈이 우리보다 월등히 좋다는 것을 알기 때문에 볼멘소리를 하지는 않았다. 그저 이렇게 말했을 뿐이다.

"뭐 말야? 어떤 건데?"

주아니가 설명하기 전에 그것은 우리 눈에도 보일 정도로 가까이 다가왔다. 흑녹색의 날개를 가진 커다란 나비였다. 찬란한 날개 색이 그다지 밝지 않은 햇빛 아래에서도 기이한 빛으로 번뜩였다.

"나비잖아?"

내 심드렁한 반응과는 달리 유리카는 찾던 것을 찾았다는 듯 뛸 듯이 기뻐했다.

"주아니, 너 정말 눈 좋구나. 너도 나하고 같은 것을 찾고 있었니?"

"나비가 뭘?"

유리카가 나비 쪽을 향해 서둘러 걸음을 옮기면서 한심하다는 듯 콧소리를 냈다.

"파비안, 파비안. 아르단드의 머리 색깔 기억 안 나?"

하긴 아르단드의 머리카락이 저런 흑녹색이긴 했지.

그렇지만 흐음, 겨우 그런 게 저 나비를 따라가야 될 이유란 말이야? 아르단드의 머리 색 어쩌고 하는 것보단 우연히 나타난 멋진 나비라는 쪽이 훨씬 신빙성 있는 설명으로 들리는데.

그러나 유리카는 정말 확신하는 듯했다.

"파비안, 너는 모르고 있어. 이 겨울에 나비가 어디 흔하니? 저런 나비는 여름철에도 잘 볼 수 없는 나비란 말야. 또 아주 눈에 잘 띄는 색깔이고, 심지어 우리가 찾는 사람의 머리 색과 똑같기까지 해. 그런데도 저게 아르단드가 보낸 나비가 아니라고 생각하겠단 거야? 분명해, 저건 아르단드가 보낸 거라고."

그렇게 말하니 그제야 좀 그런 듯하게 들리기도 했다. 결국 우리는 나비를 뒤따라가기 시작했다.

그러나…… 나비가 사라질세라 눈이 빠져라 쳐다보면서, 올 때도 헤맸던 숲을 죽어라 양팔로 헤치면서 가야 한다는 사실은 고려하지 않았던 결정이었다. 지루하고 피곤해서 나는 물어보고 싶던 것들을 묻기 시작했다.

"어제 에졸린 여왕이 너보고 공주니 어쩌니 했잖아. 그건 무슨 얘기야?"

"그냥 여왕이 나 높여 주려고 적당히 한 말이야. 고풍스런 걸 좋아해서 그런가봐. 신경 쓸 필요 없다고."

유리카는 비밀은 혼자 다 갖고 있으면서 하나도 설명해주는 게 없었다. 음, 또 뭘 물어보려고 했더라.

"그럼 검은 봉인은 너하고 무슨 관계야?"

"아무 관계도 없어. 내가 까만 옷을 입어서 그랬나?"

이것도 말도 안 되는 소리다. 그럼 나는 '갈색 봉인의 왕자' 쯤으로 부르지 않고 왜 '예의바른 여행자' 라고 했단 말인가.

"그럼, 프랑드의 신부는? 봄이 너하고 또 무슨 관계인데?"

"그런 질문은 어제 여왕한테 할 일이지, 왜 이제 와서 나한테 하니? 내가 한 말도 아닌데 내가 뭘 설명하니?"

유리카의 대답은 궤변으로 치닫기 시작하고 있었다. 보다 실질적인 질문을 해야겠다.

"어제 아르단드를 위협하던 구슬은 뭐니? 이스나에가 겁을 먹을 정도니까 대단한 무기 같던데."

"블로지스틴의 구슬. 너도 블로지스틴이 불 원소의 힘을 가진 정령을 이르는 말이란 건 알지?"

몰라서 미안하군.

"몰라. 설명해 줘."

우리는 간신히 숲을 벗어났다. 이제부터는 그나마 평탄한 길이었다.

나비는 계속해서 나 잡아보라는 듯이 우리 앞에서 나풀나풀 날고 있었다. 우리는 죽어라 걷는데 혼자 날고 있으니 무척 불공평해 보였다. 아르단드가 이런 식으로 복수하고 있는 것은 아닐까.

"정령이란, 이스나에의 한 종류야. 이스나에 중에서 특별히 네 원소에 몸담고 있는 자들이지. 그래서 보통 이스나에하고는 달리 비교적 쉽게 볼 수 있어. 불의 정령이라면 벽난로나 모닥불 속에서, 물의 정령이라면 강물 속에서 만나게 되기도 하지. 그들은 인간들처럼 모여 살기도 해. 그래서 반(半) 이스나에라고도 부르지. 물론 우리가 알 수 없는 희한한 능력들을 많이 가지고 있고."

나는 생각했다. 어젯밤에 이렇게나 많이 왔던가? 왜 이렇게 멀어?

"그래서?"

"그런 정령들에는 네 종류가 있어. 네 원소니까. 그중에 불 원소에 관계된 정령을 블로지스틴이라고 하지. 흙에 관계된 자들은 나스펠, 공기는 요르실드라고 해."

"물은?"

"강의 정령을 미라티사라고 하고, 바다는 프라티사라고 따로 불러. 그런데 프라티사는 대가 끊어져서 거의 볼 수가 없다고 해. 미라티사가 프라티사에서 갈라져 나온 자들인데 이쪽은 꽤 번성하고 있지. 프라티사가 드물어진 뒤로는 바다를 항해할 때 정령의 도움을 빌기가 어려워져 버렸어."

정령의 도움이라는 것이 아무나 빌릴 수 있는 것은 아닐 거야. 그러니까 뭐, 내가 그 힘을 빌릴 일이 있겠어? 그러니까 프라티사가 사라졌다는 것이 나한테 크게 불편한 일이 되진 않을 거라고 봐.

"그래서, 블로지스틴의 구슬은 그들이 만든 구슬인가?"

"그들의 힘을 응축시킨 구슬이지. 그들이 직접 만들기도 하지만 정령이라고 아무나 그런 힘을 가지는 것은 아니고, 인간이 만들어 낼 수도 있어."

"그 구슬은 뭐에 쓰는데?"

"봤잖아?"

설마 샘의 이스나에를 위협하려고 애써 만들어 갖고 다닌단 건 아니겠지.

유리카는 내 표정을 보더니 싱긋 웃었다.

"아르단드는 샘의 이스나에잖아. 만약에 내가 미라티사의 마법 물건을 가지고 있었다면 아르단드는 전혀 겁내지 않았을 거야. 그러나 블로지스틴은 반대니까, 샘을 없애버릴 수도 있는 힘이지. 다행히 내가 그걸 갖고 있었지 뭐야."

나는 새삼 감동해서 유리카의 배낭을 바라보았다. 그걸 쳐다본다고 구슬이 보이는 건 아니지만, 그 안에는 더 신비한 것들이 많이 들어있을 것 같은 생각이 들어서였다. 다른 것이 없다고 해도 적어도 블로지스틴의 구슬은 다섯 개나 들어있을 거 아냐.

유리카는 내 마음을 들여다본 것처럼 말을 이었다.

"그걸 갖고 있다고 아무나 사용할 수 있는 건 아냐. 내가 너한테 한

개 준다고 해도 넌 사용 못해."

"그럼 너는 어떻게?"

"나야 뭐…… 아, 저기 샘이 보인다."

한참을 걸어온 터라 메르농의 차갑고 신선한 물이 마시고 싶어서 한 달음에 샘가로 달려갔다. 아르단드는 없었지만—보였다면 그게 더 이상한 거지만—샘물은 실컷 마실 수 있었다. 주아니는 물을 마시다가 샘에 빠질 뻔한 주제에 만족한 얼굴로 말했다.

"아, 시원해."

만약에 빠졌다면 정말로 '아, 시원해'라고 말할 처지가 되었겠지만.

"아르단드가 이 근처에 있을까?"

"글쎄? 있을 가능성이 한 열에 여덟은 되지 않을까?"

"그렇다면."

나는 샘가에서 몸을 일으킨 뒤 말했다.

"아르단드, 어제는 좀 무례하게 굴었다고 생각해. 사과할게. 그리고 샘물을 여러 번 시원하게 마실 수 있어서 고마웠어."

유리카가 놀란 듯이 나를 쳐다봤다.

"다시 만날 수 있을지 모르겠지만, 언제까지나 행복해라."

말을 마치고 물주머니를 채운 나는, 말똥말똥 쳐다보는 두 아가씨들을 향해 말했다.

"뭘 보니? 그만 가자."

3장.

2월 '암흑(Darkness)'

2월 '암흑(Darkness)'

암흑의 별 '사스나 벨(Saasna Belle)'이 지배하는 한 해의 두 번째 아룬드이다. 봄을 앞둔 시련의 달로서, 낮과 밤을 구분할 수 없을 정도의 안개나 천둥, 마른번개를 동반한 음산한 날씨가 며칠씩 계속되는 일이 잦다. 특히 검은 비가 내리는 날은 무서운 불행이 닥친다고 말해지니 일과 여행을 중단하고 근신하는 것이 제일이다. 그대는 검은 낮을 램프로 밝히고, 닥쳐올 고난 앞에 무너지거나 일어설 자들의 미래를 써나갈 수 있으리라.

'어둠의 눈빛'이라는 의미의 사스나 벨은 암흑 아룬드에만 달 표면에 검은 구멍처럼 나타난다. 따라서 이 시기의 달을 '고통받는 달', 또는 '피 흘리는 달'이라고 부르며, 사스나 벨에게도 '달의 상처'라는 별칭이 있다. 달빛을 어둡게 만드는 이 별은 고대로부터 흉하게 여겨져, 암흑 아룬드 태생을 '없는 달 태생', 또는 '태어나지 않았다'고 말하고 생일조차 기념하지 않는 관습이 생겨났다.

아룬드 달력 속에서 '암흑'의 존재는 작은 잘못도 돌이킬 수 없는 결과를 초래할 수 있고, 운명의 손은 죄가 없는 자도 놓치지 않음을 보여준다. 이 시기에는 높은 의지를 가진 자들을 시험하는 운명의 장난이 잦다고도 전해진다. 많은 사람이 이때 과거의 고통을 끊기 위해 극단적 방법을 택하며, 오랜 친교를 가진 자들은 결별하여 갈라선다. 전설 속의 처녀 아르나가 강물에 몸을 던진 시기도 이때이다. 이 시기에 아르나니 별은 일곱 별자리 중 '시간의 강' 자리의 가장 급한 급류 지점에 머문다.

비가 잦은 로존디아에서는 암흑 아룬드에 일어난 사건들만으로 〈검은 비; 암흑 아룬드의 고난들〉이라는 독자적인 역사서를 편찬했다. 이 책에는 자연 재해와 크게 유행한 질병은 물론, 믿었던 동료로부터 배신을 당하거나 영광의 정점에서 나락으로 굴러 떨어진 수많은 역사적 인물들의 이야기가 상세히 그려져 있다.

암흑 아룬드에 검은 예언자를 만나면, 평시와는 달리 많은 예언을 들을 수 있다. 일부 무리는 물과 약초만으로 단식을 하기도 한다.

"달빛 없는 밤에 털이 아름답고 울음소리 높은 야수의 공격을 받다"라는 경구로 요약되며 첫 번째로 주어지는 시련, 마지막으로 뒤어넘어야 할 고비, 힘에 벅찬 고난, 은밀하게 닥치는 시험, 뒤에 시련으로 변할 드높은 상급을 받음, 작은 실수로 크나큰 대가를 치름, 피할 수 없는 억울한 불행, 고통을 견딘 자에게만 주어지는 예지 등의 암시를 지닌다. 이 아룬드를 상징하는 색깔은 없다.

- 점성술사들이 달력에 적는 각 아룬드의 의미,

그중 두 번째.

1. 달의 검은 상처

「당신의 봉인은 무슨 의미였습니까.」

늙은 마법사는 그의 앞에 선 젊은이를 지켜본다. 이제는 그의 시대이다. 천 년 동안 그는 따르는 자밖에 만나지 못했다. 그러나 젊은이는 이끄는 자였다. 젊은이의 머리는 검푸르고, 얼굴은 갓 피어나 흰 작약 같다.

젊은이는 마법사의 로브도, 전사의 갑옷도 걸치지 않았다. 현명한 기품과 활달한 기개, 그에게는 두 가지가 다 갖춰져 있다. 그는 긴 여행을 하는 자에게 어울리는 튼튼한 망토를 택했다.

「봉인이란 약속이다. 그리고 대가다.」

두 사람은 오래 전에 무너져 아무도 살지 않는 대리석 홀에 마주 서 있다. 바닥에 깔렸던 돌은 갈라졌고, 틈새는 덩굴식물이 메웠다. 절반만 남은 지붕 위로 하늘이 보이고, 새가 푸드덕 날아간다. 젊은이는 고개를 들어 보고 미소짓는다. 곧 겨울이 오겠지만 그는 떠나는 것을 두려워하지 않는다.

「약속을 한 자는 그것을 지킨다. 받은 것은 되돌려준다. 공포를 봉인하면 희망도 사라질 것이며, 희망을 풀어놓으면 공포도 되살아난다. 봉인자는 대가를 치른다. 하나를 잃어야만 하나를 얻는다. 그것이 내 시대의 봉인이다.」

「잘 알겠습니다.」

젊은이는 허리를 굽혀 보인다. 그가 쥔 마법사의 지팡이는 새로 깎은 것이다. 허리에는 얇은 검을 매달았다.

「네가 떠나면, 돌아오는 것은 무엇인가.」

「저는 값보다 더 많은 것을 만들 것입니다. 빵을 먹으면 빵을 만든 자보다 더 일할 것이고, 씨앗을 심으면 수백 개의 씨앗이 열릴 것을 기대할 것입니다. 은혜를 입으면 영원히 보답할 것이고, 오른손을 얻으면 두 손을 다 내주겠습니다. 누군가가 저를 사랑하면 저는 그를 세상만큼 사랑하겠습니다. 이것이 인간의 교환이며, 저는 교환만으로도 새로운 것이 만들어질 수 있다고 믿습니다. 모두가 홀로 서 있을 때, 처음으로 손을 내민 이가 있어 세상이 시작됐습니다. 마지막의 누군가는, 아무의 손도 받지 못한 채 손을 내주어야 할 것입니다. 그것이 저의 봉인입니다.」

「가거라, 에제키엘. 너의 시대가 시작되었구나.」

젊은이는 떠났다. 늙은 마법사는 무너진 홀에 오랫동안 남았다. 이듬해 가을 잎이 다 지고, 마침내 젊은이의 소식이 들려올 때까지.

− 기억 III

달을 보기 싫어졌다.

그러나 밤길을 걸으면서 달을 보지 않기란 참 어렵다. 저런 달은 아예 뜨지 않는 편이 도와주는 건데.

메르농 샘을 떠난 후 사흘 반 걸려 동쪽 켈라드리안 숲을 비스듬하게 횡단했다. 나무가 드문드문해지는 것이 사람들이 사는 곳이 가까워지고 있다는 느낌이 들었다. 즐거운 추억도, 어려운 일도—그 사흘 동안 우리가 아무 일 없이 여행했다고 생각하지 말아 달라—많았던 숲이지만, 아름다웠던 것만은 틀림없었다. 이번 달에 접어들기 전까진 겨울이라도 나름대로 멋이 있었다. 약간의 아쉬움마저 남을 정도로.

그러나 암흑 아룬드에 접어든 지금 우리 머릿속엔 빨리 사람들이 사는 곳으로 나가고 싶다는 생각밖에 없었다.

낮이라고 일기가 좋은 건 아니지만, 아직은 그럭저럭 견딜 만했다. 그러나 밤에 우리를 내려다보는 시커먼 구멍만은 견딜 만한 것이 못되었다. 마을에 간다고 딱히 나아지는 건지는 나도 잘 모르겠다. 하지만 언제 불길한 일이 일어날지도 모를 때 인적이 드문 곳에 홀로 있고 싶어 하는 사람은 없을 것이다. 그 점에선 나도, 유리카도, 인간이 아닌 주아니도 마찬가지였다.

"숲이 끝나면 '여기까지 켈라드리안이었습니다. 안녕히 가십시오' 하는 팻말이라도 붙어 있을까?"

"넌 숲 전체가 팻말로 둘러져 있길 기대하니?"

"아니면 '인간 마을에 잘 오셨습니다' 라고 써 붙인 환영단이라도 나와 있으려나?"

"만약 있다면 우리 돈을 긁어가려고 갈퀴들을 들고 서 있을 거다."

숲을 여행하는 동안 우리는 서로 핀잔과 지분거림을 주고받는데 무척 익숙해졌다. 이렇게 딱 맞는 말상대는 처음이었다. 어디 가서 싸우다가 말 모자라 진 적은 없는 나인데, 유리카에겐 곧잘 진다. 그러나 유리카도 마찬가지였다. 자기도 별로 져본 적이 없는데, 나한텐 종종 진단다.

우리는 서로 말싸움하다가 지면 살인이라도 나는 양 즐겁게 우리끼리의 유희—주아니의 의견을 빌리자면 그건 싸움을 넘어 전쟁을 방불케 했다 한다—를 즐기면서 여행을 하고 있었다. 주아니는 종종 이렇게 말하곤 했다.

"그래그래! 내가 잘못했어! 둘 다 잘했고, 내가 잘못했어! 그만들 하라고!"

이런 경우 십중팔구 주아니는 잘못은커녕 우리의 이야기와 아무런 관계도 없었다.

또 알게 된 건데, 유리카도 금전 문제에 있어선 나 못지않게 민감했다. 내 생각인데, 이런 식이라면 누가 우리 돈을 빼앗아가려는 기미만 보여도, 그쪽에서 가졌던 돈을 거꾸로 우리한테 몽땅 털릴 판이다.

말해 놓고 보니 여행자들이 아니고 흡사 강도단이군.

유리카의 말솜씨가 가장 천재적인 능력을 발휘하는 때는 역시 그녀가 숨기고 있는 이상한 점들을 물어봤을 때였다. 다양한 궤변과, 농담과, 표정연기와, 말 돌리기로 잽싸게 논지를 흐려놓고 도망치는 유리카의 말꼬리를 잡아낸다는 건 쉬운 일이 아니었다. 말하자면 이런 식이다.

"유리, 그러니까 너는 나와는 달리 블로지스틴의 구슬을 다룰 능력도 있고, 이스나에나 그 밖의 것들에 대해서도 잘 알고, 페어리 족의 여왕님은 친한 친구나 되는 것처럼 너를 알고 있고, 그 여왕님조차도 처음 본다는 로아에 족도 이미 본 적이 있고, 눈 깜짝할 사이에 남자들 서넛을 처리하거나 천장을 뚫고 지나다니는 것쯤은 일도 아니고, 보석을 척 보기만 하면 그 안에 페어리가 갇혀 있는지 아닌지도 알아보는데, 그런 너는 누구이며, 네가 나를 찾고 있었다는 것은 무슨 뜻이야?"

장황하게 지적을 해 보았자 유리카의 대답은 언제나 짧았다. 다시 말해 긴 지적들 중 논지와 거리가 먼 쓸데없는 부분에만 대꾸하면서 다른 부분들은 은근슬쩍 넘어가는 것이다.

"난 그냥 여행하는 소녀야. 물론 널 찾고 있긴 했지."

"그래, 나를 왜 찾았는데?"

"동행할 사람이 필요했거든."

"왜 하필 나하고 동행하는데?"

이쯤 되면 나오는 대답은 뻔했다.

"너하고 같이 있으면 안전할 것 같거든. 세르무즈까지 여자애 혼자 가기에는 너무 위험하잖아."

이렇게 말하면서 유리카는 웃는다. 하나하나 따지려고 작정했던 게 맥 빠질 정도로, 그렇게 예쁘게 웃는다.

내 입에서 나올 건……

"에휴……"

한숨밖에 없지.

간신히 끔찍스런 달이 지고, 새벽녘이 되었다. 우리는 좀 전부터 숲 가장자리를 따라 나타난 길로 걷고 있었다. 아침쯤에는 숲의 끝자락을 발견할 수 있으리라고 이야기하던 참인데, 저만치 사람의 그림자 같은 것이 휙 지나갔다. 유리카가 놀란 듯 탄성을 냈다.

"아?"

나만 본 게 아닌 모양이네.

암흑 아룬드에는 기름을 아끼지 않고 사정없이 램프를 켜기로 했기 때문에 불빛에 비친 유리카의 얼굴은 발갛게 열에 들뜬 것처럼 보였다.

"너도 봤지?"

"응."

내가 앞에 섰다. 유리카는 남 앞에 서서 걷기를 좋아해서 종종 앞서 걷곤 했는데, 위험이 있어 보일 때는 애써 뒤에 세우곤 했다. 내가 유리카보다 검을 잘 쓸지는 솔직히 자신 없지만 말이다.

"또 지나갔다. 소리 들려."

주아니가 주머니에서 고개를 내밀고 말했다. 그렇다면 확실했다. 주아니의 신비한 청력에 대해선 이미 믿기로 결정했으니까.

"마을에서 나온 사람인가?"

"내가 마을 사람이라면, 암흑 아룬드 새벽녘에 뭐가 나타날지도 모르는 거대한 숲 주변을 혼자 배회하진 않아."

유리카는 단호하게 내 말에 반대했다. 그도 그럴 듯 했지만 어쨌든 직접 봐야 알 일이었다. 주의 깊게 걸음을 떼려고 하는 참인데……

"뭘 조심하겠단 거야?"

갑자기 들려오는 목소리. 그리고 휙 지나가는 그림자.

"뭐, 뭐야!"

희미한 것이 귀신, 아니 이스나에인가?

순간적으로 유리카가 내 어깨를 움켜잡았다. 놀라서 그런 건지 몰라도 그 순간, 내 마음 속에서 용기 비슷한 것이 솟아난 듯했다. 이게 용기 맞나? 그거야 써 보면 아는 것이고.

"누구냐! 앞으로 나서라!"

상대방의 그림자가 훌쩍 뛰어드는 듯하더니 내 앞에 버티고 섰다.

"뭘 그렇게 놀라냐? 구면인 주제에."

아르단드였다. 괜히 긴장했다가 맥이 탁 풀린 나는 볼멘소리로 첫마디를 던졌다.

"웬일이야? 놀라게 하려고 작정했냐?"

"넌 마주치는 사람이 놀랄지 안 놀랄지 고려하면서 돌아다니냐? 나를 보고 놀라는 건 너희들 사정이라고."

말이 되는 얘기였다. 아르단드는 우리한테 교훈을 얻어 그동안 수련을 쌓았음에 틀림없었다.

"그래서, 무슨 일인데?"

유리카가 물었다. 그런데 문득 보니 아르단드는 지난번과 옷차림이 달랐다. 게다가 메르농 샘에서 본 또렷한 모습과는 달리 몸이 약간 희미해져 있어서, 쳐다보기가 섬뜩하기도 했다. 밤새 옆에 앉아서 농담 따먹기로 지분거렸던 상대 같지가 않았다. 처음 헤렐을 만났을 때와 비슷한 기분이랄까. 역시 인간은 잘 안 보이는 걸 무서워하기 마련이다. 몸 너머로 숲이 비쳐 보이는 상대와 이야기하는 건 정말 싫은 일이라고.

"그 옷은 뭐냐?"

"잠시 나들이 복장 좀 입었다, 왜?"

나들이 복장치고는 무척 이상했다. 킥 웃다가 옆을 보니 유리카의 얼굴에서도 한심해하는 웃음이 비어져 나오고 있었다. 그녀가 입을 열자 내 생각 속의 말이 그대로 튀어나왔다.

"넌 그런 옷 입고 나들이를 다니니?"

아르단드는 나무껍질을 덕지덕지 붙인 것 같은 이상한 갈색 옷을 뒤집어쓰고 있었다. 비 올 때 쓰는 판초우비처럼 통째로 뒤집어씌워지는 것이, 옷이라기보다는 자루 속에 들어앉은 것 같았다. 그러니까 우리가 웃는 것도 무리는 아니었다.

"나라고 좋아서 이런 옷을 입는 게 아냐."

아르단드는 지난번 상황이 재현될까봐 두려웠는지 급히 말을 막았다. 웃는 건 자유니까 계속 웃지만, 남의 옷 갖고 지나치게 많이 말하는 것은 예의가 아닐 것 같아서……

나는 계속했다.

"그럼 왜 입는데? 전통의 나들이 복이라 감히 거스르지 못하는 거냐? 아니면 사랑하는 사람이 선물한 옷이라서? 그것도 아니면 알고 보면 굉장히 비싼 옷이냐, 그거?"

유리카가 내 말을 받았다.

"아냐, 오늘은 목욕을 안 해서 일부러 팔도 안 보이는 자루 같은 옷을 입은 걸 거야. 또는 옷이 단벌이어서 저번 옷을 빨았더니 이거밖에 없었거나, 아니면……."

"그, 그만들 해! 난 도와주려고 온 건데……."

우리 중에서 제일 선량한 주아니가 주머니 속에서 내 배를 툭툭 쳤다. 나는 목을 가다듬으면서 일단 말을 멈췄다. 유리카는 계속 웃고 있었다.

"미안해. 며칠 만에 사람, 아니 이스나에를 봤더니 너무 즐거운 나머지 우리가 좀 이상한 상태야. 네가 이해해라. 유리, 그만 웃고 예의바른 미소 좀 지어봐."

"이렇게?"

"……."

유리카의 예의바른 미소에 아르단드가 만족했을지에 대해선 상상에 맡기겠다.

배고픔 때문에 우리가 잠시 이야기를 멈추고서야 아르단드는 입을 열 기회를 잡을 수 있었다.

"하여간 너희들은……. 내가 온 건 일단, 난 켈라드리안 밖으로 나갈 수가 없기 때문에 마지막 인사를 하려고 한 거고, 둘째는 에졸린 여왕님하고 이야기한 결과, 암흑 아룬드에 너희들이 쉴 만한 곳을 알려 주자는 데 의견이 일치해서 이렇게 온 거야. 그리고 너희들이 그렇게 웃어마지 않는 이 옷에 대해서는……."

아르단드가 자루를 치마처럼 두 손으로 들어 보이는 바람에 우리는 다시 웃음을 터뜨리고 말았다.

"메르농 샘에서 멀리 벗어나기 위해선 어쩔 수 없이 입어야 하는 옷이란 말이다. 샘을 벗어나는 건 나 같은 종류의 이스나에로선 별로 바람직한 일이 못 돼. 부득이하게 이렇게 멀리 올 경우, 이스나에의 힘이 몸 밖으로 새어나가지 않게 하려면 어쩔 수 없단 말이야. 그러니까…… 그만들 좀 웃으란 말야!"

우리가 계속 웃고 있었기 때문에 아르단드는 마지막 말을 거의 외침에 가깝게 할 수밖에 없었다.

"아, 알았어……. 소리는 지르지 마."

"웃어서 미안해."

그렇게 말한 유리카는 잠시 아르단드를 쳐다보다가 물었다.

"그래서 네가 지금 희미하게 보이는 거구나?"

고개를 끄덕이는 아르단드를 자세히 보니 아까보다 한층 더 희미해진 것 같았다. 해가 뜨기 시작해서 그런가? 이스나에가 햇빛을 무서워한단 말은 들어본 일이 없는데.

"파비안, 우리 그만 웃어야겠다. 오래 지체했다간 우린 안 보이는 친구랑 대화를 나눠야 할지도 몰라."

즐겁지 않은 상황이겠군. 그러나…….

"그런데 너, 우리한테 꼭 그렇게 인사를 하고 싶었니?"

"하하, 사실은 우리가 좋았던 거지?"

"혹시 성향이 좀 이상해서 우리한테 정신공격당하는 걸 즐기는 거 아니니? 삶의 활력소가 되는 거 아냐?"

"아냐, 쟤는 이스나에 사이에서 따돌림당하고 있었을 거야. 그래서 우리가 말 거니까 눈물 나게 고마웠구나?"

"그마안! 파비안, 유리카, 그만하고 쟤 얘기 좀 듣자, 응?"

결국 참지 못한 주아니가 외치고 말았다.

우리도 이렇게 신나게 말을 걸려고 하는 거 보면 은근히 아르단드를 좋아하는 건지도 몰라. 그래서 한 마디라도 더 시키려고 안달인 걸지도 모른다니까. 그게 아니면 성향이 이상한 건 우리 쪽이든지…….

"너희들한테 인사하는 건 계획 수정해야겠다. 언젠가 만나서 원한을 갚게 되면, 그때 새로 인사하도록 할게."

아르단드는 투명한 주제에 얼굴까지 붉히고는 그렇게 말했다. 유리카와 나는 얼굴을 마주보고 웃었을 뿐이다.

"지금 이 길로 가지 말고, 여기서 정남쪽으로 한나절 정도까지 걸어가면 숲 속에 통나무집이 한 채 보일 거야. 통나무집치곤 꽤 크지. 너희키의 몇 배나 될 테니까. 거기 사는 사람에게 에졸린 여왕님의 인사를 전한다고 말해. 그러면 그 사람이 너희들에게 한 상 잘 차려줄 뿐만 아니라 잠자리도 제공해 주고, 너희들이 이번 아룬드에 피해야 할 것들을 일러 줄 거야."

나는 보통 사람은 해낼 수 없는 점원만의 기술을 이용하여 그 말을 기억했다. 손님의 주문이라고 생각해버리면 이쯤이야 간단하다.

이제 아르단드는 처음과 비교하면 투명하다고 할 정도로 희미해져 있었다. 바람에 날리는 흑녹색 머리카락이 햇빛의 일부분이라도 되는 양 말갛게 반짝였다.

유리카가 고개를 끄덕이더니 말했다.

"잘 알았어. 이렇게 애써 찾아와 줘서 고맙고, 저번에 메르농 샘에 대해서 위협한 것도 사과할게. 그리고 너 빨리 가야겠다. 내가 봤을 땐 위험 수위에 다다른 거 같으니 말야."

"그래."

아르단드의 목소리는 그리 명확하지 않았다. 괜한 이야기로 시간을 지체하게 한 것이 좀 미안해졌다.

"그래, 그럼 잘 가!"

"메르농이 영원히 신선한 샘물을 품게 되길!"

아르단드가 입술을 움직이는 것 같긴 했으나 소리는 들리지 않았다. 그러더니 그는 그 자루 옷으로 머리까지 감싸고 우리 앞에서 사라져 버렸다.

주아니가 고개를 내밀더니 말했다.

"나중에 꼭 만나서 앙갚음할 수 있게 되길 바란다, 라고 말했어."

"그, 그래?"

주아니가 귀가 밝은 것이 이럴 땐 도움이 되는 건지 아닌지 모르겠단 말이야.

나는 유리카에게 물었다.

"오는데 이렇게나 걸렸는데, 돌아가는 도중에 문제 생기는 거 아냐, 쟤?"

유리카는 걱정 없다는 듯이 고개를 저었다.

"괜찮아. 사흘 동안 우릴 쫓아온 건 아닐 테니까. 또 샘에 한 걸음이라도 가까워질수록 점차 다시 힘을 얻게 되거든. 이스나에는 우리보다 걸음이 훨씬 빨라."

태양이 머리 위에 떠올랐다.

우리는 아르단드가 알려준 대로 남쪽으로 걷고 있었다. 걷던 길에서 벗어났지만 어느 정도 남쪽으로 내려가다 보니 이쪽으로도 누군가 지나다녔던 듯 길이 뚫려 있었다. 꺾어진 나뭇가지들이 바닥에 잘 밟혀 다져져 있었다.

예전의 경험을 되살려 혹시 멧돼지라도 지나간 자국은 아닐까 생각해 보았지만 그렇지는 않은 듯했다. 그때처럼 아래쪽 가지만 꺾어져 있는 것도 아니고, 하늘까지 탁 트여 있었다. 그리고 오래된 길답게 주변의 나무도 점차 드문드문해지고 있었다.

암흑 아룬드치고는 꽤 맑은 날씨였다. 하늘이 파랗다고 느껴지는 걸 보면, 이번 달이 끝나면 봄이 온다는 것이 전혀 거짓말은 아닌 모양이었다.

"우리, 아르단드하고 헤어진 지 얼마나 됐지?"

"한나절이 다 되어가."

"그럼 나타날 때가 됐잖아, 그 통나무집."

낮인데도 안개는 깨끗이 걷힐 생각을 안 했다. 해가 떠오르면서 꽤 엷어졌다고 생각했는데 한참 걷다보니 다시 짙어지고 있었다. 이 근처에 호수라도 있나?

검은 새 한 떼가 머리 위를 비스듬히 가로질러 날아왔다. 그런데 무리 짓는 큰 새들답게 정연한 대열을 갖추지 않고, 이상하게 제멋대로 뒤엉켜 있었다. 한 마리, 한 마리가 기러기만큼 커다란 새였다. 저렇게 큰 새들은 질서를 지키지 않으면 서로 부딪치기 십상일 텐데.

그들은 실제로 몇 번이나 깃을 부딪쳤고, 검은 깃털들이 아래로 흩날리는 것도 보였다. 까마귀라기엔 너무 큰데, 저렇게 커다랗고 검은 녀석들은 도대체 무슨 새야?

내가 이상하게 생각하는 중인데, 머리 위까지 날아온 새들이 날카롭게 울부짖어 공기를 찢어 놓았다.

카아아악, 카아악!

캬캬캬캬캬, 칵!

캬르르르륵, 캬오, 코오!

새 소리도 엄청나게 불길했다.

수십 마리나 되는 새들이 머리 위에서 소리를 지르자 유리카가 몸서리를 치며 귀를 틀어막았다. 쇳조각을 마주 긁는 것 같은 금속성의 우짖는 소리였다. 기분 탓인지 죽어 가는 사람이 지르는 단말마의 비명처럼 들렸다.

새들은 서서히 서편 하늘로 멀어져 갔다.

"지도나 볼까."

쓸데없는 생각을 잊어버릴 겸, 배낭을 힘들게 뒤져서 지도를 끄집어냈다. 유리카가 나와 나란히 걸으면서 지도를 들여다봤다. 지도에는 켈라드리안이 무척 크게 나타나 있었다.

"우리가 지금까지 온 길을 표시할 수 있으면 좋을 텐데."

"잉크 있어?"

"없어."

"그럼 별 수 없군."

앞으로 가게 될 길도 대충 훑어봤지만, 이 지도는 우리나라의 지도여서 다른 나라의 땅은 거의 백지였다. 세르무즈로 넘어가게 되면 눈감고 가는 꼴일 것 같다. 지도란 게 그리 쉽게 구할 수 있는 물건은 아니니 말이다. 지도를 구하겠다고 수소문하고 다녔다가는 관리들한테 의심받기 딱 좋다, 다른 나라 첩자나 뭐 그런 걸로.

그렇게 생각하면 우리 잡화점엔 어째서 지도가 있었을까?

"켈라드리안도 아니고 그냥 '숲'이네."

"이미 숲 이름은 아는데 뭘. 그건 그렇고 크기가 뭐 이래?"

"여기 숲이 두 개나 있었던가?"

유리카가 고개를 젓더니 물었다.

"그렇진 않을걸. 이 지도 언제 만든 거야?"

"몰라. 그렇지만 이 지도를 만든 제작자는 힘보른 시가 이베카 시로 바뀌었다는 것에 대해선 전혀 몰랐던 게 분명해."

"좀 한심한 지도겠구나."

"유리…… 한심한 지도겠다, 가 아니라 실제로 한심해."

지도에는 켈라드리안이 말도 안 되게 크게 그려져 있었다. 물론 켈라드리안이 작은 숲은 아니었지만 우리가 나흘 정도로 동쪽 지대를 가로지를 수 있었던 데 반해, 지도에 나타난 숲은 그 두 배나 되어 보였다. 숲이 둘이냐고 물었던 이유가 그거였다.

"어이가 없네."

내가 헛웃음을 치면서 이 지도를 버릴까 말까, 버린다면 어디다가 버려야 할까, 버리기보다는 뭘 모르는 놈을 하나 붙잡아 팔아먹는 편이 좋지 않을까 고민하고 있는데 유리카가 지도를 빼앗아 들었다.

"너, 이 지도 어디서 났니?"

"우리 집 구석에 굴러다니던 거야."

"흐음…… 여기 그려진 국경 모양하고 몇 개의 지명들로 볼 때, 이거 최소한 백 년은 넘은 지도 같은데."

"뭐야?"

그 순간 내 머릿속엔 골동품으로 위장하면 꽤 비싸게 팔아먹겠구나, 하는 착상이 반짝 떠올랐다. 이런 점에서 유리카는 나를 따라오려면 아직 멀었다. 여전히 다른 생각에 잠겨 심각한 표정을 했으니 말이다.

"이 켈라드리안, 예전엔 지금보다 넓었다고 하거든. 백 년 전 지도로 봐도 넓지만, 2백 년쯤 전엔 그보다 훨씬 더."

"그래? 그럼 어디가 숲에서 마을로 변한 거야?"

"아마도…… 이 지도에 의하면 우린 지금 숲 한가운데에 있어야 되거든? 그보다 더 옛날이니까, 이쪽부터 이쪽."

유리카가 손가락으로 지도에 그려진 숲의 남쪽과 북쪽, 그리고 동쪽을 포함하는 훨씬 넓은 동그라미를 그렸다. 나는 보이지 않는 동그라미를 들여다봤지만 그렇게 숲이 컸대봐야 우리가 빠져나오는 데 더 골치 아팠을 거란 점 말고는 아무 것도 떠오르지 않았다.

"유리카, 파비안, 저길 봐, 저기."

주아니가 지도에 정신 팔고 있는 우리를 불렀다. 정면을 자세히 보는 순간 깜짝 놀랐다. 희미한 지붕 같은 것이 나뭇가지 너머로 아른거리고 있었던 것이다. 발걸음을 빨리 해서 다가갔다. 그러자 십여 걸음도 가기 전에 안개 속에서 갑자기 통나무집의 윤곽이 불쑥 나타났다.

나와 유리카는 얼굴을 마주 보았다.

"우리들 말야, 아무리 안개가 짙었다 해도 저렇게 커다란 집을 지금까지 못 봤단 게 말이 되냐?"

"글쎄, 아무래도 말이 안 되는 것 같은데."

유리카와 내가 고개를 갸웃거리면서 올려다본 집은 아르단드가 말한 '통나무집'이 맞는지 헷갈릴 정도로 거대한…… 다시 말해 통나무 저택이었다!

아니지, 좀 더 생각해 보라고. 저 정도 집을 지으려면 작은 숲 하나는 잘라내야 되겠는데. 그러니까 '통숲집', 아니 '통숲저택' 쪽이 더 어울리지 않아?

우리는 '통숲저택'의 앞마당으로 주의 깊게 접근해갔다.

앞마당을 두른 울타리도 웬만한 나무를 통째로 잘라서 갖다 꽂은 것 같았다. 보통 집이라면 무릎에서 허리 높이쯤 닿도록 만들 법한 울타리인데 실제로는 내 키로 올려다봐야 할 정도의 높이였다. 이것 역시 조촐하게 '울타리'라고 말하기는 좀 미안하고 나무로 만든 성벽이라 하면 적당하지 않을까 싶었다. 여기 사는 사람들은 도대체 얼마나 키가 큰 거지?

"어라? 음악 소리."

주아니가 말하지 않아도 이번엔 나도, 유리카도 들었다.

"정말?"

음악 소리는 집안에서 나는 것 같은데, 신나는 춤곡이었다. 마을에서 수확 잔치 같은 걸 벌일 때 이런 곡에 맞춰 아줌마랑 아저씨들이 손 마주잡고 빙글빙글 돌지 않던가?

우리는 얼굴을 마주 보았다.

"그러니까…… 인생을 유쾌하게 사는 사람인가 봐."

애써 해석을 갖다 붙인 다음 울타리 문으로 다가가 보니, 문은 닫혀 있었지만 잠긴 것 같지는 않았다. 유리카가 높다란 울타리를 올려다보고만 있기에 내가 손을 잡아끌었다.

"들어가자. 에졸린 여왕님이랑 아르단드가 추천한 집인데 무슨 문제야 있겠냐?"

나는 아는 사람이 추천한 식당이나 여관을 얘기하듯 하며 안으로 걸음을 옮겼다. 음악 소리는 계속 나고 있었다.

앞마당은 평범한 농가의 모습이었다. 한 구석에 좀 지나치게 크다 싶은 빈 닭장이랑 뭔가 심었던 듯한 작은…… 이 아니고 사실은 커다란 텃밭, 그리고 정면에 내 키의 세 배에 달하는 '대문'이 보였다. 문은 역시 닫혀 있었다.

즉, 평범한 모양이긴 한데 다들 지나치게 컸다.

"아무도 없나?"

아무도 없는 집이라 해도 멋대로 문을 열고 들어가는 것은 실례였다. 나는 조심스럽게 문을 두드렸다. 그러나 음악소리만 흘러나올 뿐, 아무 대답도 없었다. 몇 번 더 두드려 봐도 똑같았다. 창문이 있었으나 안쪽으로 덧문까지 꼭 닫혀 있었다.

나는 촌구석에 살던 경험을 살려 중얼거렸다.

"마당에 물건들을 늘어놓은 걸로 봐서 집을 오래 비운 것 같지는 않은데. 게다가……."

"음악 연주하는 사람은 문 열어줄 생각이 없나봐. 혹시 귀머거린가?"

"귀머거리가 어떻게 연주를 하니?"

"하여간, 말이 그렇단 거야. 사람인지 뭔지 몰라도 일단 문 열어 줄 생각은 없어 보이잖아?"

유리카는 그렇게 대답하더니, 별 수 없잖냐는 듯이 양손을 들어 보였다.

"잘 차린 한 상을 기대했더니만, 오늘 점심은 글렀구나."

"찾으러 갈까?"

"집주인이 어디로 간줄 알고 찾아가니?"

"그렇다고 계속 여기 서서 기다릴 거야?"

"기다리긴, 우리 갈 길을 가야지."

"가자고?"

유리카는 집 쪽을 다시 힐끗 보더니 고개를 설레설레 저었다.

"정체는 모르겠지만, 우린 지금 숲에서 거의 빠져나왔어. 잘 차린 한 상이라면 가까운 마을 여관에 가서 해도 충분하다고."

"하지만, 아르단드는 이 집의 주인이 우리한테 도움 될 이야기를 해 줄 거라고 했잖아. 그 얘기를 들어야 되는 것 아냐?"

"그보다 우리 갈 길이 더 급해."

내가 항상 이해되지 않는 것이 바로 저 말이었다.

"우리가 뭐가 급하다는 거야? 세르무즈에 간다 쳐도 언제까지 가야 된다고 정해진 것도 아니고, 시간이라면 간식으로 좀 먹어도 될 정도로 충분하단 말야. 넌 항상 서두르는데 나는 그게 이해가 안 돼. 할아버지 께서 혹시 오늘 내일 하시니?"

"네가 너무 느긋한 거야. 우린 켈라드리안을 가로질러 오는 데만 나흘도 넘게 소비했어. 일단 여길 빠져나가면 너나 나나 말부터 한 필씩 구해야 할 거야."

"어딜 그렇게 급하게 갈 건데? 도대체 무슨 일이 급한데?"

"급하다면 좀 급한가 보다 생각해 주면 안 되니!"

유리카는 말하다 보니 정말 화가 났는지 말끝에서 언성이 높아졌다. 우리는 잠시 마주보며 말을 하지 않았다.

이럴 때는 주아니가 도움이 된다.

"파비안, 유리카, 둘 다 그만둬. 이 집 주인을 찾으러 가나, 여기서 묵지 않고 마을을 찾아가나, 여길 떠난다는 점에선 똑같잖아. 일단 여기를 뜨면 된다고. 그러다가 주인을 만나면 돌아오면 되는 거고, 못 만나면 마을로 가서 하룻밤 묵고, 뒷일은 그 다음에 생각해도 좋잖아?"

다시 생각해봐도 주아니의 말은 명언이었다.

우리는 서쪽으로 차츰 빠지면서 숲길을 걷고 있었다. 어쩌면 가장 가까운 마을로 가기 위해서는 다시 북쪽으로 올라가야 할지도 모르겠다. 백년 묵은 골동품인 엉터리 지도가 그렇게 말하고 있었다.

사그락, 바삭, 바삭.

숲을 다 빠져나왔다는 것이 믿어지지 않을 정도로 껍질이 두툼하고 오래된 나무들이 많았다. 앞을 바라보면 위아래로 쭉쭉 뻗은 수직의 세상이 펼쳐져 있다. 날씨가 좋지 않아서인지, 그것은 시원하다기보다는 위압적인 느낌을 주었다.

어떤 위협적인 존재가 노려보는 것처럼.

유리카는 아까 화를 낸 이후로 말이 없었다. 아직도 화가 나서 그런 건지, 다른 생각을 하느라 그런 건지는 모르겠다. 숲 속으로 한 시간 넘게 걸어가는 동안 그녀는 아무 말도 하지 않았다. 주아니가 평소에 안 하던 짓, 즉 유리카의 주머니 속에서 가기를 자청했는데도 그 주아니조차 아무 말이 없었다.

나라도 말을 걸어야지 안 되겠다.

"유리카, 화났니?"

"……."

내 쪽을 보고 있지도 않았다. 계속 앞만 바라볼 뿐이었다.

"왜 그래? 내가 뭘 잘못했니?"

"……."

아휴, 난 말 없는 게 싫어. 그게 주아니였든 유리카였든.

곧 비라도 쏟아질 것 같은 날씨였다. 점심때가 가까워 올 즈음, 우리는 작은 시냇물을 발견했다.

몇 시간 안에 마을을 발견할 가능성은 없어 보여서 일단 좀 쉬어가기로 했다. 나는 냇물가 둔덕에 걸터앉았고 유리카는 내려가 물을 떠

마시더니 잠깐 동안 얼굴을 씻었다.

다시 위로 올라온 그녀가 말했다.

"파비안, 아까 화내서 미안해."

아주 미안해하는 말투는 아니었지만 일단 사과하고 싶어 하는 것 같기에 나도 고개를 끄덕이며 대답했다.

"내가 먼저 심하게 말한 점도 있지. 네가 화가 풀렸다면 그걸로 좋아."

"네게 아무 설명도 않고서 내 맘대로 서두른다고 되는 일은 아니었는데, 너무 내 멋대로였나 봐."

나는 눈을 둥그렇게 뜨고 턱을 앞으로 쭉 뺐다.

"네가 그렇게 말하니까, 꼭 네가 아닌 것만 같다."

"뭐야, 나는 사과도 할 줄 모르는 사람인 줄 알았니?"

유리카는 눈썹을 약간 추켜올리며 나를 쏘아봤지만, 반은 장난인 것을 알기 때문에 싱긋 웃는 것으로 대답을 대신했다. 주아니는 우리 둘의 얼굴을 번갈아 보더니 도저히 말릴 수 없다는 듯 조그맣게 한숨을 내쉬었다.

"지금까지 걸었는데도 통나무집 주인은 못 찾았으니까, 네 생각대로 일단 마을로 가는 것이 좋겠어. 다음 일은 주아니 말대로 그 다음에 생각하자고."

"지도 잠깐 다시 줘볼래?"

유리카한테 지도를 건네주었다. 그녀는 한참 동안 그걸 들여다보면서 미간을 찌푸리고 있었다.

"제일 가까운 켈라벤 마을은 오늘 저녁 안에 갈 수 있을 것 같긴 한데, 숲에서 완전히 벗어난 위치는 아냐. 아마 나무꾼이랑 화전민들이 모여 사는 조그만 부락인 것 같다. 게다가 오래된 지도라 지금은 없어 졌을지도 몰라."

"이렇게 아름다운 숲을 태운다고?"

내가 화전이라는 말에 민감하게 반응하자 유리카는 픽 웃었다.

"그게 아니고서는 굶는 수밖에 없는 사람들도 있는 법이야. 죽음은 종종 살아있는 것들을 먹여 살리지. '생명'과 '죽음'은 동전의 양면이 니까."

완전히 동의할 수는 없었지만, 일단 넘어가기로 하고 다음 이야기를 물었다.

"그럼, 그 다음 마을은 얼마나 떨어져 있는데?"

"한…… 글피까진 꼬박 잠도 안 자고 걸어야겠는걸?"

"뭐가 그렇게 멀어? 무슨 마을인데 그래?"

유리카는 어깨를 으쓱해 보이며 대답했다.

"아르나 시."

"……."

그게 마을이야? 이 일대에서 가장 큰 도시가 아르나 강변에 있다는 아르나 시 아니냐?

"그것 말고는 없어?"

"없는걸. 켈라벤, 아니면 아르나뿐이야. 적어도 이 지도에선 말이지. 켈라드리안 숲에서 벗어나기만 하려면 오늘 저녁으로도 되지만, 그래 봤자 황야로 나가는 것뿐이야. 결국 안전하게 쉬려면 둘 중에 한 마을로 가야 해."

둘 다 고민하느라 말이 없었다. 숲에서 빨리 벗어나고 싶긴 한데, 암흑 아룬드에 닥칠지 모를 위험을 생각했을 때 숲 안에 있는 마을이 안전할지도 걱정되었고, 또 실제로 있기는 할지도 의문이었다. 지도에 표시된 켈라벤은 정말 조그맣기 이를 데 없었다.

주아니가 새로운 의견을 내놓았다.

"차라리 통나무집으로 되돌아가는 게 어때? 그 집 주인도 밤이 되면 돌아오지 않을까? 혹시 근처에 다른 마을이 있는지 물어볼 수도 있고."

이리하여 세 가지 길을 놓고 고민이 시작되었다.

한참동안 시냇물이 졸졸거리는 소리말고는 아무 소리도 들리지 않았다. 우리는 각각 다른 곳을 쳐다보고 있었는데, 시냇물을 내려다보고 있던 나는 문득 한 가지에 생각이 미쳤다. 그때 유리카가 말했다.

"왜 이렇게 조용하지?"

"정말."

나는 벌떡 일어나 주위를 둘러보았다. 주아니가 고개를 갸웃거리더니 이윽고 끄덕였다.

"정말이네. 바람 소리 하나 없어."

"숲 속인데, 새 울음소리도 안 들리네."

"저 숲을 봐."

나는 우리가 빠져 나온 쪽을 가리켰다. 유리카와 주아니가 동시에 돌아봤다.

"나뭇잎 하나 까딱하지 않아."

"……."

불길한 느낌이 갑자기 온몸을 휩쌌다.

유리카가 고개를 바르르 떨며 젓더니 몸을 고양이처럼 움츠렸다. 그녀의 얼굴에 까닭 모를 공포의 기색이 역력했다.

"빨리, 빨리 나가고 싶어. 여긴 이미 우리가 아는 켈라드리안이 아니야. 암흑 아룬드의 숲은 그 어느 때와도 달라."

"다르다니?"

온몸이 근질거리는 느낌이 들었다. 무언가 달라붙는 듯도 하고, 가느다란 전율, 또는 가벼운 날개의 벌레들이 내려앉는 듯한…….

"다른 숲, 전혀 다른 숲이야. 평소 선량하던 산짐승이 암흑 아룬드에는 피에 굶주린 괴물이 될 수 있는 것과 같아. 암흑 아룬드는 소박한 포크 한 개가 사람을 찔러 죽이는 흉기로 변할 수도 있는 때야. 좋은 마음으로 마신 술에 취해 친구를 죽일 수도 있는 때……. 이런 말은 하지 않으려 했지만…… 지금, 숲 안에 가려진 다른 기운들이 눈을 뜨고, 우리를 보았어."

"뭐라고?"

나는 수십 개의 눈동자가 내 몸을 훑고 지나가는 느낌에 순간적으로 몸서리를 쳤다. 그리고 자리에서 후딱 몸을 일으켰다.

"그게 뭐라고는 설명 못해도, 방금 전부터 우리를 쫓는 눈들이 있어. 살아 있든, 죽어 있든…… 집요하고 악의 어린 힘이."

나는 머리를 세차게 흔들었다. 그녀의 말을 듣고 나니 고요한 숲이 이제는 두렵다 못해 끔찍하게까지 느껴졌다.

"어서, 가자. 여기 더 있다간 머리가 어떻게 되겠어."

유리카는 내가 배낭을 집어 메는 동안에도 양팔을 가슴에 모은 채 내가 가리킨 숲 쪽을 주시하고 있었다. 우리는 오던 방향과는 정반대 쪽으로 서둘러 떠났다.

"가까운 마을이더라도 일단 거기로 가자."

"숲을 빠져나가는 게 우선이야. 일단 황무지로 나가게 되더라도 빠져나가고 봐야 해. 내 직감이 그래."

"그렇지만, 황무지라고 안전할 것 같아? 어차피 암흑 아룬드인데, 황무지는 위험한 곳으로 변해 있지 않으리란 보장이 있어? 일단은 사람이 사는 곳으로 가야 해. 사람이 모여 사는 곳에는 영적 존재들의 접근을 거부하는 힘이 생겨나게 되어 있어. 그 힘이 강하든 약하든 간에 말야. 나는 그런 이야기를 들은 일이 있어."

"고작 십여 호쯤 될지도 모를 마을에서 그런 것을 믿어?"

유리카는 빨리, 지체하지 않고 숲을 빠져나가고 싶어 했다. 그리고 나는 일단 사람 사는 곳으로 가야 한다고 주장했다. 오후가 다 지나가도록 걸으면서 내내 그 논쟁이었다.

우리 둘 다 지독하게 불안해하고 있다는 점에서는 같았기 때문에 오히려 의견은 쉽게 좁혀지지 않았다. 논쟁은 점차 신경전으로 가고 있었다.

"처음부터 통나무집에서 그냥 주인을 기다리고 있는 건데. 그렇게 큰 집에 사는 사람들이니 덩치도 크고 힘도 대단할 것 같잖아? 십여 호

정도 되는, 마을 같지도 않은 화전마을보다는 훨씬 영적 존재들이 범접하지 못할 것 같다. 모르긴 해도 일당 백 정도는 문제없지 않을까?"

나는 발끈해서 말했다.

"비꼬는 거야? 처음에 서둘러서 거길 떠나자고 한 것은 네 쪽이었잖아."

"그래서, 이 모든 것이 내 탓이라고? 암흑 아룬드에 여행하는 사람이 본래 바보란 말야. 게다가 이런 인적 없는 숲이라니, 무슨 일이 일어난다 해도 억울하다고 하소연할 데나 있을 것 같아?"

"바보라니, 지금 너는 우리 일행이 아니란 말야? 게다가 우리가 이러고 싶어서 이렇게 된 거야? 이베카 시에서 급히 도망치느라고 어쩔 수 없었잖아!"

"누가 몰라? 불안하다고 사람 있는 곳으로 가고 싶어 하는 건 너잖아! 그래서 한 말일 뿐인데 도대체 왜 그래?"

"나보다 더 불안해하는 것은 너야, 유리카! 난 네 걱정을 하고 있는 거라고!"

내 말에 유리카는 비웃듯 쏘아붙였다.

"그래서, 너는 전혀 불안하지 않다고?"

"……."

화를 삭이느라고 나는 잠시 입을 다물었다.

주아니는 우리가 하도 언성을 높여 신경질적으로 싸우는 통에 찍 소리도 않고 가만히 있었다. 모르긴 해도 자기도 화가 났겠지. 이렇게 싸우기만 하는 동료들한테 넌더리가 났겠지.

나는 화를 애써 누르면서 말했다.

"우리가 왜 이렇게 싸우게 됐지? 지금까지 다니면서 한 번도 싸운 일이 없던 우리가 오늘 벌써 두 번째 싸우고 있어."

"암흑 아룬드의 영향이겠지."

유리카의 담담한 말투에 나는 갑자기 울화가 치밀었다.

"암흑 아룬드에는 아무나 꼭 싸워야 한다는 듯한 말투구나? 우리 힘으로 어쩔 수 없는 불가항력이니까 탓을 하려면 거기다가 해라? 어차피 순응해야 할 운명이라고, 아무렇지도 않은 척 하기만 다야? 그런 말도 안 되는 사고방식이 어디 있어!"

"난 그저 이유를 말했을 뿐이야! 괜히 신경질적으로 듣는 건 네 쪽이잖아!"

"너야말로 혼자 대담하고 고고한 척하지 마! 불안해하고 있기는 마찬가지면서! 지금 우리는 해결책을 생각해도 모자랄⋯⋯."

유리카가 내 말을 가로막았다.

"지금, 이게 해결책을 생각하는 사람의 자세니?"

"⋯⋯."

나는 너무 화가 난 나머지 머리가 어떻게 되는 것 같아 발걸음을 멈췄다.

머리가 뜨겁고, 어질어질했다. 속에 뭔가 응어리진 것이 맺혀 있는데 밖으로 나오지가 않았다. 미칠 듯 답답했다.

아아, 뭐든 간에 확 부숴 버렸으면 좋겠다. 이런 기분으로는 도저히 견딜 수가 없어. 아무것도 못하겠어.

몇 걸음 더 가던 유리카도 결국 멈춰 서 버렸다.

얼마간 시간이 흐르고, 주아니의 나지막한 말소리가 들렸다.

"둘 다, 아무 말도 하지 마. 어차피 이쪽이든 저쪽이든 정확한 방향도 모르잖아? 마을 쪽이든 숲 경계 쪽이든, 방향이나 제대로 알고 있는 거야? 너희 둘한테 정말 지쳤어. 차라리 아무 말 않고 걷기나 했으면 좋겠다. 빠져나갈 때가 되면 어떻게든 나가겠지. 세상 끝까지 이어져 있는 숲은 아닐 테니까. 이렇게 싸워야만 한다면 차라리 불길한 거든 끔찍한 거든, 아무 일이나 빨리 일어나는 편이 낫겠어. 내 생각엔 너희 둘이 이 숲보다 훨씬 끔찍해."

우리 둘 다 가타부타 대꾸를 하지 않았다. 그리고 그 뒤로도 아무 말도 하지 않았다.

해가 지기 시작했다.

우리는 정말 오랫동안 아무 말도 하지 않고 무작정 걸었다. 무슨 일이 일어나든 지금 기분보다 더 끔찍할 것 같진 않았기 때문에 나도 유리카도 이제 어디로 가자느니 하는 주장 따위는 하지 않았다.

그렇게 몇 시간을 걷고 나니 마음이 약간씩 가라앉았다.

말을 걸어볼까.

나는 걸음을 빨리 해서 앞서 걷고 있는 유리카 옆으로 다가갔다. 그리고 뭔가 말을 걸려는 참인데 갑자기 유리카가 손을 들더니 나를 제지했다.

"왜……."

그러나 더 길게 말할 수가 없었다. 유리카의 주머니 속에서 머리를 내민 주아니조차 입가에 손을 가져다 대는 것이 보였기 때문이다.

무슨 소리를 들었나?

유리카가 걸음을 멈췄다. 나도 같이 멈춰 섰다. 그녀의 옆얼굴이 불안을 느끼고 도사린 고양이의 그것처럼 팽팽하게 긴장되어 있었다.

"뭔가 이상한 느낌, 모르겠니?"

짐승이라도 나타났나? 그렇다면 이렇게 조용할 리가 없는데.

낯선 사람인가? 그렇다면 우리가 저쪽에게 들키기 전에 주아니가 먼저 저쪽의 소리를 들었어야 하잖아.

유리카가 갑자기 내 쪽으로 얼굴을 돌렸다.

"서둘러. 이젠 정말로 여기를 빨리 빠져나가야겠어. 피해야 할 무언가가 시시각각 다가오는 것이 느껴져."

"이상한 소리라도 들려?"

"소리가 아냐."

그 말을 끝으로 다시 유리카는 입을 다물었다.

밤을 기다리는 숲은 몹시 싸늘해 보였다. 저 안에 매 순간 다가오고 있는 무언가가 있다.

궁금하고 불안해서 미치기 직전이었지만 걸음을 빨리 하기 시작한 유리카의 뒤를 따라 뛰다시피 숲을 지났다. 달리는 동안에도 유리카는 계속 중얼거리다가, 다시 고개를 젓곤 했다.

"아닐 거야. 아냐, 그럴 리가."

무엇이기에 저러는 걸까.

묻고 싶었지만 자꾸만 치미는 이상스런 불안감 때문에 차마 입 밖에 내어 물어볼 수가 없었다. 말없이 나도 귀를 기울이며 달렸다.

우리들의 발소리 말고는 바람 한 점 없이 고요한 숲.

그러나 뭐지? 보이지 않는 큼직한 눈동자들이 은밀하게 적대적인 시선을 보내는 듯한 이 느낌은?

문득, 힘센 손이 어깨 뒤를 옥죄는 듯한, 뻐근한 감각이 근육에 몰려왔다. 점차 커져오는 북소리처럼 위험이 다가오고 있었다.

쫓기는 야생 짐승들이 감지할 만한 위기를 느끼는 본능, 왜 이런 것이 인간인 내게 느껴지는 거지?

커다란 나무들을 헤치고 들어갔다. 길이 가로막혀서 잠시 멈춰 섰다. 돌아보는 유리카는 아까보다 훨씬 굳어진 얼굴이었다.

"난 지금 모르는 게 아냐. 믿어지지가 않는 것뿐이야. 내 느낌을 못 믿겠어. 너무 오랫동안 묵혀 두었던 내 능력을 못 믿겠어……."

내가 할 수 있는 말은 하나밖에 없었다.

"일단 빠져나가면 돼. 괜찮을 거야."

걸을 만한 길을 찾아서 눈을 이리저리 돌리다가 갑자기 뺨에 오한이 이는 것을 느끼고 흠칫했다. 저게 뭐지? 저 앞에 쓰러져 있는 것들은? 저기서 우리를 기다리고 있는 저건 뭐지?

나는 나지막이, 쥐어짜듯이 말했다.

"유리, 저…… 걸 봐……."

그리고 그녀가 고개를 돌렸다.

"아아……."

그녀의 목소리에는, 제발 틀리길 바라던 불길한 추리가 결국 사실로 밝혀진 사람의 체념 어린 한숨이 섞여 있었다. 우리는 말없이 그 쪽으로 다가갔다.

봄을 기다리며 조그맣게 돋아난 연두색 풀 위에 선명한 핏방울이 뿌려져 있었다. 그 옆으로 핏빛 물줄기가 냇물처럼 흐르고…… 그 너머 풀밭에는 차마 눈뜨고 볼 수 없는 처참한 광경이 펼쳐져 있었다.

"저게…… 몇 명이야……."

도살장의 피비린내, 그리고 뭔가가 썩고 타 들어가는 냄새가 풍겼다. 우리는 적당한 거리에서 발걸음을 멈췄다. 도저히 더 다가갈 수가 없었다.

몇 구인가의 시체들과 죽은 말 세 마리가 나무와 나무 사이에 엉망으로 널브러져 있었다. 반쯤 짓이겨진 사내의 머리통이 한구석에 뒹굴었고, 눈을 번히 뜨고 누워 있는 다른 시체는 팔이 어깨 안쪽부터 찢겨 나가고 없었다. 가장 끔찍한 금발 여인의 시체는 가슴이 파헤쳐진 채 허리 위쪽밖에 남아있지 않았다.

풀밭과 나무줄기, 잎새들이 방금 전에 일어난 살육을 증명하듯 생생한 피로 물들어 있었다. 도살된 제물들이 흘린 신선한 피를 흙이 흡족하게 빨아들이고, 잎새는 이슬 대신 핏방울을 머금었다. 아름다운 켈라드리안의 한 구석이 완전히 피로 맥질이 되어 있었다.

목 깊숙한 곳에서부터 치밀어 오르는 구역질을 겨우겨우 삼켰다.

"세 명. 말이 세 마리인 것으로 보아 그럴 것 같아."

유리카는 보통 여자아이 같으면 가까이 오기도 전에 이미 기절하고 남았을 광경을 놀랍도록 담담하게 살펴보고 있었다. 그러나 그런 그녀의 뺨도 미세한 경련으로 끊임없이 떨리고 있었다.

그녀는 짧게 말했다.

"시체이되, 질서에서 벗어난 자들의 냄새가 난다."

죽은 세 사람 모두, 검처럼 날카로운 무기에 상한 상처가 아니었다. 아주 힘센 사람이 찢어 놓은 것 같기도 하고, 사나운 짐승들이 물어뜯은 것도 같다. 그렇지만…… 제 정신을 가진 인간이 저런 살육을 할 수 있단 말이야?

"저건……?"

다시 살펴보니 회색의 이상한 반죽 같은 것이 시체와 바닥, 나무줄기에 잔뜩 묻어 있었다.

오래 관찰할 틈이 없었다. 이젠 온몸이 뼛속까지 부들부들 떨렸다.

"어서 여길 떠나자. 우리도 안전하지 않아."

어떻게 거기를 떠나왔는지도 모르겠다. 그 전까지의 두려움도 뚜렷했다고 생각했지만, 지금과는 같지 않았다. 나는 반쯤 넋이 나가 있었다. 한참이나 숲을 지나오면서도 앞서의 광경이 뇌리에서 떠나지 않았다. 시체, 피, 도살장…….

마음이 급한 나머지 몇 번이고 나무뿌리에 걸려 넘어질 뻔했다. 긴장된 신경줄을 계속해서 날카롭게 긁는 것은 본능의 경고다. 지독한 두통으로 쓰러질 것만 같다.

내겐 잊을 수 없는 장면이 있다. 단 한 번 보았을 뿐이지만 며칠 밤낮동안 충격에서 헤어나지 못했던 광경.

걷고 있는 것인지, 뛰고 있는 것인지, 정신이 하나도 없는데도 뇌리에서 하나하나 재생되어간다. 저 회색의 기묘한 흔적들, 어디선가 본 일이 있는데······.

그 순간, 끔찍한 예상이 나를 덮쳤다. 비명처럼 탄성이 튀어나왔다.

"아아, 아니야!"

유리카가 내 쪽으로 고개를 돌렸다. 나는 갑작스레 멈춰 선 채로 발작이 일어난 사람처럼 덜덜 떨었다. 유리카의 입술이 천천히 벌어졌다. 듣고 싶지 않은 이야기····· 일 거라고 생각해.

"네 고향에····· 저런 일이 일어난 일이 있다고····· 들었어."

숲 전체를 울리고 있는 이 낯선 느낌. 내가 보고 겪어온 그 어떤 것도 아니야. 이 세상의 것이 아니야, 낯설어.

주위는 모조리 숲. 가득히 뻗어난 나무들. 몸을 숨길 만한 곳은 전혀 보이지 않았다. 게다가 숲은 회색으로 흐려져 있었다. 달리면 더 빠를 텐데도 왠지 아주 이상한 기분····· 달려 보았자 아무 소용이 없을 것 같은 기분이 든다.

강력한 살의가 내 목을 조르며 시시각각 다가온다. 유리카는 이걸 나보다 훨씬 일찍 느꼈으니 지금쯤은 얼마나 심할까. 그렇게 생각하는 순간, 결코 빠져나갈 수 없으리라는, 이미 때가 늦었다는 판단이 머리를 후벼 파며 박혔다. 어, 어떻게 된 거야? 벌써 어디까지 와 있는 거야!

돌아본 유리카의 입술이 파랗게 변해 있었다.

"아주, 가까워."

검을 뽑아 들었다. 오늘은 위협이나 다른 용도가 아니라, 검이라는 물건이 태어나는 최초의 목적으로 사용하게 될 것 같은 느낌을 받았다.

그렇게 보아선지, 검이 일순간 붉은 빛을 띤 것 같기도 했다.

짐승처럼 감각에 의지해서 나는 숲을 헤쳐 나아갔다. 머리 속에 너무나 많은 생각이 떠올라 터져 버릴 것 같다. 나는 이제 우리를 위협하고 있는 두려움의 결말에 대해 점차 확신을 가지기 시작하고 있었다. 분명하다.

"유리카."

응, 하고 유리카가 대답하는 소리. 그지없이 작았다.

"벗어날 수 없을 것 같아."

나도 그래, 라고 말하는 목소리, 내 작은 희망이나마 꺾어 놓는 목소리가 들렸다.

"너도…… 뭔지 알겠……지?"

이번에는 대답이 없었다. 그저 타닥타닥 따라오는 발소리만이 들렸다.

우리는 뛰다가 걷다가 했다. 절망적인 느낌이 다리를 땅바닥으로 끌어당겨 주저앉을 것만 같았다.

"마을…… 수백의 사람들을 한꺼번에 살해한 괴물……."

숲이 책장을 넘기듯, 눈가를 스쳐갔다. 어디선가 물소리가 들려온다. 폭포일까. 여기가 어디쯤인지 감이 잡히지 않는다. 어느 방향으로 온 건지 전혀 모르겠다. 그래서 저 폭포가 흐르는 강이 무슨 강인지도 모르겠다. 가려던 장소에서 얼마나 벗어난 것일까.

곧, 우리는 폭포 앞에 섰다. 잔디 벼랑이었다.

벼랑과 이어진 골짜기 왼쪽으로 우툴두툴한 돌벽이 섰고, 그리로 가늘지만 세찬 폭포가 떨어지는 것이 보였다. 아래를 내려다보니 물안개가 피어올라 공기조차 눅눅하게 가라앉아 있었다. 그런 가운데서도 강물이 바위 강변에 힘있게 부딪치면서 흘러가는 소리가 아련하게 들려왔다. 급류였다.

함께 내려다본 유리카가 말했다.

"내 기억이 맞다면…… 아르나 강이야."

아르나.

이 순간 봄의 시작을 알리는 아르나 아룬드는 영원히 오지 않을 것처럼 느껴진다, 겨우 다음 달일 뿐인데도. 내 지식이 맞다면, 아르나 강은 아르나 시로 흘러 들어간다. 전설 속의 처녀 아르나가 태어난 곳이자 그녀가 스스로 목숨을 끊은 곳이기도 한, 산 아래의 도시 아르나.

그렇다면 우리는 꽤 남쪽으로 내려왔던 모양이다. 아르나 강의 하류는 큰 흐름을 이루는 곳이니 여기는 발원한 지 얼마 되지 않은 상류 쪽일 것이다. 물론 아르나 강은 이스나미르에서 두 번째로 큰 강이니 상류라고는 해도 쉽게 건널 수는 없었다. 쉬지도 않고 협곡과 여울을 돌면서, 빠른 유속 때문에 바다로 들어가는 순간 물보라를 일으킨다고까지 말해지는 세차고 험한 강으로 유명한 아르나. 끊임없이 어려움을 뚫어야 했던 전설 속의 아르나의 인생도 꼭 그랬다고 했다.

이제 우리는 더 갈 곳이 없었다.

2. 악령의 노예들

보이지 않는 것에 쫓긴다는 것은 참 우습다.

그러나 등 뒤에 낭떠러지를 두고, 그 보이지 않는 두려움이 곧 눈으로 확인할 수 있는 곳까지 육박해 들어온다는 느낌은 목이 졸리는 것과도 같은 공포였다. 서서히 끼쳐오는, 온몸을 눌러오는 공포감.

낭떠러지와 우리가 방금 빠져나온 숲 사이에는 스무 걸음 정도의 공간밖에 없었다. 절벽은 오른쪽으로 길게, 보이지 않는 곳까지 이어져 있었다. 왼쪽은 아까 보았던 폭포였다.

이거야말로 이야기에 나오는 배수진이 아니면 뭐겠어.

하늘도 주위도 흐렸다. 공기는 시원했지만 지나치게 습했다.

나는 유리카를 바라봤다.

"저들이 우리를 쫓아오는 걸까? 지나가다가 마주친 자들을 학살하는 게 아니고? 도망치는 것보단 어딘가에 숨는 편이 낫지 않을까?"

나라고 확신을 갖고 한 말은 아니었다. 나 자신을 위로하고 싶었던 것일지도 몰랐다.

"……아니야."

망설였지만, 유리카의 대답은 단호했다.

"너에게 설명하기 어렵지만 저들은…… 내 존재를 감지하고 있어. 내가 있는 한, 저들은 따라와."

돌이킬 수 있는 것은 아무것도 없었다.

다시 내 옆에서 사람들을 잃어야만 해?

혼자가 아니라 곁에 동료가 있다는 것이 내겐 위로가 되지 않았다. 이길 수 있는 상대를 대적하려 할 때나 동료는 의지가 되는 것이다. 이 토록 절망적인 상황에서, 같이 죽어 줄 사람 따윈 필요 없었다.

유리카, 주아니, 그들이 죽어서 내 곁을 떠날지도 모른다는 사실이 내가 죽는 것만큼이나 무섭다. 사랑했던 사람들을 단번에 잃은 일이 있어서일까. 혼자 살아남는 느낌, 그것만큼 지독하고 고통스러운 감각은 세상에 다시없다는 걸 나는 안다.

차라리 나 혼자였으면 좋겠다.

차라리 나 혼자라면, 그저 미쳐버리고, 미쳐버린 다음에 원한을 갚는다는 명목으로 멋대로 날뛰다 죽을 수도 있을 것 같아.

절벽에 이르러 별로 말이 없던 유리카가 내 얼굴을 바라보는 것이 느껴졌다. 눈동자에 어린 빛이 특이했다. 지금까지 한 번도 본 일이 없는 표정이었다.

"파비안, 이리 와. 가까이."

뭔가를 결심한 듯 그녀의 눈이 어느 때보다도 진지했다.

"싸움은 피할 수 없게 되었어. 그리고 나보다는…… 네가 더 위험해. 사실 나는 그렇게 위험하지 않아."

이해가 가지 않았다. 그 눈에 어린 빛은 뭐야. 어떤 마음을 먹은 거야. 네가 위험해지는 것, 죽기보다도 싫어.

아까 유리카와 다투었던 일 따위는 이미 깨끗이 내 머릿속에서 사라지고 없었다.

"지금까지 내가 어떤 사람인지 전혀 이야기하지 않았지?"

그런 이야기라면 위험을 벗어난 다음, 정말 벗어나게 된다면, 그때 해줘도 좋아. 아니, 해주지 않아도 좋아, 여기서 벗어나기만 한다면 영원히 아무 말도 안 해도 좋아.

"어째서 네가 위험하지 않아? 너라고 죽지 않는다는 건 아니겠지? 너라고 날아서 저 절벽을 건널 수 있다는 건 아니겠지? 아냐, 네 말이 사실이라면 좋겠다. 그러면 마음이 반은 놓이겠다."

유리카는 고개를 흔들었다.

"내가 위험하지 않다는 것은, 저 적들에게서 느껴지는 기운 때문이야. 산짐승 같은 거라면 나도 너하고 똑같이 다치고 죽겠지. 또는 오래된 숲이나 산 같은 자연이 속 깊은 곳에 품기 마련인 통행자, 특히 인간에 대한 악의에 대면한 거라면…… 그렇지만 아니었어. 켈라드리안은 훨씬 두려운 것을 가슴 속에 품고서 기다렸으니까. 그래, 저들은 달라. 난 저들에게는 절대 죽지 않아. 그러니까……."

"저들이 누군데? 저들이 누구인지는 너보다 내가 더 잘 알아! 우리

어머니를 죽인 자들…… 내 고향을 파괴하고, 내 이웃과 과거를 모조리 죽여 버린 놈들이지! 저들은 무엇이든 죽일 수 있어!"

나도 모르게 유리카의 말을 중간에 막아 버렸다. 얼굴이 뜨겁게 달아올랐다. 지금이 이렇게 싸울 땐가? 차라리 절벽을 내려갈 방법이라도 연구해 봐야 하잖을까? 하나만이라도 살아남을 방법을 생각해 내야 하잖을까?

그렇지만 유리카는 더없이 침착한 표정이었다.

"파비안, 네 마음, 나도 모르지는 않아. 나도 내 주변의 사람들이 죽어나가는 것을 본 적이 있는 사람이야. 그런 이별의 슬픔이라면…… 너 못지않게 잘 알아. 그러니까 내 말을 들어줘."

유리카는 눈을 감고는 입안으로 뭔가 중얼거렸다. 그러더니 갑자기 손을 불쑥 내밀어서 내 검을 잡았다.

나는 깜짝 놀라 그녀의 손을 떼어내려 했다. 이게 다른 사람에게는 얼마나 뜨거운데! 지금 손을 데어버리면 칼도 제대로 잡지 못하게 될 텐데, 왜 이러는…….

"파비안, 봐."

나는 내 눈을 믿을 수가 없었다. 유리카는 내 검을 잡은 채로 내 눈을 똑바로 들여다보고 있었다. 두 손바닥으로 날을 감싸듯 잡고 있는데 아무 일도 일어나지 않았다.

"뜨겁지…… 않아?"

"응."

"어떻게……."

유리카는 아예 내 손에서 검을 받아들었다. 나는 바보처럼 손을 놓은 채 얼떨떨하게 그녀를 바라보았다. 유리카는 한 발 뒤로 물러서서 검을 바닥에 놓았다. 그녀의 손에는 아무런 화상의 흔적도 없었다.

"파비안, 내 손이 지금 괜찮은 것은 방금 짧은 주문을 외웠기 때문이야. 그 주문만 갖고도 나는 잠깐 동안 네 검의 힘을 차단할 수 있어. 왜일 것 같아? 나는 너와는 좀 다른 사람이야. 아냐, 항상 이럴 수 있는 것은 아니야. 지금 가까이 다가오고 있는 시체들의 기운이 오히려 내게 이런 일들을 가능하게 하고 있어."

나는 머뭇거리다가 말을 더듬으며 물었다.

"어떻게…… 다르다고? 넌 누군데?"

"난 무녀야."

무녀?

무녀라는 말을 가장 최근에 들은 건 아버지의 입에서였다. 어머니가 본래는 무녀가 될 몸이었다고, 생명의 무녀 듀나리온이 될 예정이었다고 했지. 내가 아는 무녀는 그들밖에 없었다.

"듀나리온?"

유리카는 고개를 저었다. 유리카의 검은 옷은 '흰옷의 듀나리온'이라는 그들의 별칭과는 확실히 맞지 않는 것이었다. 그렇다면?

"죽음의 무녀, 검은 옷의 아스테리온."

낯선 단어였다. 한 번도 들어본 일이 없을 뿐만 아니라, 죽음의 무녀라는 이름 자체가 약간은 섬뜩한 느낌을 주었다. 나는 망설이다가 입을 떼었다.

"어떤 일을 하는 건데?"

"이런 것을 하는 거지."

유리카는 오른손을 펼쳐 내 앞으로 내밀었다. 놀랍게도 손이 빛나고 있었다. 하얀 빛에 휩싸인 유리카의 손은 회색으로 흐려진 숲가와 벼랑을 환하게 비추었다. 빛은 점차 부풀어 올랐다.

"어, 어떻게……."

이윽고 유리카의 오른 손 위로 둥근 빛의 공이 둥실 떠오르는 것이 보였다. 그녀는 무릎을 꿇고 앉더니 왼손으로 내 검을 잡았다. 얼굴은 진지했으나 슬픈 빛이 어려 있었다.

"죽어야만 할 생명이여, 묘석을 비추는 혼의 빛이여."

그 말과 함께, 빛은 살아있는 것처럼 숨을 쉬기 시작했다. 유리카의 목소리에도 기이한 울림이 생겨나 평소와는 완연히 달랐다. 오래 전에 잊혀져 버린 주문, 또는 폐허의 도시에 새겨진 비밀의 말처럼. 또는 다른 세계에서 섬겨져야 할 말들이 어떤 힘에 의해 이곳으로 잠깐 불려온 것처럼.

수레바퀴 속에 정화된 불꽃을 일으키는 자여
우리를 다시 태어나게 하는 계율의 지배자여
잠의 사슬을 깨고 바퀴에서 벗어난 자에게
족쇄를 움켜쥐고 폭군의 칼을 휘두르라.
끝을 지배하는 잔인한 그대, 권리는 그대의 것
하늘에는 법칙을 수호하는 낭시그로 호

엄격한 죽음이여, 수확과 시간의 낫이여,
그대가 낳은 자들을 거둬 땅에 묻으라

유리카의 손을 비추던 빛 속에 검은 심지 같은 것이 솟아났다. 아니, 그것도 빛이었다. 검은 빛.

검은 빛은 점차 퍼져 나가며 흰 빛 전체를 삼켰다. 검은 광채란, 흰 광채와는 아주 다른 느낌을 주는 것이다.

"영원한 푸른 강물을 가르는 찬란한 광휘 속에 인과율의 약속을 잠시 봉인하리라……."

어디에선가 많이 들어본 말이라고 생각하고 있다가, 퍼뜩 눈치챘다. 헤렐이 말해줬던 내 멋쟁이 검의 본래 이름이었다. 저것을 유리카가 어떻게 알고 있지?

유리카가 양손으로 검을 잡자, 검게 빛나던 것이 손에서 흘러내리는가 싶더니 그대로 검에 달라붙었다. 번뜩이는 검은 덩어리는 곧 검 전체를 휘감았다. 그리고 완전히 씌워지는 순간, 갑작스럽게 사라져 버렸다.

유리카는 검을 떨어뜨리듯이 바닥에 놓았다. 검은 예전과 같은 모습이었다.

"가져가."

유리카는 다시 평소의 목소리로 돌아왔지만, 맥이 빠진 듯 목소리에 길게 내뱉는 한숨이 섞여 있었다. 그녀는 잠시 눈을 감고 있다가 떴고, 그제야 얼굴도 익숙한 표정이 되었다.

나는 다가가 검을 집었다. 으음? 약간 무거워진 것도 같다.

묻기 전에 유리카가 먼저 입을 열었다.

"주문을 건 거야. 네 검은 자체만으로도 보통 물건이 아니지만, 내가 건 주문은 저 법칙을 거스르는 괴물들에게 직접적인 효과가 있지. 저들을 우리 아스테리온 무녀들은 '악령의 노예'라고 불러."

"악령의…… 노예?"

"깨끗한 영혼인 이스나에와는 정반대라고 할 만한 생명체들이지. 이스나에가 영의 단계가 높아져서 자연스럽게 생명의 수레바퀴를 벗어난 자들이라면, 저들은 수레바퀴를 부수고 억지로 튀어나온 거야. 그들이 그렇게 하도록 부추기는 것은 자연 가운데 떠도는 더럽혀진 영혼들이지. 벌을 받아 인과의 바퀴 안으로 들어올 수 없게 된 악령들. 악령에 사로잡힌 저 노예들은 인과의 법칙으로 벌하지 않으면 안 돼. 지금 것은 '인과율의 주문', 자연의 법칙을 거스르는 자들을 본래대로 돌려보내는 주문이지. 그 힘은 저들의 살갗을 태워버리고, 또한 네 몸을 지켜주기도 할거야. 그들의 몸에는 지독한 독액이 흐르거든. 어느 정도 효과가 있을 지는 나도 모르겠다."

나는 다시 한 번 검을 만져 보았다. 검은 매우 차가워져 있었다. 기분이 이상했다. 유리카도 저 괴물들을 만난 일이 있단 말인가?

"네 검의 기운과 그 주문이 서로를 밀어내지 않으면 좋으련만."

말을 맺더니 유리카는 숲 쪽으로 몸을 돌렸다.

주변을 감돌던 주문의 기운이 걷히자 조금 전의 공포가 거짓말처럼 되살아났다. 그리고 그 공포는 잠시 다른 일에 열중하는 동안 끔찍하게 가까이 다가와 있었다. 생생한 나머지 손으로 실체가 잡히기라도 할 것처럼.

케르르르…… 케륵!

소리만으로도 전율한 나머지 나는 유리카를 내 뒤로 힘껏 끌어당겼다. 끌려오는 그녀의 몸이 너무나 가벼웠다.

"주아니, 유리카에게 가. 알았지?"

주머니에서 주아니를 꺼내서 유리카에게 맡겼다. 아까부터 공포에 질린 건지 아무 말도 없던 주아니는 대답도 하지 않았다. 그저 죽은 것처럼 유리카의 손으로 넘겨졌다.

나는 배낭을 벗어 옆으로 내던진 뒤, 검을 양손으로 단단히 잡고 앞을 보고 섰다. 긴장으로 온 팔이 떨렸다.

차가운 바람, 습한 공기, 어두컴컴한 안개. 이제 어떤 것도 느끼지 못했다. 머릿속에는 단순하지만 중요한 생각이 꽉 들어차 다른 것을 느낄 수조차 없었다.

내 등 뒤에 있는 사람들을 다치게 하면 안 된다.

그리고 또 한 가지…… 내가 고향 마을에서 천운으로 마주치지 않았던 괴물들, 하비야나크를 싹 쓸어버리고 내 어머니마저 살해한 놈들, 그들을 보게 되었을 때 내 마음속에서 어떤 감정이 솟아날지 짐작조차 가지 않는다.

그 얼굴을 보게 될 것이 두렵다.

드드드드…….

땅을 울리는 눅눅한 발소리, 나뭇가지가 헤쳐지고, 부러져 떨어지고, 밟혀나가는 소리. 그리고…… 공기 중에 퍼져나가기 시작하는 썩은 냄새, 고약한 악취.

어떻게 생겼을까, 몇 놈이나 될까.

검을 쥔 손에 땀이 배어난다.

키키키키키키……

쇠를 긁는 것 같은 소리가 갑자기 커졌다. 목덜미에 느껴지는 유리카의 숨결이 거칠어지는 듯했다.

키키키킷!

한순간, 눈앞에서 뭔가 터진 것 같았다.

숲에서 뭔가가 눈 깜짝할 사이에 튀어나와 쏜살같이 덮쳐 왔다. 그게 무엇인지 똑바로 볼 새조차 없었다.

"하아!"

무아지경에서 검을 한 바퀴 휘둘렀다. 허리가 반쯤 꺾어지는 것 같은 고통과 함께 중간쯤 뭔가가 진로를 막는 것이 느껴졌다. 그대로 베어 버렸다.

왜 내 목에서 비명이 나오는 걸까.

"으아아아아!"

키케엑!

날카로운 금속성의 외침이 귓가를 갈랐다. 동시에 내 손과 팔에 뜨끈한 액체 같은 것이 끼얹어졌다. 타는 듯한 소리와 통증, 그리고 한층 지독한 냄새가 풍겼다.

내가 벤 것을 제대로 살피기도 전에 셋이나 한꺼번에 튀어나왔다.

이번엔 긴장하고 있어선지 그 움직임이 보였다.

"물러나, 유리카!"

팔을 뒤로 뺐다가 앞으로 지르면서, 한 방에 정면으로 달려온 놈을 꿰뚫었다. 검 끝이 완전히 몸을 뚫고 나가는 것이 느껴졌다. 두부처럼 물컹한 살이었다. 중간에 걸리는 단단한 뭔가가 내 검의 힘으로 파삭 부서져 나가는 것까지 느껴졌다.

몸이 허물어지자, 흐물거리는 회색 덩어리 같은, 그러나 아예 형체가 없지는 않은 얼굴이 내 얼굴로 달려드는 바람에 나는 급히 한 발 물러났다.

"욱……."

정말이지 지독한 냄새다. 살 타는 냄새, 썩는 냄새. 손으로 검을 잡아야 할지 코를 쥐어야 할지 판단이 서지 않을 정도다.

"아!"

곁에서 유리카가 짧은 탄성을 울렸다. 그녀가 어떤 심정인지 나는 안다. 나도 같은 심정이니까.

회반죽 덩어리 같은 모습이지만, 한때 인간이었음을 보여주는 것들은 다 있었다. 길게 늘어나 처진 팔다리, 회반죽 사이로 흘러내리기 직전인 양쪽 눈알, 뭉그러져 구멍으로 변한 코, 입술은…… 아예 형체가 없어서 반죽 사이로 약간 벌어진 틈새 같다. 그 안에 인간의 것보다 훨씬 날카롭고 길게 벼려진 누르스름한 이빨이 엿보였다.

잔인한 충동에 사로잡힌 저들이, 정말로 한때 우리와 같은 인간이었을까.

크르르······ 크흐······

내 검에 베인 두 놈은 바닥에 너부러진 채 검에 베인 면이 계속 타 들어갔다. 그러나 누런 이빨을 드러낸 놈들이 어느새 대여섯 이상이나 우리를 에워싸기 시작했다. 이제 저들의 끔찍한 생김새가 한결 자세히 보였다. 옷 조각 비슷한 것을 걸쳤던 흔적이 남은 자들도 있고, 두피에 머리카락이 반쯤 덩어리져 붙은 놈들도 있다.

크기와 모양이 갖가지인 것처럼 능력도 모두 다른 모양이었다. 처음 튀어나왔던 놈들처럼 빠른 놈은 이제 없는 것을 보니 말이다. 저들이 만일 한꺼번에 달려들면 막을 수 있을까?

내 질문에는 금방 답이 왔다.

"조심해!"

다섯 놈이 동시에 내 쪽으로 몸을 날렸다. 그 너머 숲에서 이쪽으로 끊임없이 기어 나오는 놈들이 보였다. 저마다 금속성의 괴성을 지르면서.

검을 오른쪽으로 꺾어 들었다가 가장 먼저 들이닥치는 놈을 향해 내리쳐갔다.

츠컥!

질퍽거리는 소리와 함께 어깨가 뭉그러졌다. 거무스름한 액체가 주르륵 흘렀다.

캬르륵!

상처가 타 들어가자 놈이 비명 비슷한 것을 질렀다. 그러나 그 정도로는 쓰러지지 않는지 하나 남은 팔을 휘두르며 다시 달려들었다. 동시에 오른쪽에서 또 다른 놈이 내 팔을 노렸다.

캬아아아아!

더 괴상하고, 더 끔찍한 비명을 지른다. 검을 당겼다가 아래에서 위로 그어 올렸다. 속도, 그리고 위치를 가늠하면서 비스듬하게 방향을 조절했다. 처음 놈의 팔과 두 번째 놈의 목이 차례로 문드러졌다.

"파비안, 왼쪽!"

유리카의 외침이 들리는가 싶더니 왼쪽에서 무슨 빛이 반짝, 하는 것이 느껴졌다. 나는 올렸던 검을 내리치며 한 놈을 머리부터 허리까지 갈라놓았다. 쉴 틈도 없이 왼쪽을 치자 허리를 굽혔던 놈의 목이 날아갔다. 그럴 때마다 손으로 전해지는 익숙지 않은 감각에 이를 악물었다.

뒤로 또 한 발 물러났다. 유리카가 벤 녀석을 흘끗 보고 생각했다. 저들에게는 지능이 없는 것 같지가 않다. 분명 저것은 합동 공격이다.

그 사이 수십으로 늘어나 있는 적이 보였다. 나는 뱃속의 무거운 돌덩이를 토해내려는 것처럼 소리 질렀다.

"덤벼!"

한꺼번에 달려드는 적을 한바탕 가로로 돌려 베자, 무리가 오는지 허리가 비척거렸다. 그러나 무리한 만큼 성과는 있어서 두 적의 허리가 동시에 끊어져 나가는 게 보였다. 검의 경탄스런 파괴력에 내가 놀랄 지경이다. 허리가 끊어진 단면에서 누런 물까지 섞인 거무튀튀한 액체가 물주머니처럼 팍 터져 나왔다. 내 쪽으로 끼얹어지기 전에 피하려고 했지만 이번엔 얼굴까지 뒤집어쓰고 말았다.

"우욱!"

침을 뱉으면서 그 더러운 입맛에 나도 모르게 몸서리를 쳤다. 입 안이 타 들어가는 느낌이었다. 소매로 재빨리 얼굴을 훔쳐내고 다시 공격 자세를 잡는데, 흥분해서 온몸이 부들부들 떨렸다. 반은 공포, 그리고 반은 싸움의 흥분으로.

이렇게 큰 검이 제대로 된 파괴력을 내면 어떻게 되는지 오늘 처음 보았다. 이 순간만은 가늘고 가벼운 검보다 내 검 쪽이 훨씬 강했다. 저들처럼 가벼운 상처를 느끼지 못하고, 베기보다는 파괴해야 하는 적들에게는.

캬아아아아악!

케레렉, 케케케케케……!

이제 숲에서 튀어나오는 괴물들의 숫자를 세는 것은 의미가 없었다. 내 눈엔 숲이 보이지 않았다. 사방이 온통 회색이었다. 전설 속 영웅들이 와도 해치울 수 있을지 모를, 승산 없는 싸움의 시작이다.

그래. 그렇지만, 승산이 중요한 게 아니지. 중요한 것은, 한순간이라도 더 오래 살아남는 거야!

"와라!"

나는 검을 왼쪽으로 비껴들고는 호흡을 조절했다. 숨결에 따라 조금씩 올라갔다 내려갔다 하는 검날 사이로 적들을 노려보았다. 타다 못해 녹고 있는 덩어리들로 질척해진 발 밑, 탁 트인 곳인데도 죽기보다 고약한 냄새, 이 모든 것을 잊으려 했다.

캬캭, 크케케케…….

첫 번째, 달려드는 괴물의 머리를 향해 검을 크게 내리쳤다. 머리가 반으로 쪼개지면서 누런 액체가 하늘을 향해 분수처럼 솟았다. 누런 진액이 비처럼 떨어지는 가운데 다가오는 두 번째 놈을 걷어찼다.

커륵…… 쾨엑…….

"너희들은 너무 냄새가 나!"

몸을 반 바퀴나 돌리며 세 번째와 네 번째를 향해 검을 뿌렸다. 가슴 언저리에 닿는가 하더니 손목에 단단한 충격이 왔다.

그극!

그대로 팔에 힘을 주어 갈비뼈들을 단숨에 잘라버렸다. 어깨 안쪽까지 비파를 긁는 것 같은 충격이 온다. 쪼개진 가슴에서 처음으로 붉은 액체가 솟는 것이 보였다. 그나마 피에 가장 가깝지만, 색깔로 말할 것 같으면 10년 앓은 병자의 피보다 더 시커멓게 흐렸다.

"게다가 아주 더러워!"

검을 도끼처럼 휘둘러 다가드는 한 놈의 어깨에 내리찍었다. 팔 하나가 어깨까지 잘려서 바닥에 떨어지더니 부르르 경련이 일다가 잠잠해졌다.

"빌어먹을……."

치밀어 오르는 욕지기를 간신히 참는 중이다. 그랬다가는 검을 휘두르는 리듬이 흐트러질까 봐서다. 팔꿈치 안쪽까지 당긴 검을 단숨에 내지르며 두 발짝 내디뎠다. 배 한가운데를 꿰뚫는 느낌과 함께, 내딛는 내 발에 아까 떨어진 손이 밟혀 뭉그러졌다. 썩은 고기처럼.

"너희를…… 다 죽여도……."

자꾸만 낭떠러지 쪽으로 한 걸음씩 물러나고 있다는 것을 알고 있었다. 이러다가 끝까지 다 물러나면 끝이겠지.

그래도 끝날 때까지는 휘둘러 주겠다!

푸컥!

정확하게 목 한가운데를 뚫었다. 목뼈가 부서지는 느낌이 온다. 목을 지탱하던 근육이 끊어지며 머리가 검 위로 데구루루 굴렀다. 선 채 부르르 떨고 있는 목 없는 시체를—목이 있어도 시체였지만—걷어차서 쓰러뜨렸다.

"……너희가 죽인 사람들 숫자를 맞추기에도 모자라!"

가슴이 터질 것처럼 숨이 찼다. 겨우 10여 놈을 쓰러뜨렸을 뿐인데, 벌써 온몸이 땀범벅이었다. 물론 땀보다는 그 기분 나쁜 액체와 점액 조각 따위로 더더욱 흠뻑 젖었다.

계곡에서 차가운 바람이 불어왔지만 내 발 아래에는 지옥에서 한 국자 퍼 올린 것 같은 더러운 시체 스튜가 끓는 중이다. 뭉클뭉클한 회반죽 덩어리들이 점액과 눈알 같은 것들과 함께 잡스럽게 엉겨 있었다.

자꾸 뒤로 물러나는 수밖에 없었다.

"괜찮아, 유리?"

돌아보지도 못한 채 그렇게 물었다. 대답은 들리지 않고, 희미한 햇빛 아래에서도 하얗게 빛나는 칼날이 뻗어온 손 하나를 빠르게 끊는 것만이 보였다.

"다시 한 번!"

캬륵, 케레레렉!

내가 올려친 검에 한 녀석의 얼굴이 가로로 반쯤 잘라졌다. 계속 파고든 검에 눈알 한 개가 터져서 굴러 떨어졌다. 이어 광대뼈가 갈라져 나갔다.

크롸악!

몸을 왼쪽으로 틀었다가 단번에 치고 들어갔다. 또 하나를 베어 넘겼다.

힘이 부치기 시작한다.

오른쪽 적의 턱을 올려 베는데 팔 힘이 아까 같지가 않았다. 이제 내가 휘두르는 검을 나조차도 알 수가 없다. 검술 교본들도, 아버지의 가르침도, 이미 어디론가 사라져버린 뒤였다.

"어머니를…… 죽일 때도……."

팔을 벌리고 달려드는 놈을 향해, 세 발짝을 내디디며 발돋움하여 가슴을 찔렀다. 검붉고 흐린 액체가 돼지를 잡을 때처럼 온 팔에 튀었다.

"……이런 식이었냐!"

감정적으로 북받친 나머지 너무 힘껏 찔렀는지 빨리 검을 뽑을 수가 없었다. 몸을 뒤트는 순간, 왼쪽 어깨에 지독한 고통이 왔다.

"아으윽……."

살갗을 바스러뜨리는 송곳 같은 이빨의 감촉이었다. 팔을 휘둘러 떼쳐내려 했지만 이빨은 단단히 어깨에 파고들었고, 괴물은 심지어 팔을 내 가슴에 휘감으며 덩굴풀처럼 달라붙었다.

"파비안!"

옆에서 날카로운 외침이 들렸다. 유리, 네 앞의 적을 신경 써, 다른 데로 주의를 돌리지 마. 다치지 마. 죽지 마.

캬륵, 캬캬캬캬……

웃는 소리 같은 괴물의 비명이 뒤에서 울렸지만, 나는 내 앞에 달려드는 놈을 계속 발로 걷어찼다. 갑자기 어깨를 조이던 느낌이 풀렸다. 몸을 재빨리 돌렸다.

유리카의 손에 쥐인 짧고 날카로운 칼날에 더러운 오물이 흥건했다. 그걸로 몇 번이나 쑤신 모양이다. 하여간 유리카는 보통 여자애들이 못할 것 같은 일을 곧잘 한다. 떨어진 괴물의 등이 무수한 구멍으로 가득했다.

"괜찮아?"

대답할 새도 없이 나는 양쪽에서 달려드는 적들을 맞았다. 뭘 어떻게 해보기도 전에 왼팔이 푹 꺾이고, 다리가 휘청거렸다. 눈앞에서 하늘이 빙글, 돌았다.

"!"

검을 쥔 손이 떨리도록 힘을 주어 한 놈의 옆구리를 깊이 베었다. 척추 언저리까지 살덩이가 잘라져 나가고, 베어진 면 전체에서 고약한 액체가 튀는 것이 보이…… 누, 눈이 보이지 않아!

황급히 눈을 비비려 하는데 뭔가가 왼쪽 어깨에 부딪쳐왔다. 그리고 미처 중심을 잡기도 전에 팔 위쪽으로도 달라붙는 뭔가가 느껴졌다. 무의식중에 몸을 힘껏 트는데, 발 밑에 돌덩어리가 부서져 구르는 소리가 들린다. 나, 낭떠러지야!

키루룩, 키육!

뭔가가 머리를 세차게 휘갈긴다.

"크윽!"

잠시 동안 공간 감각이 사라지더니, 나는 광대뼈부터 바닥에 힘껏 내리쳐졌다.

윙…….

머리가 송두리째 돌바닥에 처박히면서 의식이 흔들리는 듯하더니, 시간조차 머릿속에서 투둑, 끊겼다.

캄캄하다…….

그, 그렇지만 정신을 잃으면 안 돼!

나는 온몸을 무방비상태로 내버려둔 채, 소매를 급히 들어 눈부터 비볐다. 뭐가 뭔지 뒤죽박죽인 세상이 잠깐 동안 시야에 나타났다가 사라진다. 다시 한 번 씻어내고 나니 눈앞에 보이는 것은…….

"유리, 안 돼!"

나를 내려다보는 유리카의 등 뒤로, 팔을 벌리고 달려드는 놈이 있었다. 소리 질렀을 때에는 이미 늦었다.

"아아아앗!"

놈이 유리카의 어깨를 움켜잡고 번뜩이는 이빨을 목덜미에 꽂아 넣는 것이 보였다. 이어 팔이 그녀의 몸을 휘감았다.

"안 돼!"

일어날 틈도 없이, 유리카의 하얗게 질린 얼굴 옆으로 튀어나온 머리를 향해 검을 찔러 넣었다. 유리카가 다칠까봐 약간 왼쪽을 친 탓에 정확히 맞지 않았다. 반쯤 뺨을 쪼갰는데도 떨어지지 않고, 피라도 빨 겠다는 듯이 더더욱 이빨을 조이는 것이 보였다.

"더러운 손을 치워!"

갑자기 가슴이 턱 막히는 듯한 느낌에 올려다보니 나를 올라타고 앉은 놈이 보였다. 두 손을 뻗어왔지만, 누운 상태로 검을 위험스럽게 휘둘러 놈의 목을 단숨에 날려 버렸다. 그런데 끔찍한 일이 벌어졌다. 몸만 남은 괴물의 손이 그대로 내 목을 움켜쥐었던 것이다.

"크윽!"

머리도 없는 몸에서, 어떻게 힘이 나는 거지?

괴로움으로 몸을 뒤틀었지만, 목을 조이는 힘은 점점 강해졌다.

"……."

잘려진 목에서 떨어지는 액체가 쉴새없이 내 얼굴로 쏟아졌다. 눈을 감으니 세상이 까마득했다. 의식마저 흐려졌다.

"…………!"

갑자기 목을 조이던 손이 풀어지면서 괴물의 몸이 옆으로 푹 넘어갔다. 그제야 끝난 모양이다. 정말이지…… 끈질긴 생명이다.

나는 용수철처럼 몸을 일으켰다.

"놔!"

보지도 않고 일단 소리부터 질렀다. 다시 눈가를 훔치면서 주위를 살폈다. 어디지? 저기!

낭떠러지 앞에서 굴러 떨어지기 직전이 되어 괴물들과 뒤엉켜 구르는 유리카가 보였다. 이미 괴물과 사람을 구별하기가 힘든 상태였다.

"아아……."

뜨끈한 기운이 목구멍에서 치솟았다. 달려갔지만, 엉망으로 뒤엉킨 상태라 검을 함부로 휘두를 수가 없었다. 내게 차례차례 달려드는 새로운 놈들을 긴 초승달을 그리며 베어 넘겼다. 그 다음, 당장 쓸 수 없는 검을 내던져 버렸다.

"유리카!"

나는 그대로 아수라장 속으로 뛰어들었다.

케르륵! 퀴이이익, 캬캬캬…….

지금껏 당한 보복이라도 하겠다는 것처럼 놈들이 내 등 뒤로 한꺼번에 달려들었다. 그와 함께 유리카의 비명이 다시 한 번 허공을 찢어 놓았다.

"아아아악!"

비명 소리지만, 그녀가 살아 있다는 사실에 오히려 안도의 한숨이 나왔다. 앞 뒤 볼 것 없이 당장 괴물의 몸통에 부딪쳐갔다. 손이 어디로 박혀 들어가는 것인지도 몰랐다. 그저 있는 대로 쥐어뜯고 잡아당기면서 미친 듯이 덤벼들었다.

"떨어져…… 떨어져…… 떨어져…… 떨어져…… 떨어져……."

나까지 한 덩어리가 되어 두어 바퀴나 굴렀다. 구르다가 내 몸이 위로 올라가자 나는 몸을 일으켜 손에 걸리는 것을 닥치는 대로 휘어잡았다. 팔인지 다리인지 하는 것을 잡아당겨 끊어 내던지고, 한 놈의 머리에 무작정 손을 박아 넣었다. 물컹거리는 느낌과 함께 내 손 옆으로 눈알이 흘러내렸다. 허연 뇌수 같은 것도 스며 나왔다.

놈들을 헤쳐 내는 가운데, 눈을 감은 유리카의 얼굴이 마치 시체처럼 보여, 더더욱 나를 견딜 수 없게 했다.

이제 한 놈!

내 옆에서 희미하게 붉은 빛을 내고 있는 검을 끌어당겨 잡았다. 세워서 힘껏 내리꽂았다. 검은 정확하게 놈의 뒤통수를 뚫었다. 수박을 쪼갤 때처럼 긴 흠집이 생기면서, 허연 뇌수 같은 것이 주르륵 쏟아졌다.

내 검에 유리카의 머리카락이 조금 잘라졌다. 그 예쁘던 은빛 머리카락이 지금은 더러운 피에 엉망진창으로 젖어 있었다.

"놔! 놔, 이 더러운 놈아! 죽여 버릴 테다!"

악에 받쳐 소리를 지르면서 놈의 머리에 다시 검을 찌르고 헤집었다. 아예 으깨어버리겠다는 듯이. 으깨고 반죽해서, 진짜 회반죽이 되어버릴 때까지 언제까지고 찌를 참이다.

"유리!"

겨우 놈의 팔이 풀어지는 것이 보였다. 놈이 바닥에 떨어져 엎어질 때까지 다른 생각은 하나도 못했다. 죽어버린 놈한테 다시 검을 몇 번이고 박았다. 그리고 발로 밟고, 쪼개진 머리를 걷어차 버렸다. 그제야 가느다란 목소리가 들렸다.

"파비……."

"유리!"

내 등에 붙은 뭔가가 느껴졌다. 언제부터 있었는지도 몰랐다.

손을 등 뒤로 돌려 놈의 목을 움켜잡고는 그대로 졸랐다. 그리고 잡아당겨 땅바닥에 내팽개쳤다. 그러고서 내 손을 보니 지금까지 보던 칙칙한 액체 대신 선명한 붉은 액체가 뚝뚝 떨어지는 것이 보였다.

내 피였다.

아…… 나는 지금 이상한 상태야. 이렇게 힘이 셀 리가 없는데.

유리카를 바라봤다. 온몸이 더러운 액체로 흠뻑 젖은 그녀의 뺨이 파리했다. 터질 듯 뜨거워졌던 머리가 찬물이라도 끼얹은 듯, 갑자기 싸늘해졌다.

"파비…… 안, 우리가 싸운 지 얼, 얼마…… 나 되었지?"

잘 모르겠다. 공격이 잠시 주춤한 듯했다. 대신 놈들은 주위를 겹겹이 에워싸기 시작했다. 뒤로 한 발 물러서며 검을 몇 바퀴 허공에 휘저었다. 놈들이 가까이 오지 못하도록.

등 뒤로 계속 뭔가 흘러내리는데…… 피인가?

"모르겠는데. 꽤 오래 된 것 같아, 내 느낌만일 수도 있지만."

"꽤 되었어…… 파비안, 내가 예전처럼 힘만 있었어도…….."

"다쳐서 그렇잖아. 기운을 차리란 말야. 네 목소리에 힘이 빠져있으니까 꼭 딴 사람 목소리처럼 들린다."

내 의식적인 농담에도 유리카의 창백한 얼굴에는 어두운 기색이 가득했다.

"그렇기만…… 했어도 이런 놈들쯤은 문제도 되지 않을 텐데……."

무슨 말인지는 몰랐지만, 우선은 새롭게 달려드는 놈을 향해 검을 내둘렀다. 배 가운데 기다란 흠집을 만들어 주고는 다시 등 뒤의 유리카에게 말했다.

"조금만…… 더 버티면, 혹시 구해 줄 사람이 올지도 모르잖아. 조금만 더 참아봐. 조금만."

나 자신에게 하고 싶은 말에 가까웠지만, 너무 막연해서 내 귀에도 낯설게 들렸다. 유리카는 잠시 말이 없었는데 아마도 고개를 저었던 모양이었다.

"아냐…… 파비안, 그리고…… 시간이 지나면……."

키르륵!

한 놈이 다시 불쑥 튀어나왔고 동시에 나도 검을 휘둘렀다.

언제부턴가 힘을 조절하고 자시고 할 것도 없이 무작정 이리 베고 저리 휘둘렀다. 달려드는 한 놈의 허리를 반쯤 베어버리고는 다시 머리 하나를 쪼개 놓았다. 다시 내려친 검에 팔 하나가 팔꿈치부터 잘라져 허공으로 날아갔다. 아까 분노로 솟아났던 힘으로 버티는 듯하지만, 얼마나 갈지는 나조차도 몰랐다.

이젠 한 자리에서 계속 싸웠다. 내 뒤에 주저앉아 있는 유리카가 움직일 형편이 아니라서 그렇다. 내가 다른 데로 가면 유리카는 끝장일지도 몰랐다. 어쩌면, 조금은 버틸지도 모르지만, 그래 보았자 종말을 조금 늦추는 것뿐.

하긴, 우리 둘 다 똑같이 종말을 조금 늦추고 있는 것뿐인지도 모르지.

캬르륵…… 케게게게켁!

끝없이, 희망 없이, 나는 검을 휘둘렀다. 눈에서 뜨거운 것이 느껴졌다. 끝낼 수는 없지만, 힘이 빠진다…….

"파비안."

유리카가 힘을 짜내어 가능한 한 크게 나를 불렀다.

"왜?"

"그 검에 걸었던 주문, 그거…… 조금 있으면 없어질 거야…… 끝날 때가 다 되었어……."

이 상황에서도 목덜미가 선뜩해왔다. 젠장, 지금까지도 어차피 희망 없이 싸워 왔잖아! 그깟 주문이 있든 없든, 나는 이대로 하는 수밖에 없어! 어차피 끝이 얼마 안 남은 것 같아……. 상관없어, 상관없어!

나는 고개를 힘차게 도리질했다. 얼굴과 머리에 붙은 지저분한 액체들이 흩어지는 가운데, 다른 것 한 가지가 더 있는 것을 느낄 수 있었다. 아까 눈시울을 뜨겁게 했던 것이 무엇인지 알았다.

"유리카."

이번에는 내가 불렀다.

"왜?"

"주아니, 깨어 있니?"

"……아닌 것 같아."

등이 화끈거렸다. 어떤 상태인지 뒤에 있는 유리카한테 물으면 되겠지만, 물어보았자 소용없을 것 같아서 그만두었다. 등 뒤에 붙었던 그놈은 도대체 무슨 짓을 한 걸까. 계속 힘이 빠져나가는 것 같으니 말야.

"주아니, 깨워봐. 그래도 동굴에 살던 로아에야. 혹시 절벽을 내려갈 줄 알지도 몰라."

유리카는 잠시 말이 없었다. 주아니를 깨우고 있는 건지, 다른 생각에 잠긴 건지 모르겠다.

"혼자라도 살 수 있다면 살려 보내야지……."

또 한 놈이 펄쩍 뛰어오르는 것을 위에서부터 검을 내리그어 반으로 쪼개 놓았다. 문득 생각나는 점이 있어 한마디 더 했다.

"하긴, 주아니는 발을 저니까 내려가지 못할지도 모르겠다……."

하늘이 아까보다 더 흐리다. 이젠 정말 곧 비가 올 것 같다.

콰르릉…….

"나한테 남은 시간이 얼마나 많은 시체로 환산되나 보자!"

이 순간에도 점원의 본분을 살려 환전의 개념을 떠올린 나였다.

절벽 위는 늪처럼 널린 회반죽 진창과 꾸역꾸역 계속 달려드는 괴물들로 가득찼다. 유리카와 나는 낭떠러지 끝까지 몰렸다.

"파비안, 나를 두고 가. 주아니는 내가 데리고 있겠어."

유리카의 목소리가 이상하리만큼 또렷하게 들렸다. 그러나 말은…… 내가 알아들을 수 있는 내용이 아니었다.

"뭐? 무슨 말인지 이해가 안 돼. 그거 설마 우리나라 말은 아니겠지? 전혀 무슨 소린지 모르겠는데."

빠르게 주워 섬기면서 다시 달려드는 두 놈을 향해 힘겹게 검을 휘둘렀다. 이제는 팔이 천근처럼 무거웠다. 검 한 자루로 이들을 막는다는 것이, 둑이 터져서 쏟아지는 물을 손바닥으로 막아 보겠다고 달려드는 꼴처럼 보였다. 내가 벤 놈들만 해도 벌써 스물은 넘을 텐데, 놈들은 줄어드는 기색이 전혀 없었다.

"말했지. 나는 저들에게 죽지 않는다고."

처음에 들었던 말이지만, 그때도 믿지 않았다. 게다가 아까 저들에게 다치는 모양까지 봤는데 믿을 수 있겠어? 그래서 지금 저렇게 주저앉아 있으면서.

"다치기는 하고, 죽지는 않는다고?"

내 말이 비아냥대는 듯이 들렸다고 해도 용서해줘야 한다. 나는 유리카에게 비아냥댄 것이 아니라 우리에게 닥친 상황을 비웃지 않고는 도저히 견딜 수 없었던 것뿐이었다.

"그렇게 말하지 마. 저들은 나를 못 죽여. 정말이야."

"못 죽이면 절벽 너머로 던지기라도 하겠지. 아니야?"

"아까는, 아까 나를 공격한 놈들은 뚜렷한 의식 없이 몸이 가는 대로 움직여서 그랬던 것뿐이야. 아마…… 나를 죽이기 직전이 되면, 저들도 알아차릴 거야."

"뭘?"

"나를 죽이면, 저들도 끝장이란 것을."

뭔가 깜짝 놀랄 만한 말이었는데, 온몸에 힘이 빠진 채 무한히 달려드는 적들을 바라보느라 나는 그 말을 깊이 생각할 겨를이 없었다.

"네 농담은 저놈들을 처리한 다음에 들을게. 지금은 농담을 들을 상황이 아닌 것 같아."

창 비슷한 것을 든 놈이 내 쪽으로 달려드는 것을 보며 손목에 힘을 주어 마주 쳐냈다. 얼마나 버틸 수 있을까. 한 푼의 시간이라도, 제발 너와 내가 모두 살아있는 한 푼의 시간이라도 벌도록.

"큭!"

나는 이상할 만큼 정신이 맑아져서, 창날이 내 몸 속으로 찔려져 들어오는 것을 아주 생생하게 느꼈다. 차가운 느낌, 그리고 다리를 적시며 흘러내리는 피의 감촉까지.

"파비안."

유리카가 내 옆에 와 서는 것을 곁눈으로 봤다. 뒤로 가라고 크게 외칠 힘도 없었다.

"유리, 위험해."

"너보단 내게 덜 위험해."

유리카가 손을 옷 뒤의 칼자루에 갖다 얹는 것이 보였다. 나는 고개를 저었다. 유리카는 서 있는 것조차 힘들어 보였다. 목소리도 예전과 달랐다. 말끝마다 일부러 힘을 주어 말하고는 있지만 가득하던 생기가 없었다.

그러나 어조만은 더없이 침착했다.

"숲을 향해 비스듬히 서서 등을 마주 대."

어쩌면, 그녀도 그냥 앉아서 죽고 싶지만은 않을지도 모른다. 내게 말릴 자격은 없을지도 모른다. 나는 그녀에게 의미 있는 '누구'도 아니잖아.

"조심해."

다음 놈이 달려드는 순간, 내가 손을 올리자 고개를 수그린 유리카가 빠르게 사이로 들어왔다. 그리고 두 손으로 쥔 짧은 칼을 핑글, 강하게 돌려 쳤다. 칼을 휘두르면서 반 바퀴 가량 돌았던 유리카는 간신히 자세를 바로잡으면서 말했다.

"저들이 다시 공격해 오면 반드시 놈들의 미간을 꿰뚫어버려."

"미간?"

"네 검에서 주문이 사라졌을지도 모를 지금, 저들을 단숨에 죽일 수 있는 부분은 거기밖에 없어. 똑바로 꿰뚫어. 머리뼈 뒤까지 뚫고 나가도록. 아니면 머리를 아예 쪼개던가. 어찌됐든 머리 중심을 베어야만 돼."

더 할 말은 없었다.

"온다."

이제 숲에서 더 기어 나오는 놈들은 없었다. 쉰에서 예순 정도 되어 보이는 숫자의 괴물들은 반원형으로 빼곡히 우리를 에워쌌다. 낭떠러지로 뛰어내리는 것말고는 어떤 선택도 할 수 없도록.

나는 유리카의 얼굴을 봤다.

"끝까지."

"그래."

"……혹시, 혹시라도 달아날 기회가 생긴다면 망설이지 말고 도망가."

내 마지막 말에 유리카가 피식 웃는 소리가 들렸다. 바로 옆이지만 돌아볼 여유가 없었다.

"좋은 친구야, 넌."

대답할 겨를도 없었다.

"하앗!"

내 검이 한 번 내리쳐졌고, 가까이 다가온 놈의 머리가 둘로 쪼개졌다. 이놈들은 뒤늦게 온 만큼 본래 동작이 느린 듯했다.

"타아!"

유리카의 칼이 허공에서 곡선을 그리자 뚜껑처럼 한 놈의 머리 위쪽이 달아났다. 다시 등이 맞닿았을 때, 유리카가 말했다.

"등이 따뜻해."

내 등에서 흘러내리는 피와 오물들로 더럽혀질 뿐인데 그렇게 말하는 것을 들으니, 슬플 정도로 마음이 따뜻해졌다.

한 놈이 유리카의 칼끝을 휘어잡았다. 평소대로라면 유리카의 빠른 칼을 잡는다는 건 불가능할 테지만, 유리카도 현저히 속도가 느려져 있었다.

놈들이 둘이나 달라붙어서 유리카의 칼을 끌어당기는 새, 다른 두 놈이 이번엔 내 검에 달려들었다. 벌어진 입가에서 기이한 침 같은 액체가 흘러내렸다. 그리고 또다시 세 놈…… 이제 끝난 건가.

키에에에엑!

갑자기 보이지 않는 곳에서 이상한 비명 소리가 들렸다. 숲 속인가? 뭔가 집어던져지는 듯한 소리도 들렸다.

캬, 키아아아아악!

케르륵, 케륵…….

큐큐큐…… 큐르르르…….

"어…… 어떻게 된 거야?"

유리카는 대답할 여유가 없었다. 양 손으로 검을 꽉 잡았지만, 도저히 당기는 힘에 당하지 못했다. 곧 앞으로 끌려갈 기세였다.

"유리, 칼을 놔버려!"

"아, 안 돼!"

비싼 칼인가?

나도 마지막 힘을 짜내어 검을 당겨 올렸다. 내 검을 잡았던 손 하나가 잘려 떨어져 푸들거리는 것이 보였다. 잠깐 여유를 얻은 나는 발돋움해서 괴물들 뒤에서 무슨 일이 일어나고 있는지 보려 했다. 장애물이 많았지만, 숲 위로 솟아난 잎사귀들이 마구 흔들리는 것만은 보였다. 저렇게 높이 달린 나뭇잎들을 흔들다니, 얼마나 대단하게 싸우고 있는 거지?

"이얏!"

자유로워진 검으로 유리카의 칼을 잡은 놈들의 팔을 내리쳤다. 놈들은 재빨리 팔을 뺄 만한 민첩성이나 판단력을 갖춘 놈들이 아니기 때문에 크게 내리친 내 검에 팔이 세 개나 잘려나갔다.

"아앗!"

갑자기 검이 자유로워지는 바람에 유리카가 뒤로 휘청거렸다. 뒤는 낭떠러지, 나는 깜짝 놀라 그녀를 잡으려 했다. 그때 숲 속에서 다시 괴상한 외침이 들렸다. 이 괴물들의 소리가 아니었다.

"우워어어어어!"

마치 곰 같기도 하고…… 뭐라고 표현해야 할지 모르겠다. 간신히 유리카의 팔을 붙들어 뒤로 떨어지는 것은 면했다. 그러나 괴물들은 동요하는 기색 없이 계속 앞으로만 전진해왔다.

이제 몇 걸음만 몰리면 낭떠러지에서 뛰어내려야 할 판인데.

절벽 밑에서 불어오는 바람에 등이 시원하다 못해 싸늘했다. 뒷걸음으로 낭떠러지 끝에 다가가고 있으니 목덜미에 없던 식은땀이 솟았다. 숲에서 나타난 건 누굴까. 우리를 도와주려는 거면 제발 빨리 와 줬으면 좋겠는데. 좀 더 늦었다간 오나 안 오나 마찬가지가 될 거라고!

케에에에엑!

푸퍽!

괴물들의 익숙한 비명 소리와 뭐가 터져 나가는 듯한 소리가 가까워졌다. 이제 우리는 절벽 뒤로 세 발짝 정도만 남기고 있었다.

"누군가 오고…… 큭! 있어."

말하는 동안에도 달려드는 괴물을 향해 검을 들이꽂았다. 코 한가운데 박혀서 그나마 있지도 않은 코가 뭉그러졌다. 예의 액체가 얼굴에 튀었다.

"퓹!"

액체가 하필 코에 들어갈 건 뭐야.

쿵…….

땅이 울리는 것 같은데.

쿵, 쿠궁…….

"으음?"

유리카가 달려드는 괴물에게 왼팔을 잡혔다가, 오른손의 검으로 팔꿈치째 잘라내 버렸다. 아까보다 활기 있는 움직임이었다. 그녀가 외쳤다.

"저걸 봐!"

나도 보고 있었다. 오…… 세상에. 저게 뭐야?

"거…… 인인가?"

머리 가득히 부석부석하게 난 녹색 머리카락 때문에 그를 지금까지 숲과 구별하지 못했던 모양이었다. 키는 나의 세 배 정도, 팔과 다리는 굵은 나무 둥치 같았다. 거대한 갈색 통나무 말이다. 그 안에 간직된 힘은 내가 감히 상상도 못할 정도였다.

"크어어어, 크워워어!"

이상한 소리를 지른다. 설마 말을 못하는 건 아니겠지?

그는 우리를 향해 걸어오면서―괴물과 뒤섞여 있는 우리를 봤다는 보장은 없었다―손에 집히는 대로 괴물들을 잡아 눌러 곤죽을 만들거나 던져버렸고, 발에 걸리는 대로 밟아서 걷어찼다. 잡초와 돌멩이들을 갈아엎는 농부의 쟁기질에 비유할 만하달까.

그 모습은 확실히 통쾌한 장관이었다.

"파비안, 옆을 봐!"

거인을 보느라 얼이 빠져 있는 새 괴물들이 슬금슬금 다가와 내 팔에 매달렸다. 나도 정신없이 검을 움직였지만, 포위는 더 좁혀졌다. 거인의 한 걸음은 굉장히 크긴 해도, 오는 도중에 걸리는 것들을 모조리 없애려는 듯 손발을 놀리고 있어서, 사실상 전진은 매우 더뎠다. 일껏 나타나 줬으면서, 그 전에 우리가 절벽 너머로 떨어져 버리거나, 죽어 버리면 아무 소용도 없잖아!

괴물들은 뒤도 한 번 돌아보지 않고 우리들만 보며 차츰차츰 다가왔다. 뒤에서 동료들이 죽어나가는 소리가 나도 아무 반응도 없었다. 정말 머릿속에 아무 생각이 없는 놈들인가?

이제 뒤로 약 한 발자국.

"빨리! 빨리!"

참다못해 외쳤지만 괴물들의 케르륵대는 소리 때문에 들렸을지도 알 수 없었다.

"빨리! 빨리!"

유리카도 똑같은 심정인 모양이었다. 그녀가 마지막 힘을 짜내서 검을 휘두르고 있는 것이 보였다. 아까보다는 한결 속도가 빨랐지만, 저대로 오래갈 리는 없었다.

"으허어어어어!"

거인은 이제 눈앞까지 다가왔다. 우리를 충분히 알아보고도 남을 만한 거리다. 눈이 마주쳤다고 생각되는 순간 나는 발을 구르며 비명에 가깝게 악을 썼다.

"빠아아알리이이!"

그때였다.

"아앗!"

유리카의 비명 소리였다. 정신없이 되돌아보는데 이제 우리 뒤까지 포위한 놈들이 유리카를 먼저 둘러싸고 달라붙었다. 그 바람에 유리카의 머리카락만 빼고는 아무 것도 보이지 않았다. 얼굴조차도.

발을 헛디딘 놈들이 절벽 너머로 떨어지는 것이 보였다. 저들은 정말 아무 생각이 없는 놈들인 모양이었다. 내가 놈들을 향해 달려들려는 참인데 갑자기 하늘에서 뭔가가 뚝 떨어지는 듯한 느낌이 들었다.

"어어?"

거인의 커다란 손이 내려와 유리카를 잡았다.

"어, 어쩌려고⋯⋯."

내 말 따위는 안중에도 없는 듯, 거인은 거의 기절 상태인 유리카를 잡아 올리더니 붙은 놈들을 껍질 까듯 죽죽 훑어 떼어냈다. 그의 힘이 얼마나 되는지는 몰라도 붙은 놈들은 맥없이 떨어져나갔다.

아, 다행이다. 이젠 살았어.

"잘 돼⋯⋯."

뭔가가 갑작스럽게 내 시야를 덮쳐왔다.

조용해졌다.

3. 고대의 거인과 은둔검사

거인족은 최전성기의 고대 이스나미르 인들조차 비교되지 않을 정도로 거대한 몸집과 키를 갖고 있고, 그에 어울리는 엄청난 완력을 지니고 있다. 그들의 성격은 종잡을 수 없으며, 고매한 현자라고 해도 좋을 자들에서부터 인간들을 잡아먹는 괴물에 가까운 것까지, 차이가 큰 편이다.

주의 깊은 연구자들의 고찰에 따르면, 그들의 수명은 그들의 정신적 수준과 비례하는 듯하다. 괴물에 가까운 거인들의 수명은 인간보다 조금 긴 70년에서 1백 년 가량, 보다 인간적인 거인들은 2백 년에서 3백 년 정도, 매우 드물지만 아주 현명하고 고상한 성품을 지닌 자들은 5백 년 정도까지도 산다. 현명한 거인들 중 가장 유명한 자는, 사계절의 왕, 또는 순결한 봉인자로 불리는 마법사 에제키엘의 질문에 응했던 켈라드리안의 은둔 거인

자녹(Zanok)이다.

이러한 거인들은 과묵한 편이며, 세상에 나서는 것을 싫어하고 다른 종족과 잘 우정을 맺지 않는다. 숲과 산에 사는 거인들의 경우 엘프나 페어리 족과 친근하게 지내는 경우도 있지만 결코 흔한 일은 아니다. 인간과 거인이 우정을 맺는다는 것은 불가능하게 느껴지며, 아직까지 기록에 남은 바도 없다. 현자 거인들조차 인간들과는 다만 대화의 상대 정도로밖에 응하지 않는다. 이것은 어쩌면 그들의 본성 가운데 가장 깊숙하고 사악한 곳에는, 인간을 잡아먹던 시절의 기억이 남아있기 때문인지도 모른다……

　　　　　　　　　　　　　- 듀나리온 무녀들의 「생명 백과」 2권, 작자 미상

「내가 놈들을 기가 막히게 베어 넘기는 것 못 봤어? 아주 기가 막혔잖아!」

「허허, 검에 베인 놈들이 얼마나 되었다고 그래?」

「그건, 자네가 시체고 뭐고 할 것 없이 모조리 밟아버려서…….」

「또 내 탓인가. 자넨 잘했어. 일단 아이들이 무사하잖은가. 그럼 된 거지.」

「저 친구, 또 은근슬쩍 넘어가려고…….」

두 팔, 두 다리, 온몸에 닿는 감촉이 굉장히 부드러웠다. 그게 뭔진 모르지만 따뜻한 물속에라도 잠겨있는 듯 몹시 편안했다. 이대로 좀 더 눈을 감고 있고 싶었다.

「오늘 저녁 준비 당번은 자네지?」

「나? 나였던가? 그러니까…… 점심은 안 먹었고…….」

「아침은 내가 했지.」

「그랬나? 그게 그러니까, 그렇게 된다면… 아침 식탁은 내가 치웠던 것 같은…….」

「그러니 저녁 식탁은 내가 치우면 되잖아. 오늘 아이들도 있는데 오랜만에 자네 요리솜씨 좀 보여 봐.」

「아니, 그게 말일세. 그러니까 그게…….」

「이번엔 자네가 은근슬쩍 넘어가 보려고 딴소린가? 자넨 다른 건 다 잘 기억하는데 꼭 식사 당번만은 기억을 못하더군.」

「내, 내가 언제 그랬다고!」

「열 명, 스무 명이 돌아가며 하는 것도 아니고, 그렇다고 한 다섯 명쯤 되는 것도 아니고, 겨우 둘이서 하는 주제에 말야. 하하하하……」

「노, 놀리긴가!」

누군가가 벌떡 일어나는 소리가 들렸지만 나는 관심 없었다. 눈을 더 꾹 감았다. 좀 더 이 편안한 기분을 맛보고 싶은데 주위가 너무 시끄러웠다. 그들의 목소리가 두꺼운 커튼 너머에서 들리는 것처럼 아득하긴 했지만.

「하하, 그렇다고 검은 뽑지 말게. 아까 절벽 위에서 자네 솜씬 실컷 보았어. 그러니까 더 보고 싶은 생각은 없네. 그러니 그 검은 두고, 부엌칼이나 좀 잡게 그려. 하하하하……」

웃음소리가 저렇게 멀리서 들리는데도 가히 천둥소리에 비할 만했다. 귀를 틀어막고 싶었지만 참았다. 움직였다가는 그냥 깨어나 버릴 것 같아서였다. 당연히 무슨 내용인지 이해되지도 않았다. 그저 시끄럽다는 기분뿐이었다.

「그러나저러나 이 친구, 얼마나 누워 있어야 되려나?」

「자기 체력에 달렸지 뭘. 그럭저럭 괜찮은 것 같기도 하던데.」

「우리가 오기 전에 수십 놈이나 베어 넘겼잖나. 예사 녀석은 아닐세.」

「게다가 이 머리카락 색깔, 분명 익숙하단 말씀이야……」

마지막으로 들린 말이 신경에 거슬리는 듯 했는데 역시 대충 넘겨 버렸다. 생각 같은 건 하고 싶지 않았다. 웬만한 거면 그냥 모르고 말겠다고. 그런데…….

"여자앤 좀 어때?"

갑자기 생생하게 귀를 파고드는 말에 나는 눈을 번쩍 떴다.

주위가 온통 하얗네? 혹시 천국인가?

그러나 다시 보니 나는 시트를 덮어쓰고 있었다.

"유리는?"

갑자기 네 개의 손이 달려들어 시트를 벗겨냈다. 주위가 확 밝아졌다. 커다란 램프가 내 머리맡 가까이 밝혀져 있었다. 여기는 어디지? 통나무집처럼 생겼네? 게다가 천장이 엄청나게 높은 게 어디선가 본……

그런데 의식이 드는 순간 온몸 구석구석이 쑤셔 오기 시작했다.

"으으으……"

"어라, 이 친구 좀 보게."

아직 희미한 내 시야에 큼직한 그림자 덩어리 두 개가 나를 굽어보는 모습이 비쳤다. 그런데 그중에 하나는 정말 어마어마하게 크다. 마치 커다란 나무 그늘아래 누워있는 기분이었다. 그러니까 저게……

"우리를 구해 준!"

내가 벌떡 몸을 일으키려는 참인데 커다란 손바닥이 다가와 내 가슴을 지그시 눌렀다. 부드러운 갈색 털이 가득한 것이 마치 호밀빵처럼 푹신한 손이었다.

가볍게 누르는 것처럼 보이지만, 내가 멀쩡했다 해도 밀어젖히고 일어나는 것은 꿈도 못 꿀 힘이었다. 결국 손가락 하나 까딱해보지 못한 채, 나는 처음부터 일어나려고 하지도 않았던 것처럼 도로 가만히 누워있게 되었다.

하긴, 다시 생각해보면 벌떡 일어나려 해봤자 온몸이 지독하게 쑤시기나 할 뿐, 좋은 점은 없었을 것 같았다. 커다란 손의 행동은 아주 현명하고도 친절한 처사인 셈이었다. 나는 눈을 굴려 그 손의 주인을 올려다보았다.

"아……."

말이 나오지 않았다.

일단 말을 할 줄 모르는 거 아니냐는 나의 걱정은 조금 전의 대화로 기우임이 판명되었다. 내가 올려다본 그는 흐트러진 녹색 머리카락에 연갈색 얼굴이었고, 피부도 갈색으로 그을려 어찌 보면 무시무시하게 보일 만한 모습이었다. 옷은 인간들의 사냥꾼 같은 복장이었다. 물론 옷가지 하나하나가 인간들의 것과는 비교도 안 되게 컸다.

평생 처음으로 이런 종족을 본 나는 온 얼굴에 놀라움을 숨김없이 드러내고…… 즉, 입을 딱 벌리고 있었다. 정말 이름 그대로 거인이구나.

문득 거인 중에는 사람 잡아먹는 종류도 있다는 이야기가 머릿속을 퍼뜩 스쳤다. 나는 벌렸던 입을 다시 다물지도 못하고, 이번엔 눈까지 커다랗게 떴다.

그러나 거인의 얼굴은 온화한 빛으로 가득했다. 그지없이 부드러운 미소였다.

"저, 정말 고맙습니다. 도와주시지 않았더라면 꼼짝없이 죽을 뻔했습니다. 그런데 유리카는 어떻게 되었죠?"

"그 아가씨 이름이 유리칸가? 아아, 음, 그렇군, 그렇군."

갑자기 불쑥 끼어드는 사람을 나는 멀뚱히 쳐다보았다. 옆에 거인이 있어서 그런지 유난히 작아 보이는―그러나 인간치고 결코 작지는 않은—중년 남자가 그 옆에 앉아 있었다. 체격이 좋은데다 인상으로 봐도 노련한 전사였고, 허리에도 긴 검을 차고 있었다. 그의 복장은 마치 거인의 옷을 크기만 줄여 놓은 것 같았다.

"아, 이름도 말씀드리지 않았군요. 저는 파비안 크리스차넨입니다. 제 친구는 유리카 오베르뉴고요."

내가 이렇게 여유 있을 수 있는 것은 마지막으로 본 유리카의 모습이 죽을 것 같은 상황은 아니었기 때문이었다. 괴물들이 한꺼번에 덮치는 순간 정신을 잃은 내가 이렇게 멀쩡하게—사실 정말 멀쩡한지는 알 수 없지만—누워 있는데, 유리카한테 무슨 일이 있을 리가 없다고 생각했다. 그러나 역시 사정은 궁금했다.

"호그돈이라고 부르게."

"나는 릴가 하이로크라고 하네, 젊은이."

거인들은 본래 성이 없는 건가? 아니면, 낯선 사람이라 성을 밝히지 않는 건가?

둘은 곧 예의바르게 나의 상처에 대해 물어 보았고, 점잔을 빼며 자기들이 나를 여기까지 데려온 과정에 대해 설명했다. 점잔을 뺀다는 것은 릴가 쪽 이야기고 사실 거인은 전혀 점잔을 빼지 않았다. 그는 매우 소탈하고 솔직한 성품인 것 같았다.

……그러나 공교롭게도 거인 역시 이야기를 길게 하는 것은 꽤 즐겼다.

"그러니까 그래서, 그놈들을 내가 단칼에 대여섯씩 베어 넘기는 동안 호그돈은 앞으로 전진했지. 자네들을 빨리 구하기 위해서 말이야.

사실 말이지, 자네들은 금방이라도 낭떠러지로 떨어질 것처럼 보였거든.”

이야기를 듣고 있는 동안 나는 발바닥이 간지러워지는 듯한 느낌을 받았고, 다시 발바닥이 간지러운데 배를 긁고 싶은 것 같은 충동에 사로잡혔다. 결국 난 어디를 긁어야 할지 몰라 곤혹스러운 상태가 되었고, 이 상황을 극복하기 위해 세 번째 똑같은 질문을 할 수밖에 없었다.

“유리카는 괜찮은가요?”

둘은 내 얼굴을 한 번 보고, 다시 자기들끼리 한 번 마주보더니 고개를 끄덕였다. 둘은 마주보기 위해 서로를 배려하여 적당한 정도로 눈높이를 맞추었다. 확실히 둘은 한두 해 같이 살아온 사이가 아님이 분명했다.

“그 아가씨라면, 아까 전부터 물통 속에 있네.”

“네?”

잠시 후 나는, 유리카가 나보다 먼저 일어나서 움직였다는 이야기를 듣고 상당히 놀랐다. 유리카는 벌써 한 시간쯤 전에 일어나서 그들이 보지 못한 사이에 목욕통 속으로 들어가 버렸고, 그래서 그들은 말을 걸 기회도 잡지 못했다고 말했다. 그러니까 이것이 그들이 유리카의 이름도 몰랐던 이유였다.

내가 그렇게까지 개보다 많이 다쳤나?

그 사실은 곧 증명되었다.

“으윽…….”

“거 봐, 그러기에 몸을 움직이지 말랬지.”

"옆구리에 붕대를 감아 뒀네. 거기 상처가 제일 크거든? 한동안은 침대에 꼼짝 않고 누워 있을 각오를 해두게나. 쓸데없이 조바심을 내봐야 소용없지."

나는 조바심을 낼 필요가 없었으므로, 그 다음부터 몸을 움직이지 않도록 지나칠 만큼 조심했다. 빨리 가야 한다고 열심히 주장하는 사람은 유리카지 내가 아니란 말이다.

그건 그렇고, 목욕통까지 준비되어 있다니, 꽤 괜찮은 집인걸.

"잠시 그대로 누워 쉬게. 다른 이야기는 좀 있다가 하기로 하고. 이제 식사 준비를 시작해야 할 시간이거든."

그 말을 한 쪽은 릴가가 아니라 호그돈이었다. 아까 잠결에 분명……

"그렇지 않나, 릴가? 나는 나가서 장작을 몇 개 가져오겠네."

거인은 유쾌한 얼굴로 자리에서 일어나 문을 열고 나갔다. 내가 누워 있어서인지 일어선 그의 머리는 까마득한 높이의 산꼭대기처럼 보였다. 그는 문을 지나갈 때 고개를 약간 수그렸는데, 낮에 봤던 통나무집의 문 높이를 생각해 볼 때, 그의 키는 정말 끔찍할 정도라는 결론이 났다.

릴가는 입술을 괴상하게 일그러뜨리더니 하기 싫은 심부름을 하는 꼬마처럼 엉기적엉기적 의자에서 일어나 역시 같은 문으로 나가 버렸다. 나는 잠시 혼자 남겨졌다.

끔찍한 싸움을 끝낸 뒤, 안전하고 따뜻한 집 안에서, 부드러운 이불을 덮고, 친절한 사람들의 보호를 받으며, 이렇게 누워 있자니, 지난 일도 지금 일도 잘 실감이 나지 않았다. 나는 조각조각 떠오르는 기억의 편린들에 마음을 맡겼다.

내가 했던 일들, 그게 정말 내가 한 거였나?

조그만 산마을 잡화점에서 물건이나 팔던 점원 파비안이 칼을 휘둘러 적들을 사정없이 베어 넘기고, 이 손으로 시체의 팔다리를 갈기갈기 찢어 내던졌노라고?

……그게 정말 나였을까?

정신이 어떻게 되지 않고선, 그런 일을 다시 하라고 해도 못할 것 같았다. 그럼 그땐 정신이 어떻게 되었었나?

막다른 골목에 몰리면 누구든 그렇게 할 수 있는 걸까? 아니면, 다른 이유가 있었나?

나는 내가 그럴 수밖에 없었던 당위성을 찾아내려고 해 보았지만, 되새기는 과정에서 떠오르는 영상들이 너무나 고통스러워 멈출 수밖에 없었다. 온통 범벅이 되었던 끔찍한 반죽. 피와, 진액과 그 밖의 온갖 더러운 것들.

그러고 보니, 나는 분명 피다 점액이다 해서 최악으로 지저분했는데 지금은 아주 깨끗해진 상태였다. 옷도…… 아니, 옷은 어디로 갔지?

그제야 내가 이불 안에 아무것도 입고 있지 않다는 걸 깨달았다. 몇 겹으로 덮인 두툼한 이불은 굉장히 따뜻해서 옷을 입지 않았다는 것도 느끼지 못했다. 벽난로에서는 장작불이 이글이글 타올라 슬슬 더울 정도였다.

덮은 이불이랑 침대 시트를 뭐로 만들었는지 궁금했다. 물속에 떠

있는 것 같은 느낌은 이것 때문이었나? 내가 지금까지 덮어본 이불 중에서 제일 괜찮은데?

"어……?"

갑자기 떠오르는 생각이 있었다. 유리카도 나 못지않게 엉망인 상태였는데. 옷이고 머리고 할 것 없이.

"에에…… 음…… 설마."

유리카가 지금 목욕을 하고 있다는 건, 그들이 유리카를 나처럼 다루지는 않았기 때문일 거야. 분명히 그렇겠지. 그들은 점잖은 사람들이고, 또 숲에서 사는 선량한 인물들이고, 우리들을 위험에서 건져 주기도 했으며, 그러니까, 그러니까…….

그런데 왜 이렇게 불안하지?

방 옆이 바로 부엌인 모양이었다. 배가 고픈데 뭔지 모를 음식 냄새가 아주 달콤하게 코를 찔렀다. 덕택에 상처만큼이나 위장도 괴로워졌다.

통나무집은 겉보기에 컸던 것처럼 내부도 잘 되어 있었다. 침실이 따로 있고, 목욕통을 놓는 곳이 또 있으며, 부엌 또한 따로 있는 모양이니까. 게다가 이 방 안에 침대가 한 개밖에 없는 것을 보면 호그돈은 어딘가 다른 데서 자는 것이 틀림없었다. 어쨌든 이 침대는 평범한 사람들의 치수에 맞는 물건 같았으니까. 그럼 아마 릴가의 침대겠네.

잠시 후 호그돈이 방 안에 큼직한 탁자를 가져다 놓았다. 내가 움직일 수 없으니 이리로 식사를 가져다 줄 모양이었다. 조금 있다가 문이 다시 빠끔히 열리고, 내가 고대하던 얼굴이 드디어 머리를 내밀었다.

"실컷 잤니?"

문간에 나타난 유리카는 커다란 수건으로 젖은 머리를 돌돌 감아올리고 있어서 자그마한 얼굴이 더욱 도드라졌다. 뺨은 목욕을 끝낸 다음이라 그런지 약간 발그레했다.

문을 닫고 들어오는 모습을 보니 흰 가운 같은 것을 온몸에 두르고 허리엔 띠를 매고 있었다. 가운은 그녀에겐 너무 컸다. 큼직한 주머니가 그녀의 다리께에 축 늘어져 있을 정도였다.

"몸은 어때?"

"너야말로, 몸은 괜찮아? 아무렇지도 않아? 그렇게 돌아다녀도 돼?"

"그럼. 내가 너 같은 약골이라고 생각하면 오산이야."

살짝 미간을 찡그리며 농담을 하는 그녀를 보니 그제야 우리가 살아 있다는 실감이 났다. 그래서 굳이 말을 받아칠 마음도 나지 않았다. 괜스레 웃음이 나서 나는 자꾸만 빙그레 웃었다.

유리카가 침대 곁으로 다가왔다.

"자, 주아니."

그녀가 수건으로 동그랗게 싼 꾸러미 같은 것을 내 침대 위에 내려놨다. 수건이 꼼지락꼼지락 움직이더니 이윽고 익숙한 갈색 머리가 불쑥 내밀어졌다.

"파비안, 파비안, 괜찮아, 괜찮아?"

"나보단 얘가 더 너를 걱정한대니깐."

유리카는 생긋 웃으며 의자를 하나 끌어다가 앉았다. 의자는 두 개가 있었지만 그 가운데 하나는 도저히 앉을 만한 크기가 아니었기 때문에—게다가 옮길 만한 무게는 더더욱 아니다—그녀는 당연히 릴가의 의자를 끌어왔다.

"괜찮아."

나는 주아니를 안심시키느라 무리이긴 했지만 몸을 약간 일으키려고 했다.

주아니는 머리는 촉촉이 젖었는데 입은 옷은 멀쩡했다. 주아니가 수건에서 반쯤 기어 나와 내 얼굴을 빤히 쳐다보는 동안 유리카가 말했다.

"로아에들의 골풀옷은 확실히 대단하더라니까. 물에 풍당 빠졌다가 꺼내도 금방 말짱해지는 것이."

그렇게 말하면서 유리카는 일어나려는 나를 도와주려고 무심결에 이불을 젖히려 했다.

"야, 안 돼!"

유리카가 깜짝 놀라 손을 떼기도 전에, 내가 먼저 이불을 화닥닥 잡아당겼다. 금방 옆구리에 통증이 왔다.

"으으……."

"아파?"

내가 이불 속에서 옆구리로 손을 가져가는 것을 본 유리카가 이번엔 옆쪽을 들추려고 했기 때문에, 나는 사색이 되어 아픈 것도 잊어버리고 이불을 움켜잡았다. 몸에 힘을 줬더니 온몸에 통증이 엄습했다.

"아으으윽!"

유리카와 주아니의 눈이 동시에 동그래지는 것이 보였다. 나는 간신히 숨을 고르면서 입을 열었다.

"이불 들치지 마."

"왜?"

"그게… 지금 이불 안에 아무것도 안 입었단 말이야."

제발 유리카가 장난스런 생각이나 떠올리지 않았으면 좋겠는데.

……슬그머니 유리카의 얼굴에 떠오르는 미소를 보니 무척 불안한데.

"알았어."

어라, 왜 저렇게 순순하지?

유리카가 손가락을 들어서 내 뺨을 쿡 찔렀다. 나는 어안이 벙벙해져서 그녀를 올려다보았다.

"야, 얼굴이 아주 빨개졌잖아. 뜨겁다 뜨거워. 응? 장난을 치려고 해도 이런 얼굴을 보고서야 어디."

"……"

그 순간 호그돈이 문을 열고 들어오는 바람에 나는 간신히 곤란한 상황에서 구원되었다.

호그돈은 유쾌한 얼굴에 웃음을 머금고 침대로 다가왔다. 호그돈의 걸음으로도 두어 걸음이나 와야 되는 데니까 방이 정말 넓긴 넓다.

"아가씨는 식사 제대로 할 수 있지?"

"그럼요. 그리고 유리카라고 부르세요."

유리카는 의자에서 일어나면서 싹싹하게 말하더니 내 쪽을 바라보고 웃었다. 저런 웃음이 뭘 의미하는지 나는 안다. 나는 불길한 예감을 가지고 호그돈을 바라보았다.

"젊은 친구는……."

"파비안이라고 하세요."

"그래, 파비안 자네를 위해서 릴가가 지금 기가 막힌 죽을 끓이고 있어. 어때? 맛있을 것 같지? 그렇지만 그것도 너무 많이 먹으면 안 된다네."

"……죽이요?"

나는 죽어 가는 목소리로 그렇게 대답했다.

얼마 지나지 않아 내 침대 앞에 상이 차려졌다. 테이블을 가져온 것은 릴가와 유리카를 위해서였고 호그돈은 밖의 큰 테이블에서 먹을 수밖에 없으니 양해해 달라고 말했다. 물론 양해하지 않을 수 없었다. 그 키로 어디에 앉아서 밥을 먹겠는가.

"이제 먹어 볼까."

릴가는 아까 시무룩하더니, 요리가 다 끝나자 도로 유쾌한 기분으로 돌아갔다. 머리는 풀고 옷차림은 그대로인 유리카도 그래 보였다. 심지어는 식탁 한구석에 앉은 주아니조차도. 어찌 된 셈인지 주아니는 거인 호그돈에게 전혀 낯을 가리지 않았다. 그럭저럭 하다 보니 릴가에게도 덩달아서. 극과 극은 통한다는 말을 누가 한 거지? 참 명언이다.

식탁 앞에 앉은 유리카가 나를 돌아보며 유쾌하게 말했다.

"파비안, 맛있게 먹어."

"……그래. 잘 먹을게요, 하이로크 씨."

"릴가라고 불러."

"……네."

나는 감자와 브로콜리를 넣은 허연 죽을 앞에 놓고서 릴가에게 들리지 않게 한숨을 내쉬었다. 오트밀 같은 죽 안에는 다양한 야채와 곡식이 들어 있었지만, 그게 전부였다. 평소 같았으면 그것도 그렇게 나쁜 음식은 아니었겠지만 옆에서 다들 성찬을 먹고 있을 때는 이야기가 다르다.

큼직한 사슴 뒷다리를 통째로 구워 절반 자른 것이 나와 있고, 사과를 넣은 둥그런 파운드케이크, 팔뚝만 한 훈제 소시지를 양념해서 구운 것, 바구니에 가득 담긴 다갈색 호밀빵, 빵에 바를 꿀이 한 단지, 보기만 해도 눈이 휘둥그레질 만큼 커다란 치즈 덩어리와 버터 그릇, 땅콩버터로 버무린 양상추 샐러드, 표고버섯을 넣은 달걀 오믈렛, 초코 브라우니 큰 접시 두 개, 등등. 거인이 사는 집이라 그런지 무엇 할 것 없이 모조리 컸다. 릴가의 요리 솜씨는 확실히 거인이 '발휘해 보라'고 할 만한 것이 되는 모양이었다.

게다가 죽 한 그릇에 숟가락 한 개만 들고 있는 내 쪽을 보며 다들 한마디씩 거들었다.

"옆구리의 상처가 아물 때까지 육류는 금물이야."

"빨리 나아야잖겠어? 그래야 어서 길을 떠나지."

"허허, 아가씨는 우리 집이 그렇게나 빨리 떠나고 싶어?"

"아이 참, 유리카라고 하시라니까요."

……화기애애하구만.

온갖 음식 냄새가 괴롭히는 가운데 어찌어찌 저녁 식사를 마쳤다. 그러니까 내 것도 식사라고 부를 수 있다면 말이다. 하여간 아픈 것과

식욕은 관계가 없는지 나는 내게 처방된 죽을 정말 눈 깜짝할 사이에 먹어치웠다. 죽이라도 좀 더 줬으면 싶었지만, 릴가는 과식도 좋지 않다며 고개를 저었다.

이윽고 식탁이 치워지고 나자 거인 호그돈도 들어와 커다란 의자를 끌어다가 앉았다. 우리는 벽난로 불빛이 어른거리는 것을 보며 이야기를 시작했다.

우리가 먼저 사정을 설명해야 예의일 텐데도 이들은 개의치 않고 일단 자기소개들을 했다. 주로 이야기는 릴가가 했고, 호그돈은 조용히 듣고만 있었다.

거인 호그돈이 2백 살이 넘었다는 이야기를 듣고 나는 상당히 놀랐다. 그의 인상은 엄청난 키만 아니라면 기껏해야 마흔 살 정도로밖에 보이지 않았다.

"헛, 내가 그렇게 젊어 보이는가?"

"저 친구가 거인의 나이를 잘 몰라서 그러는 거야. 이봐 파비안, 이런 거인들은 보통 3백 살 정도까지는 산다네. 저기 저 로아에 친구, 저 친구들이 약 2백 년 정도 살지. 숲이나 동굴의 종족들에게 그 정도의 나이는 그다지 신기한 것이 아니야. 지금은 거의 사라졌지만 엘프 족의 나이는 측정이 불가능할 정도였다고 하거든? 오래 사는 자들은 1천 살을 넘기는 경우도 있었다고 하지. 보통은 약 7백 살 정도라고 하지만."

"그…… 저희는 에졸린 여왕님의 소개를 받고 왔거든요. 그런데 페어리들의 수명은 그럼 얼마나 되죠?"

"맞아, 여왕님의 배려였지. 호그돈이 메르농의 아르단드한테서 대강

이야기를 들었어. 아르단드 알지? 엊그젠가 겨울 숲을 살펴볼 겸, 켈라드리안 동쪽 경계까지 갔다가 메르농에 들러 부탁을 받았거든. 그래서 우리도 자네들이 올 거란 걸 알고 있었다네. 페어리들의 나이? 글쎄? 아직 페어리가 늙어 죽었다는 이야기는 들어 본 적이 없어서."

"그, 그렇군요."

아르단드는 진짜로 연락책이 직업인 모양이었다. 나는 페어리들이 만일 죽지 않는다면 종족의 숫자가 왜 그것밖에 안 되는가 궁금해졌다. 어쨌든 그 이야기는 뒤로 넘기고 릴가는 다음 이야기를 계속했다.

이 통나무집은 크기로 보아 알 수 있듯이 호그돈이 지은 것이라고 했다. 릴가가 여기 와서 호그돈과 같이 살게 된 건 약 7년 정도 됐다는데, 그 전에도 모르는 사이는 아니었기 때문에, 둘은 10년 넘게 사귄 친구 사이였다. 나이로 보면 둘 사이엔 엄청난 격차가 있었지만 호그돈은 개의치 않는 듯했다.

말하기 좋아하는 릴가가 막 자신이 대륙에서 날리던 검사였던 시절 얘기를 떠벌리려고 하는 순간, 한참 조용하던 호그돈이 입을 열었다.

"자네들 이야기를 좀 듣지. 여왕님께서 이야기를 해주셔서 몇 가지는 알고 있네만, 자네들은 무엇을 찾아 여행하는가?"

호그돈의 말씨는 온화했고, 또 생김새와는 다른 기품을 지니고 있어서 나무꾼 중에도 왕족이 있다면 이럴 것 같다는 생각이 들게 했다. 어쩌면 본성이 어떠했든 간에, 2백 년이 넘는 세월은 어떤 생명에게든 새로운 성격을 심어주는 것일지도 모른다.

하지만 나는 좀 머뭇거렸다. 무엇을 찾느냐고? 글쎄…… 내가 뭘 찾고 있지? 목걸이의 보석? 그것보다는 역시 자신감인가?

에졸린 여왕이 이야기를 약간 해줬다고 했다. 무슨 이야기를 했던 걸까? 바드 댄스 언덕에 초대받았을 때 여왕은 유리카를 잘 알고 있었고, 내가 잘 모르는 이야기를 유리카와 공유하고 있었다. 내가 유리카가 찾던 사람인가를 묻기도 했다. 모르긴 해도 여왕이 했을 이야기는 유리카가 내게 설명하지 않는 비밀과 관계가 있을 것 같았다. 그렇다면 설명을 해야 하는 사람은 유리카가 아닐까?

"그게……."

유리카를 흘끔 쳐다보았다. 이곳에서라도 대답해 줄지 모른다고 생각했지만, 그녀는 내 얼굴을 마주 보고 빙그레 웃기만 할 뿐 아무 말도 하지 않았다.

"말할 수 없는 중대한 일인가? 비밀을 지켜야 하는 일이라면 굳이 묻고 싶진 않아. 또는 침묵의 맹세를 이미 했다거나."

그들도 궁금한 것이 많았을 것이다. 일단 내 옷을 벗기면서 아룬드 나얀 목걸이를 보았을 터였다. 그리고 내 검도 보통 물건은 아니었다. 그들은 내 소지품들을 배낭이나 검과 함께 챙겨 두었다고 말했다. 멋쟁이 검을 운반하는 데 들었던 특별한 수고에 대해서도 릴가가 식사 중에 장황하게 언급했었고. 정체불명의 목걸이와 이상한 힘을 가진 검, 그들로서도 그게 무엇인지 전혀 궁금하지 않았던 것은 아닐 것이다. 그러나 그들은 아무 것도 묻지 않았다.

나는 침묵의 맹세 같은 건 하지 않았고, 그리고 나를 도와 준 점잖고—릴가가 이 말에 해당될 수 있는지는 조금 더 생각해 봐야겠지만—

온화한 사람들을 속이고 싶지도 않았다. 그러나 문제는 그들이 묻는 초점을 대답할 수 있는 사람은 유리카뿐이라는 점이었다.

"아룬드나얀을 보셨죠?"

유리카의 입에서 불쑥 나온 말이었다. 호그돈과 릴가의 얼굴에 의아한 빛이 떠오르자 그녀는 다시 말했다.

"사계절의 목걸이 말이에요. 파비안이 갖고 있었던 검은 목걸이. 그것을 완성할 나머지 세 보석을 찾는 것이 우리의 목적이에요. 그걸 위해 세르무즈 땅으로 갈 생각이고요."

호그돈은 고개를 끄덕였고, 릴가는 눈썹을 약간 올려 보였다. 나는 두 사람이 사계절의 목걸이, 아룬드나얀을 전혀 모르는 기색이 아닌 것을 보고 더 놀랐다. 유리카가 안다고 했을 때도 유명하구나 싶었는데, 이런 은둔자들까지 알고 있다니?

그때 호그돈이 불쑥 물었다.

"에제키엘과의 약속인가?"

유리카는 한순간 눈을 내리깔았다. 조금 긴 듯한 시간이 흐르고, 다시 입을 열었을 때는 약간 떨리는 목소리였다.

"그가…… 세상과 한 약속이지요."

"유리카."

나는 이번에야말로 들어야겠다고 생각하고 유리카를 불렀지만, 대답 없는 그녀를 더 다그칠 수 없게 되었다. 유리카가 갑자기 얼굴을 두 손에 묻었던 것이다. 그 모습으로 한참 동안 그대로 있었다. 울지는 않았지만, 아니 우는 것보다 더 괴로워 보여 나는 입을 열지 못했다.

"약속을 이행할 사람을 찾아낸 것인가. 그 약속이 반드시 이루어지길 빌겠네. 약속을 이루는 자여, 그대도."

"저……."

무슨 말을 해야 할까 고민되었다. 아룬드나얀을 완성할 마음이 없지는 않았지만, 그것이 나의 목적인가? 언제부터 목적이 됐지?

나는 호그돈과 릴가에게, 그런 이야기 금시초문이라고 말할 수도 있었다. 아니, 알기는 알지만 그게 왜 중대한 일인지 모르겠다고 말할 수도 있을 것이다. 왜 내가 약속을 이루는 자가 되는지, 그거야말로 전혀 모를 이야기였다. 아버지가 내게 목걸이를 맡겼다는 이유 하나로?

그러나 유리카가 다시 고개를 들었을 때, 울지도 않고 해쓱해진 그녀의 얼굴을 보자 어떤 말도 꺼낼 수 없게 돼버렸다. 내가 무슨 말을 하더라도 결국은 유리카를 추궁하는 이야기가 될 터였다. 다른 사람들이 없는 곳에서 진지하게 묻는다면 이번에야말로 유리카도 설명해 주지 않을까?

그때 호그돈이 나를 보며 다시 물었다.

"그런데 자네들을 쫓던 그 이상한 생명체들은 무엇이었나?"

"그건……."

감정에 휩쓸리지 않도록 노력하면서, 나는 가능한 한 짧게 우리 마을의 비극과 어머니에 대한 이야기를 마쳤다. 다시 만나게 된 아버지와, 아버지의 신분에 대한 이야기를 약간 망설이며 꺼냈을 때, 나는 릴가의 눈이 이상한 빛으로 반짝이는 것을 보았다. 그러나 내가 묻기도 전에 그 빛은 사라져버렸다.

"그렇게 되었습니다. 그래서 저는 가게에 불을 질러서 태워버리고, 다음날 밤에 여행을 떠났지요."

"아가씨, 아니 유리카도 함께?"

나는 유리카를 쳐다보았다. 내가 많은 이야기를 하는 동안, 유리카는 평정을 되찾은 듯했다. 나는 그녀에게 미소를 보내며 말했다.

"아뇨. 유리카는 오는 도중에 만난 거예요."

그러자 호그돈과 릴가의 눈이 유리카 쪽을 향했다. 유리카는 망설이면서 조그맣게 웃었다.

"호그돈은 나에 대해 어느 정도는 알고 있을 테니, 굳이 숨긴다는 건 성실한 덕목이 아닐 수도 있겠네요."

그 순간 나는 에졸린 여왕 앞에서도 낮춤말을 쓰던 유리카가 어째서 이들에게는 높임말을 쓰고 있는지 의아해졌다.

릴가가 말했다.

"난 아가씨의 상처가 어떻게 그렇게 빨리 나았는지 궁금했어. 분명 절벽 위에서는 중상이었는데, 지금은 이렇게나 멀쩡하잖아. 이유를 말해줄 수 있을까?"

"나는 무녀예요."

짧고도 간단하게 말을 해치웠다. 릴가와 호그돈의 얼굴에 약간 당황한 기색이 흘렀다. 다시 릴가가 말했다.

"어떤?"

"제 옷을 보시고도 모르겠다곤 안 하시겠지요? 나는 죽음의 아스테리온, 한 번 죽은 자들에게 받은 상처 정도는 저절로도 나아요."

잠깐동안 다시 침묵이 흐르더니 이번엔 호그돈이 말했다.

"그건, 아스테리온 중에서도 아주 고위 무녀만이 가능한 건데?"

유리카는 대답이 필요 없다는 듯이 고개를 끄덕였다. 나는 새삼 유리카를 쳐다보았다. 묻고 싶은 말이 있는데 잘 입이 떨어지지 않았다.

"유리…… 그러면, 아까는 왜……."

내가 하고 싶은 말을 충분히 알아들었을 것이다. 그런 상황이라면 왜 내가 계속 다치도록 자신은 뒤에 물러나 있었는지. 정말 이런 말 하긴 싫지만, 그런 거였다면 오히려…… 나보다 더 앞에 나서서 싸웠어야 옳지 않아?

유리카는 고개를 저어 보였다.

"파비안, 그렇지 않아. 아스테리온 무녀는 그처럼 죽음의 질서를 벗어난 자들에게 직접 무기를 댈 수 없도록 되어 있어. 결국엔 나, 종단의 금기를 지키지 못하고 칼을 잡고 말았지만……. 근본적으로 나는 주문을 거는 것 말고는 그들과 대적해선 안 돼. 절벽 위에서 나는 네 검에 주문을 걸었었지, 내 칼이 아니라."

이해가 가지 않았다. 릴가와 호그돈도 끼어들지 않고 침묵을 지켰다. 직접 대항해선 안 된다고? 나를 통해서만, 그러니까…… 나를 도구로 삼아서만 대항할 수 있다고?

하고 싶은 말이 많았지만 다 말이 되어 나오지 않았다. 유리카는 가만히 내 얼굴을 바라보더니 말을 이었다.

"파비안, 나는 그들을 직접 베었던 만큼 내 영력(靈力)을 잃었어. 아스테리온의 신념을 꺾는 일이기 때문에, 그들에게 검을 대면 댈수록 무녀로서의 내 힘은 점점 더 약해지는 거야. 그러면 네 검에 걸었던 주문도 약해져 더 일찍 사라지게 되는 것이고. 내가 한둘을 더 베는 것보다, 네 검의 주문을 유지시키는 것이 더 중요다고 생각했어."

영력이라고? 나는 머리를 한 대 얻어맞은 것 같은 기분이었다.

무녀가 어떤 존재인지 잘 모르는 나라고 해도, 영력이 무엇인지 모를 만큼 무식하지는 않았다. 초자연적인 존재를 다루는 자들은 그런 일을 할 수 있도록 자신의 영적 단계를 높여야 하는데, 그걸 위해 말로 다할 수 없는 노력이나 고통이 필요하다고 했다. 게다가 그런 것을 한다고 반드시 영의 단계가 능력으로 환산되는 것도 아니었다.

더구나 그렇게 높아진 영의 단계는 언젠가 그 사람이 이스나에가 될 수 있도록 이끄는 바탕이었다. 세상 모든 존재가 이스나에가 될 가능성을 갖고 있지만, 실제로 이스나에가 될 수 있는 영의 단계를 쌓기까지는 몇 천 년 동안 다시 태어나야 하는 것이다.

그런데 그런 것을 소실시켰다고?

"넌…… 도대체……."

유리카는 심각해졌던 얼굴을 부드럽게 펴더니 한 마디 던졌다.

"네가 죽도록 놓아 둘 만큼 중요한 것은 아니야."

"흠, 으흠."

"흠흠, 큼큼."

갑자기 호그돈과 릴가가 헛기침을 하기 시작해서 나는 당황했다. 그들이 우리 사이를 오해하기 시작하는 듯했다. 나는 황급히 팔을 저으면서 아니라고 해명하려다가 옆구리가 쿡 결렸다.

"그게 아니…… 으윽!"

"이거 옆에 있기 미안한걸?"

"둘은 잘 어울리는 한…… 팀이군 그래."

릴가는 '한 쌍'이라고 말하려다가 내 얼굴을 흘끔 보더니 말을 정정했다. 유리카는 그저 미소를 지을 뿐이다. 저 애, 설마 아무렇게나 생각해도 좋다는 건 아니겠지?

이야기가 좀 더 오갔으나 유리카는 그 이상의 이야기, 그러니까 자신이 왜 나와 함께 다니고 있으며 그 목걸이와 무슨 관계가 있는가 하는 것에 대해서는 일절 말하지 않은 채 다른 이야기들만 했다. 나조차도 처음 듣는 유리카의 고향 이야기도 나왔다. 그녀의 고향은 서부 이스나미르, 로존디아와의 변경에 면해 있는 마을이며 달크로이츠 영지에 속해 있다고 했다. 거기는 꽤 북쪽인데도 엠버리 영지만큼 춥지는 않단다. 멋진 샘과 좋은 사람들이 있는 소박한 마을이라고 그녀는 말했다.

"멋진 곳이겠네. 거길 언제 떠난 거야?"

"글쎄, 기억하지 못할 만큼 오래 됐는걸."

"에이, 그럼 지금은 전혀 다른 모습일 수도 있겠네."

대륙 전체를 여행하기라도 한 양 말하던 릴가도 거기까진 가본 일이 없다고 말했다. 2백 년도 넘게 살았지만 켈라드리안에서 한 발짝도 나가본 일이 없다는 호그돈도 물론 마찬가지다. 나는 새로운 생각이 떠올라서 입을 열었다.

"그럼, 우리 거기 한번 들러볼까?"

아참, 유리카가 이유 없이 이 여행을 서두르고 있다는 걸 깜빡 잊었군. 유리카는 정색을 했다.

"그렇게 한가하지 않아, 우린."

나는 절벽의 괴물들이 어떻게 되었는지 물어 보았다. 대부분 죽었을 것이고 나머지는 어떻게 되었는지 모르겠다고 호그돈이 말하는 가운데 새로운 사실이 드러났다. 글쎄, 우리를 구한 것은 호그돈 혼자가 아니라지 뭐야.

릴가는 약간 흥분한 것 같았다.

"내가 얼마나 많은 괴물들을 베었는데! 한 번 검을 휘두르면 서넛씩 잘려 나가고…… 호그돈이 몸집이 크고 또 자네들 가까이 있었으니까 그가 다 한 것처럼 생각하는데, 그건 정말 실례야! 나는 20년도 넘게 검과 함께 한 대륙 최고 수준의 검사로서 그런 괴물쯤은 문제도 되지 않……."

실례라고 하니까 가만히 있는 편이 나을지 몰라도, 난 정말이지 못 봤단 말씀이야.

"저, 그러니까…… 어느 쪽에 계셨죠?"

유리카도 생긋 웃더니 한마디 했다.

"숲 안쪽에 계셨던가요?"

"……."

릴가는 더 이야기할 의욕을 잃었는지 입을 다물고 말았다. 물론 우리는 잠시 후에 아이들처럼 삐진 릴가를 달래기 위해 그의 무훈을 마치 전설 속의 용사, 또는 녹보석의 기사나 뭐 그런 것이라도 되는 양 떠들어대지 않으면 안 되었다.

"시간이 늦었군."

호그돈이 일어나 창을 열고 밖을 내다보더니 말했다. 통나무집에 창도 있고, 정말 잘 만들어진 집이었다. 밖은 캄캄했다.

릴가가 기지개를 켜면서 말했다.

"그럼, 다른 이야기는 다음 날 하기로 하고, 오늘밤은 푹 자도록 하게나. 아가씨, 아니 유리카는 하나밖에 없는 침대를 파비안에게 뺏겨서 안됐는걸? 호그돈은 침대에서 자질 않아. 긴 의자에 이불을 두툼하게 깔아주지."

"네, 감사합니다. 의자를 갖다 주시면 그냥 이 방에서 자겠어요. 파비안이랑 좀 더 이야기하다가 잘게요."

"그러시게."

갖가지 의문이 덜 풀린 상태로 세 사람과 한 거인—주아니는 말이 내내 없기에 보니까 좀 전부터 자고 있었다—의 대화는 끝났다. 호그돈이 나가더니 아주 손쉽게 긴 의자를 날라 왔고, 릴가가 그 위에 요를 몇 겹으로 깔아 주었다. 둘은 호그돈의 방에 가서 잔다면서 나갔다.

"이거, 호그돈 자네가 한번 굴렀다 하면 나는 그냥 즉사야. 알지? 조심해, 조심해."

나가면서 릴가가 농담조로 하는 말이 들렸고, 호그돈의 웃음소리가 들려오더니 멀어졌다. 둘이 나가자 유리카는 자기의 잠자리를 확인하고는 내 곁으로 다가와 의자를 끌어 앉았다.

난롯불이 타닥타닥 기분 좋게 타올랐다. 따뜻한 침실에 편안히 누운 채 내 눈을 보는 유리카의 얼굴을 올려다보자니, 낮에 있었던 일들이 마치 꿈만 같았다. 내가 했던 모든 일들도 다 아득한 옛일 같다.

유리카는 나를 보며 가볍게 미소했다.

"그동안 내 이야기를 해주지 않고 숨겨서 미안해."

"미안하면 마저 다 털어놔 봐. 응?"

"한 가지는 말할 수 있을 거야. 조금 전에 말한 대로 아룬드나얀을 완성하는 것이 너와 나의 임무가 될 거란 것."

"그게 잘 이해가 안 돼. 왜 하필 나야? 또 너는 왜? 넌 이 목걸이를 갖고 있는 나를 일부러 찾았던 거야? 세르무즈에 가는 건 할아버지 때문이라고 했잖아."

"파비안."

유리카가 내 눈을 들여다보았다.

"그래. 너와 내가 만난 건 우연이 아냐. 그것만은 확실하게 말해둘게. 하지만 이것도 꼭 알아줘. 난, 그런 목적만으로 널 대하고 있지는 않아. 우리가 서로를 위해 등을 맞대고 싸웠다는 것을, 난 결코 잊지 않을 거야."

"……."

얼굴이 약간 뜨거워졌다. 나도 잊을 수 없을 것이다. 서로를 지키려고 자신의 중요한 것들을 걸었던 그때를 말이다.

유리카가 생긋 웃으며 덧붙였다.

"그리고 할아버지를 찾으러 간다는 말도 거짓말은 아니야. 일단 가자고. 가보면 다 알게 돼."

"그래. 호그돈이 말했던 것처럼, 너한테 사정이 있다면 나도 기다려 볼게. 네가 언젠가 직접 말해줄 때를 말이야."

내가 조바심을 덜 내게 된 것은 호그돈이 자기보다 훨씬 작고 약한 인간들을 친구로서도, 여행자로서도 존중하는 태도에 감명을 받아서이기도 했다. 확실히 여행을 하면 배우는 것이 생기는구나.

나는 세웠던 등을 눕히고 편안하게 누웠다. 그렇게 움직이는 것도 꽤 힘들었다. 유리카가 의자에서 일어나서 내 등을 부축해 주었다. 유리카의 덜 마른 머리카락에서는 깨끗하면서도 시원한 풀 향기 같은 것이 났다.

"우리가 아까 싸웠던 것 말야, 네 말대로 정말 암흑 아룬드의 영향이었을까?"

"아마 그럴 거야. 나도 이유 없이 화가 나서 주체할 수가 없었으니까. 그래서 괜한 억지도 부리고. 암흑 아룬드는 동료 간의 불화를 의미하는 달이기도 하지."

"아냐, 나야말로 지나치게 트집을 잡았으니까. 지금 생각하니 정말 이해가 안 가는 일이야."

"나도 마찬가진걸."

우리는 마주보고 빙긋 웃었다. 이러고 있으니 싸웠던 것이 어린애 장난이었던 것처럼 생각됐다.

"무녀라는 사실은 왜 지금까지 숨겼어? 이렇게 밝힐 거였다면, 굳이 숨길 것까진 없었잖아?"

내 질문에 유리카는 자조적인 미소를 입가에 떠올렸다. 머리맡의 램프를 줄이고 나니 난롯불을 받아 발그레한 유리카의 얼굴은 약간 신비스럽게까지 보였다.

"사람들은 죽음의 무녀 곁에 가고 싶어 하지 않아. 누구나 존경하지만 동시에 두려워하지. 나는 그것을 알고 있어. 너라고 다를 거라는 상상은 함부로 하기 어려웠어. 아냐, 너의 진심을 의심해서가 아니야. 솔직히 네가 지금 아무렇지도 않게 생각하는 것도 아스테리온에 대해 잘 모르기 때문이라는 생각이 들어."

"내가 그럼, 아스테리온에 대해서 잘 알게 되면 너를 대하는 태도가 바뀔 거다, 그런 말이야?"

나는 약간 화가 난 듯한 표정을 지어 보였다. 유리카는 고개를 기울이면서 불을 바라보고 있었다.

"그럴지도 모르지. 아냐, 그럴 거야."

"그런 식으로 말하기야?"

유리카는 대답 없이 일어나더니 그녀의 손 위에서 잠든 주아니를 폭신한 수건으로 가볍게 쌌다. 그런 다음 앉았던 릴가의 의자를 난롯가에서 약간 떨어진 곳에 옮겨 놓더니 그 위에 얹어 놓았다. 주아니는 세상 모르고 곤하게 잠들어 있었다. 쟤가 예순 다섯 살이라니, 세상에 다섯 살이라도 믿겠다.

유리카는 다시 돌아와 침대 끝에 앉았다.

"아냐, 그런 식으로 생각하지 말자. 그래, 모르는 일이니까 그런 이야기는 하지 말자."

그러더니 유리카는 하품을 했다. 나는 실컷 잤지만 유리카는 그다지 쉬지 못한 모양이었다. 더 물어볼 수도 있었지만 유리카가 졸린 모양이니 이야기는 다음으로 넘기기로 마음먹었다. 어쩌면 하품은 의도적인 것이었을 수도 있지만 그런 것은 아무래도 상관없었다. 하고 싶지 않은 이야기라면 하지 않아도 돼.

"그만 자."

"그래, 그래야겠다."

유리카는 일어나며 내게 말했다.

"잘 자. 악몽 꾸지 말고."

"너도."

램프 불빛이 천천히 줄어들다가 깜빡깜빡하더니 드디어 꺼져버렸다. 장작불이 타닥거리는 소리만 가끔 들리는 가운데 나는 홀로 누워 붉은 빛이 어른거리는 천장을 바라보았다. 천천히 졸음이 밀려왔다.

나는 살아있어. 아마도…… 운이 좋았기 때문에.

나흘이 아무 일 없이 지나갔다.

매일 혼자 죽을 먹으면서 옆에서 성찬을 즐기는 것을 바라보는 고통만 제하면 상당히 쾌적한 나날이었다. 숲 속의 통나무집은 지내기가 좋았고, 두 주인은 친절했으며, 유리카는 어느 때보다도 쾌활해 보였다. 주아니까지도 이 집을 마음에 들어 했다.

그리고 내 몸은 차츰 나아지고 있었다.

또 한 가지 놀라운 사실도 알게 되었다. 릴가는 우리 아버지와 아는 사이였던 것이다. 그것도 시시하게 지나가다 한두 번 마주친 사이가 아니었다.

처음 아버지 이야기를 꺼냈을 때 그가 눈을 반짝이던 이유를 알게 된 것은 다음 날 오후쯤이었다. 릴가는 내가 혼자 누워 있는 방으로 들어와 다가앉더니 다짜고짜 물었다.

"아르킨은 요즘 잘 지내나?"

아르킨이 누구인가 잠깐 생각해야 했을 정도로 갑작스런 질문이라, 나는 눈을 끔뻑이면서 그를 올려다보았다. 그가 빙그레 웃었다.

"만났다면서. 어때? 괜찮아 보이든?"

"그…… 그렇긴 한데, 우리 아버지를 어떻게……."

릴가는 손을 내저으며 웃음소리를 내었다.

"예의바르게 물으려고 애쓰지 말게. 나는 그와 옛 친구 사이야. 나도 처음에 자네 머리 색깔을 보고 떠오르는 사람이 있다 싶었지. 게다가 자네 말야, 아버지 젊었을 때랑 꼭 닮았어."

"옛 친구요?"

이거 참 놀랍다. 이런 데서 아버지 친구를 만나게 되다니.

릴가는 아버지가 구원 기사단에서 수련 기사로 지내던 시절, 함께 짝지어 다니던 수련 기사였다고 했다. 절친했던 사이라는 말도 빼놓지 않았다. 그러나 아버지가 정식 기사가 되고 빠르게 기사단에서 인정을 받는 동안, 그는 내내 정식 기사조차 될 수가 없었다고 했다. 그는 이런 말을 웃으면서 쉽게 했지만 나는 그가 아버지를 어떻게 생각했을지 문득 궁금해졌다.

"그저, 별 거 아니었어. 아르킨과 나는 길이 다른가 보다, 그렇게 생각했지. 아르킨이 구원 기사단 안에서 서열 6위인 프랑드(봄)의 기사로 결정되었을 즈음, 나는 수련 기사 짓을 때려치우고 방랑의 길을 택했지. 정말이지 비교도 안 되게 재미있었어. 왜 지금까지 멍청하게 거기 눌러앉아 세월이나 보내고 있었나, 한심하게 여겨질 정도로 말이야."

"……."

릴가는 정말 아무런 사심도 없는 듯 싱글싱글 웃으면서 옛이야기를 계속했다. 그는 곧 호그돈을 만난 이야기며, 어디서 무슨 아가씨를 만나고 어떻게 헤어졌다는 둥 자기가 겪은 과거의 모험들을 신이 나서 늘어놓았다. 처음의 이야기로 돌리기 위해선 말을 끊고 뭐라도 묻지 않으면 안 될 지경이었다.

"그럼, 그 후로 아버지는 한 번도 못 만나셨어요?"

"왜, 만났지. 방랑이란 게 그래서 좋은 것 아닌가. 온 대륙을 돌아다니다 보니 님–나르시냐크에도 다시 가보고 싶은 생각이 들더군. 그래도 꽤나 오랫동안 그 구원 기사인가 뭔가를 해보고 싶어 했지 않은가? 그럭저럭 하다가 예모랑드 영지에도 가보았고. 하르마탄 섬은 정말 가볼 만한 가치가 있는 곳이더군. 바다의 풍광이 아주 그만이었어. 언젠가 죽기 전에 다시 한 번쯤 가보고 싶은 곳이야. 그 곳의 항구는……."

"만나서, 어떠셨어요?"

"좋았지."

릴가는 어린아이처럼 순수하게 싱긋 웃었다. 그 웃음은 거인 호그돈을 연상케 하기도 했고 일견 나르디를 떠오르게 하기도 했다. 그러나 역시 호그돈 쪽에 가까웠다. 7년이나 숲 속에서만 산 사람은 저렇게 되는 걸까. 그와 호그돈은 서로 닮아 가는 중일까.

"옛 친구 만나서 안 좋은 사람 있겠어? 나는 정말 해주고 싶은 이야기가 많았지. 방랑하면서 들은 수많은 얘깃거리며 재미있었던 사건이나 아슬아슬한 위기 등등……. 그런데 아르킨은 워낙 세상일에 치이다 보니 그런 이야기를 다 들을 여유가 없어 보이더군. 뭐 어때. 역시 녀석과 나는 길이 달랐거든. 녀석은 자기 일에 만족하고, 나는 내 생활에 만족하고. 물론 대접은 기가 막히게 잘 받았지. 언제 한번쯤 다시 가볼까나……."

이윽고 릴가는 그 날 오랜만에 만난 김에 아버지와 검 대련을 했었다는 이야기를 꺼냈다. 그거야말로 내 눈을 반짝거리게 할 만한 이야기였다. 그는 아버지가 오랫동안 기사단 내의 각종 사무에 시달렸으면서도 검 실력이 전혀 녹슬지 않았고, 오히려 녹슬기는커녕 더 발전한 것 같았다며 아버지를 침이 마르게 칭찬했다.

"놀랍더군. 나도 스스로 꽤나 발전했다고 자부했었는데, 그 이상이었어."

"지금은요?"

어린아이 같은 질문이란 건 알지만 나도 역시 한 아버지의 아들이라, 우리 아버지가 세상에서 가장 강하다는 말을 듣고 싶은 모양이다. 릴가는 씩 웃더니 대답했다.

"지금, 지금이라……. 모르긴 해도 릴가 하이로크가 두 명은 있어야 당하지 않을까? 아냐, 한 명 반쯤이면 될까? 뭐야, 어쨌든 두 명이고 한 명 반이고 간에 그렇게는 될 수 없으니 졌다고 봐야지. 아르킨이 나 안

보는 동안 어디 박혀서 술만 실컷 마셔대고 허송세월이나 했다면 모를까. 그 녀석 그럴 리가 없지. 아주 철저한 친구라고. 수련 기사들 중에서 제일 먼저 발탁되어서 정식 기사가 되고 그렇게 빨리 기사단장직에 오른 것도 결코 가문 탓만은 아니야."

나흘째, 이제 걸어 다닐 만큼 몸이 회복된 나는 릴가가 아침마다 검 연습을 한다기에 그걸 구경하려고 통나무집 앞마당에 나와 앉아 있었다. 앞마당에는 큼직한 거위들이 꽥꽥 소리를 질러가며 돌아다녔다. 나중에야 안 거지만 거인 호그돈은 나와 유리카가 처음 찾아왔던 때 거위를 데리고 산책을 하러 갔다고 했다. 우리가 보았던 커다란 닭장의 정체는 거위장이었다. 호그돈은 어린아이 키만 한 커다란 거위를 스무마리나 키우고 있었고 사람들이 개를 키우며 사랑하듯 그 거위들을 사랑했다.

솔직히 개를 데리고 산책을 간단 이야긴 들었어도 거위하고 산책한다는 이야긴 난생 처음 들었다. 그것도 숲으로 말이야.

릴가는 몸을 풀고 시작하려는 듯 검 대신 나무 막대를 들고 이리 저리 휘두르고 있었다.

"얍!"

"이엽!"

"헙!"

"하아압!"

"……."

언제 제대로 시작할건지, 원.

두 사람은 내 몸이 다 나을 때까지 쉬었다 가라고 친절하게 말했고 그래서 우리는 지금 여기서 '세월'을 보내고 있다. 나는 에졸린 여왕이 아르단드를 통해 전했던 '그들이 이번 달에 피해야 할 것들을 알려줄 것이다' 라는 말을 기억해 냈지만 그들은 정말 아무 것도 모르는 양 그런 이야기는 입 밖에도 내지 않았다.

또 하나 이상한 건, 유리카가 예전과 달리 별로 조바심을 보이지 않는다는 점이다. 요즘 유리카는 상냥하고 발랄한 농가의 소녀처럼 시간을 보냈다. 거위들을 먹이고, 청소도 하고, 숲 속을 돌아다니기도 하고. 아직 자리보전하고 있는 나야 거기 따라갈 수가 없지만 말이다. 혹시 괴물들의 잔당이 남아 있을지 모르니까 함부로 숲 속을 돌아다니지 말라고 말하자, 유리카가 아무렇지도 않다는 듯 자기 칼자루를 툭툭 쳐 보이는 바람에 나는 기가 막혀 소리를 질렀다.

"야! 너 또 영력을 깎아먹었네 그딴 소리나 하려고 그래?"

"내 영력이지, 네 영력이냐?"

"그러지 말고 가서 거위 먹이나 주든지……."

"너야말로 빨리 나아서 식사 준비라도 거드는 게 어때?"

……정정하겠다. 유리카와 나는 '농가의 남매' 같았다.

릴가는 한참 동안 몸을 풀더니 막대를 한쪽으로 던지고 기운차게 외쳤다.

"어때, 음악 틀고 할까?"

유리카와 나는 얼굴을 마주 보았다. 음악!

릴가는 집안으로 들어가더니 이상하게 생긴 조그만 상자를 가지고 나왔다. 상자 옆에는 빙글빙글 돌리면 돌아갈 듯한 손잡이가 튀어나와 있고, 그 위에는 나팔 같은 것이 달려 있다.

"해 볼까?"

릴가는 손잡이를 잡더니 장난스럽게 속력을 내어서 돌렸다.

드르륵, 드르륵, 드륵, 드륵.

우리가 궁금해서 말조차 멈추고 있는 참인데 릴가가 드디어 돌리기를 멈췄다. 그러더니 우리에게—사실은 거의 유리카에게—눈을 찡긋해 보이며 손을 손잡이에서 뗐다.

"어어……."

우리가 처음 왔을 때 들었던 그 음악이잖아?

농부들의 춤곡 같은 그 음악에 맞춰 장난스럽게 한 바퀴 돈 릴가는 유리카에게 손을 내밀었다.

"한 곡 추실까요?"

유리카가 내 쪽을 보며 생긋 웃어 보였다. 너 설마…….

"좋아요."

이거야 정말.

릴가와 유리카가 마당에서 신나게, 반쯤은 엉터리로 빙글빙글 돌고 있는 동안 나는 그 상자가 어떻게 된 물건인지 궁금해서 어쩔 줄을 몰랐다. 망가질까 봐 감히 만져보지는 못하고 몸이 허락하는 한 고개를 꼬아 가며 이리저리 들여다보았다. 음악이 흘러나오는 동안 손잡이가 조금씩 돌아가고 있다. 처음에 릴가가 돌렸던 반대 방향으로.

상자는 몹시 낡아 있었다. 한 1백 년은 묵은 것 같았다. 나는 목소리를 높였다.

"이거, 어떻게 된 거예요?"

"몰라. 내 거 아니고 호그돈 거야."

그래서 나는 이 당혹스런 물건을 앞에 놓은 채, 이유 없이 나를 기분 나쁘게 만드는 듯한 둘의 춤을 지켜보고 있었다. 음악은 멈출 줄 모르고 계속 반복됐다. 가만히 들어보니 짤막한 멜로디가 계속 되풀이되고 있었다. 나는 '촌놈'이라고 이마에 붙여놓은 셈치고 아예 일어서서 상자 주위를 빙글빙글 돌기 시작했다.

"어이, 다들 뭘 그렇게 돌고들 있어?"

호그돈이었다.

우리는 얼굴에 제각기 자기 나름의 웃음을 머금고 그를 바라보았다. 계면쩍은 웃음, 우스운 일을 들킨 것을 숨기려는 의도가 가득한 폭소, 아무렇지도 않다는 듯한 발랄한 까르르 소리.

"릴가, 자네 오늘은 검 연습 대신 춤 연습인가? 건너 마을에 예쁜 아가씨라도 하나 봐 뒀나?"

"예쁜 아가씨라면 여기 이 아가씨 만한 사람이 없던데?"

"예쁜지는 몰라도 춤 솜씬 엉망이죠?"

유리카는 재치 있게 대답하더니 내 쪽으로 다가와서 같이 상자를 들여다보았다. 유리카도 굉장히 신기해하는 눈치였다. 유리카가 나한테 뭘 설명해주지 않고 함께 신기해하는 건, 참 쉽게 볼 수 있는 일이 아니었다.

"정말, 신기하네?"

호그돈에게 물어 봤지만 그도 이걸 어디서 구했는지 하도 오래 되어서 잊어버렸단다. 자기가 만든 것도 아니고, 만졌다가는 망가져 버릴까 봐 속을 들여다 본 일도 없다고 말했다. 하긴 거인의 그 손가락으로 만져보았자 좋은 일은 없었을 것 같긴 했다. 그래서 우리는 더더욱 궁금해졌지만 결국 궁금증을 해소 못한 채 아침을 먹을 수밖에 없었다.

"릴가, 오늘은 검 연습 보여준다더니 이상한 것만 보여줬네요?"

"하하, 내일이라도 보여 주지 뭘."

좀 있다가 보여주겠다는 말은 농담으로도 하지 않았다. 호그돈은 릴가가 검을 들고 휘두르는 것은 아침나절밖에 없다고 했다. 그 밖의 시간은 모두 다른 일을 하면서 보냈다. 가끔 나무 막대를 들지는 몰라도 낮 시간에 검은 절대 만지지 않는 것이 그의 철칙이었다.

물론, 저번처럼 위험에 처한 소년 소녀들이 있을 때는 예외라고 그는 말해 주었다.

잽싸게 식사를 끝낸 유리카는 거실에서 혼자 식사를 하고 있는 호그돈에게 이야기 상대나 해준다며 밖으로 나갔다. 유리카가 나가자 나는 얼마 전부터 꼭 하고 싶었던 말을 꺼냈다.

"저기요, 그러지 말고 저 몸 좀 나아지거든 검술 지도를 해주시지 않으실래요? 우리 아버지는 대단하실지 몰라도 저는 18년 간 잡화점 일로만 잔뼈가 굵어서 검하고는 도통 거리가 멀거든요. 덕택에 여행하다 보니 불편이 많네요. 좀 배웠으면 하는데 부탁드려도 될까요?"

"왜, 아버지한테 가서 검 솜씨 자랑하고 싶어?"

릴가는 내 죽을 한 숟가락 뺏어 먹으면서 그렇게 말했다. 자기는 보기만 해도 군침이 고이는 음식들을 산처럼 쌓아 놓고서 뭐하는 거야, 글쎄.

"아니면, 내 검 솜씨를 한 번 시험해보고 싶어서?"

"무슨 소리예요? 그런 실력이 있으면 부탁하지도 않는다고요."

릴가는 다시 자기 식사로 돌아가 입 안에 파이 조각을 던져 넣으면서 의외의 말을 꺼냈다.

"무슨. 저번에 자네 실력은 익히 봤어. 우리가 오기 전에 몇이나 베어 넘겼는지 알아? 서른 놈 이상이야, 서른. 자네 나이에 쉽게 가능한 일이 아니라고."

"유리카도 있었는걸요……."

나는 말끝을 흐리면서 생각에 잠겼다. 내가 정말 검 솜씨가 늘었나? 그땐 무아지경에서 싸웠기 때문에 제대로 숫자를 셀 경황은 없었는데. 아냐, 본래 아버지의 피를 이어받아서 체질이 전사였다거나, 조금만 가르쳐도 대단한 실력을 갖게 되는 전설 속의 천재적인…… 으으, 그만하자.

릴가는 잠깐 동안 입 안의 것을 씹는데 열중하고 있다가 꿀꺽 삼키고는 내 쪽을 바라보았다.

"뭐, 좋다면. 못 가르칠 것도 없지. 이거 아르킨이 나중에 알면 비웃겠는데."

"그럴 리가요."

웃으면서 반쯤은 장난처럼 부탁했지만, 나는 이제 내 몸을, 그리고 좀 더 넓게는 나와 여행하는 동료의 생명을 지켜야 한다는 사실을 절실하게 느끼고 있었다. 그러기 위해서는 주먹구구의 실력으로는 안 된다.
내 옆에서 누군가가 죽는 모습은 더 보기 싫다.

그건 정말, 정말 재미없는 일이다.

검은 비가 내렸다.

사흘째 그치지 않고 내렸다. 처음 보는 것도 아니건만, 매해 이 비를
볼 때마다 섬뜩한 느낌이 드는 건 어쩔 수가 없었다. 어떻게 저렇게 먹
물처럼 검고 끈적거리는 비가 내릴 수 있을까.

낮인데도 밖은 어두웠고, 태양은 분명 떴겠지만 아마 보이지 않을
것 같았다. 창 덧문까지 꼭꼭 닫았지만 비 떨어지는 소리는 끊이지 않
고 들렸다.

검은 비가 내릴 때에는 밖에 나가지 못했다. 따라서 암흑 아룬드가
오기 전에 음식을 많이 저장해 놓는다고 했다. 통나무집 옆에는 커다란
저장고가 딸려 있고, 뭔가 가지러 갈 때를 대비해서 본채와의 사이에
지붕도 잇대어져 있었다. 하긴 거인 호그돈이 먹는 양을 생각할 때, 웬
만한 저장 갖고는 어림없을 것 같기도 했다.

거기엔 숲 밖 마을에서 가져온 각종 식료품들, 그리고 릴가와 호그
돈이 사냥한 여러 산짐승들의 고기가 잘 손질되어 천장에 주렁주렁 걸
려 있었다. 훈제 소시지나 포도주 통, 순무나 양파, 귀리와 밀 같은 곡
식, 설탕이나 소금 같은 것들도 잔뜩 저장되어 있었다.

밖에 나가지 못하니까 다들 조금씩은 우울해져 있었다. 점심식사를
하던 도중 유리카가 말을 꺼냈다.

"비가 그치는 대로 떠나겠어요."

미세하게, 다들 서로 눈치채지 못할 정도로 나이프와 포크를 멈췄다가 다시 움직였다. 유리카는 다시 말했다.

"이제 파비안의 몸도 거의 나았고 하니까요. 비가 그치면 떠날게요."

잠시 동안 포크와 접시가 달그락거리는 것 말고는 아무 소리도 들리지 않았다. 요즘 들어 밤낮으로 밝히고 있는 커다란 램프가 나무 바닥에 붉은 빛을 뿌렸다.

"암흑 아룬드엔 언제 다시 비가 올지 몰라."

호그돈이 한참 만에 무겁게 입을 열었다. 릴가가 고개를 끄덕이며 말했다.

"암흑 아룬드에 여행하는 것은 바보 같은 일이야. 봄에, 아르나 아룬드가 되거든 가라구. 아르나 강을 따라 가다가 아르나 시도 보고 말야. 좋잖아? 계절에 어울리는 일이기도 하고, 또……."

"고마운 말씀이지만, 그렇게까지 한가하지 못해요."

유리카는 딱 잘라 말하더니 다시 입 안에 빵을 잘라 집어넣었다. 나는 말없이 생각해 보았다.

오늘 아침 날이 밝았을 때, 암흑 아룬드가 이미 반이나 지나갔다는 사실이 내 마음속에 떠올랐다. 암흑 아룬드는 후반으로 갈수록 더욱 일기가 나빠진다. 아르나 아룬드가 되어서 날씨가 갑작스레 확 개일 때까지, 다시는 봄이 오지 않을 것처럼 점점 더 최악으로 치닫는 것이다. 어린아이 시절에는 이런 날씨가 영원히 계속될 것 같아서 두려워한 적도 있었다. 암흑 아룬드 후반에 여행하는 것은 초반보다 두 배는 더 위험한 일이었다.

그렇다면 유리카는 그런 위험을 무릅쓰고 일찍 떠나서 무엇을 얻을 수 있다고 생각하는 걸까?

그리고, 호그돈은, 에졸린 여왕의 부탁이라는 한 가지 이유만으로 이렇게 우리를 오랫동안 보살펴 주고, 아니 이제는 더 붙잡아 놓으려고까지 하는 이유가 뭘까?

그렇게 생각하니 이제는 물어야겠다는 확신이 섰다.

"우리가 아르단드를 만나서 이 집에 머무르라는 제의를 받았을 때, 그 집의 주인이 우리에게 해 줄 말이 있으리라는 이야기도 들었어요."

호그돈이 묵묵히 얼굴을 들어 나를 보더니 다시 음식에 열중했다. 그런 일은 자기는 모른다던가, 아니면 말할 생각이 없다거나, 어느 쪽도 아니고 그저 묵묵부답으로 고기만 씹고 있었다. 내 몸이 나아진 후로 요즘은 부엌에서 모두 함께 식사를 했다.

"릴가는 어때요? 우리한테 할 이야기가 있지 않나요?"

"음……."

약하게 희석시킨 포도주를 한 모금 마시더니 릴가는 눈을 감고 생각에 잠긴 듯한 표정을 지었다. 그러나 여전히 말은 하지 않았다. 평상시 그의 모습과는 딴판이었다.

잠깐의 침묵 후에 유리카가 말했다.

"파비안, 더 물을 필요는 없어. 이 두 분은 우리를 얼마간 잡아 놓으라는 이야기를 들으셨을 거야. 에졸린 여왕은 우리가 그 악령의 노예들을 만날지도 모른다고 걱정했던 걸 거야. 그렇지만 우리는 처음 여기도착했을 때 판단을 잘못해서 다시 떠나버렸고, 그래서 이미 지독한 고생을 겪고 말았지. 물론 이제 길을 떠나게 된다면…… 어쩌면 또 만나게 될지도 모르지만."

'악령의 노예' 말고도 그 괴물들을 부르는 이름에는 '죽음이 내친 자식', '백열의 시체' 등등 몇 가지가 더 있다고 했다. 호그돈은 저 괴물들이 어디에서 생겨난 것인지는 몰라도, 2백여 년 전에도 세상에 존재했다고 말해줘서 나를 놀라게 했다. 그 2백 년 동안 저들은 어디에 숨어 있다가 다시 나타났을까?

유리카가 그렇게 말하자 호그돈이 고개를 저으며 입을 열었다.

"그것이 전부는 아니야."

유리카는 마치 예상했다는 듯이 고개를 호그돈 쪽으로 돌렸다.

"그렇다면 말씀해 주세요."

식사가 마침 끝났다. 호그돈은 입가를 냅킨으로 닦으며 일어서더니 말했다.

"그래, 에졸린 여왕님의 말씀을 전해 주지. 그렇게까지 말하니 이제 다 이야기할밖에."

이날의 식사를 치우는 것은 나와 유리카의 몫이었다. 나는 그릇들을 들고 나르면서 유리카에게 물었다.

"이번에도 서두르는 거야? 왜 서두르는지 내가 좀 알면 안 돼? 그러면 나도 함께 서둘러 줄 것 아냐."

"아직은, 아직은."

여전히 수수께끼 같은 대답을 하기에 이번에는 달리 물었다.

"비가 그치면 무슨 일이 있어도 떠날 참이야?"

"호그돈의 이야기를 들어 봐야지. 그렇지만 일단은 떠나는 쪽이야."

"내가 가지 않는다 해도?"

유리카는 접시를 들고 가다가 잠시 멈추었다.

"……그렇지는 않아."

식탁을 치운 뒤 유리카는 차를 한 잔씩 만들어서 돌렸다. 우리는 난롯가에 큼직한 사슴 가죽 깔개를 깔아 놓고 그 위에 둘러앉아서 차를 홀짝였다. 유리카가 난롯불을 바라보고 있다가 고개를 돌려 호그돈을 바라보자 그는 기침 소리를 내었다.

"파비안과 유리카, 그대들이 만나야 할 사람이 있어."

"그게 누구죠?"

유리카가 빠르게 묻자 호그돈이 가볍게 손을 내저었다.

"일단, 내 이야기를 끝까지 듣게."

낮인데도 끊임없이 내리는 검은 비 때문에 주위는 어두웠다. 켈라드리안의 페어리들이 약간 걱정이 되었다. 지붕이 없는 숲 속에서 그들은 무엇으로 이 검은 비를 피할까?

"그는 앞으로 사흘 안에 여기에 도착할 것이네. 아니, 그들이라고 해야 맞겠군. 그들을 꼭 만나고 가도록 해 달라는 부탁을 받았어. 물론 자네들을 위한 일이지. 파비안이 심하게 다쳐서 요양을 해야 했기에 굳이 부탁 받았다고 이야기할 필요가 없었네만, 유리카가 이제 떠나겠다고 하니 말하지 않을 수가 없군."

"그들이 누구죠?"

"예언자…… 검은 예언자들."

나는 붉은 난롯불빛 속에서도 유리카의 얼굴이 일순 어두워지는 것을 놓치지 않았다. 그녀는 당장 일어설 것처럼 몸을 움직였다.

"그들이 무엇 때문에?"

"나는 몰라. 그러나 그들을 꼭 만나야 해."

"만나지 않겠어요."

"유리카."

호그돈은 묵직한 목소리로 유리카를 불렀다. 나는 검은 예언자들이 누구인지 몰랐다. 그러나 유리카가 눈에 띄게 불안해하는 것만은 알 수 있었다. 나는 둘을 번갈아 보다가 말했다.

"그들이 누구인지는 모르나, 유리카가 절대 만나고 싶지 않은 사람들이라면 만나게 하고 싶지 않습니다. 그러니까 좀 더 자세히 이야기를 듣고 싶군요. 그리고 유리카, 네가 왜 그들을 만나고 싶지 않은지에 대해서도 말야."

"옳은 말이야."

한참 동안 가만히 있던 릴가가 문득 손뼉을 딱 치면서 그렇게 말했다. 그러고는 다시 침묵이었다.

"그들을 꼭 만나야 한다는 건 에졸린 여왕님의 생각인가요?"

호그돈이 대답했다.

"그렇다고 할 수 있네."

"뭐라고 이유를 말씀하시던가요?"

"자네들이 여기서 그들을 만나지 않고 떠난다면 다시는 만날 기회가 없을 것이고, 그렇게 된다면 언젠가 마지막 일을 그르치게 된다고 하셨다. 페어리의 여왕이란 단순한 존재가 아니지. 켈라드리안의 품 안에서 아마도 가장 오래된 생명일 그녀에게는 지난 일과 앞으로 올 일을 연결할 수 있는 일종의 예지가 깃들여 있다네."

"더 많은 말씀은 없으시고요?"

호그돈이 고개를 끄덕이자 나는 유리카의 얼굴을 보았다. 그녀의 얼굴은 눈에 띄게 흐려져 있었다.

"그럼 유리, 왜 그들을 안 만나겠다는 거야?"

"……."

유리카는 침묵을 지켰으나 계속 대답을 기다리고 있는 나 때문에 결국 입을 열었다.

"그들은 검은 예언자, 나는 검은 옷의 아스테리온이라고 불리는 죽음의 무녀. 비슷하게 들리겠지만 우리들은 완전히 달라. 서로가 만나는 것을 극도로 꺼리는 상극자의 힘이며 부딪치는 힘이야. 실제로 서로 만나는 것은 금기로 되어 있어. 사실 검은 예언자란 어떤 인간이든 일생에 단 한 번도 만나기 어려운 자들이기에…… 그런 금기가 평상시엔 소용이 없는 것이지만, 그렇다고 없는 금기라고 생각할 수는 없어. 왜냐고 묻고 싶겠지?"

"물론이야."

"생명의 무녀라는 흰옷의 듀나리온들도 자연 신앙가인 트루바드 음유시인들과는 접촉하지 않아. 왜? 그들도 근원을 따져 보면 동일하다고 할 정도로 같지만, 힘을 사용하는 방식이 반대이기 때문이야. 트루바드들이 자연의 힘을 태어나게 하고 키운다면, 듀나리온들은 그 힘을 사용하고 또한 근원으로 되돌려 주지. 그들은 서로를 증오하지는 않지만 또한 서로 관계치 않아. 섣불리 관계했다가는 내부의 질서를 부숴 버리는 결과가 올 수 있기 때문이지."

"그럼…… 검은 예언자와 아스테리온도?"

유리카는 검은 옷을 깨끗하게 세탁하자마자 다시 그 옷만을 입었다. 유리카가 흰 가운을 걸치고 있던 날은 처음 여기에 왔던 날 저녁뿐이었다. 흰옷을 입는다고 무슨 문제가 생기는 것은 아니겠지만, 그녀가 속한 곳의 질서를 그녀도 지켜야 하는 것이리라.

유리카가 고개를 젓는 것이 보였다.

"똑같지는 않아. 생명의 힘은 키운다, 되돌려준다, 고 말한다면 죽음의 힘은 거둔다, 정화한다, 라고 해. 거두는 자는 나와 같은 아스테리온, 그리고 검은 예언자는 정화하는 자들. 우리는 서로를 꺼려. 서로의 질서를 존중하니까."

"유리카, 그것은 검은 예언자들도 모르는 바가 아니지 않겠는가? 그러나 너도, 그들이 여기에서 너를 만날 것을 모르고서 온다고 생각하지는 않을 테지?"

갑작스런 릴가의 말에 유리카는 대답할 말이 없는 듯 잠깐 머뭇거렸다.

"검은 예언자들이 스스로의 행동이 가져올 결과를 모르고 움직였다는 얘기를 들은 일이 있나? 나는 없네. 가장 위대한 예언자인 그들의 예지는 이 세상의 운명들과 인연들을 꿰뚫고 있으며, 그들의 통찰은 세상의 질서를 뛰어넘어 우리가 깨달을 수 없는 다른 세계까지 포함하고 있지. 그들이 이리로 오기로 했다면, 여기에서 아스테리온 무녀를 만나게 되리라는 사실도 분명히 알고 있을 거다. 그들이 지나치다 싶을 정도로 세상사에 관여치 않는 것에는 다 이유가 있어."

창문이 꼭 닫혔는데도 어디선가 바람이 들어와 장작에 붙은 불꽃을 흔들리게 했다. 너울거리는 불꽃이 네 사람의 얼굴 위로 일렁였다. 그 중에서도 호그돈의 커다란 몸집은 검은 그림자 속에 반쯤 내려앉아 어찌 보면 무섭게 웅크린 것 같기도 했다. 호그돈은 이윽고 몸을 펴더니 한쪽에 쌓아 두었던 장작을 하나 집어 난로 안으로 던져 넣었다. 파시식, 작은 불똥이 튀었다.

"유리카가 그들을 만나고 싶지 않다면 그건 그때의 문제다. 만나고 싶지 않다면 너는 그들을 피해 있으면 될 것이다. 일단은 기다리는 것이 좋아. 어쨌든 파비안은 반드시 그들을 만나지 않으면 안 되니까. 에졸린 여왕님은 분명히 그렇게 말했어."

호그돈은 잠깐 말을 끊었다. 그러더니 유리카의 얼굴을 주의 깊게 바라보았다.

"2백서른다섯 살이나 되는 나이에 비해 나는 그다지 현명한 거인이라고는 할 수 없다. 거인족들이 흔히 그렇듯 나는 은둔자이고, 세상의 일들은 잘 몰라. 친구라고 할 만한 자도 여기 릴가 이외엔 달리 없고. 에졸린 여왕님과는 1백 년도 넘게 알아왔지만 그분은 미래의 일을 언제나 잘 알고 있다. 그분의 나이는 감히 예측할 수 없으며 그분의 지혜 또한 마찬가지지. 우리가 그분의 행동이나 말을 가끔 이해하지 못하는 것도 무리가 아닐 정도로. 나는 지금껏 단 한 번도 그분이 필요 없는 말을 하는 걸 본 일이 없어."

아무도 대답하지 않았다. 아니, 대답할 수가 없었다. 그의 목소리에서는 오래 묵은 생명의 냄새가 났다.

"우리 두 은둔자가 한참 세상으로 달려 나가고 싶어 할 나이의 자네들 발목을 잡는 것이 어쩌면 우습게 보일는지도 모르지. 그저 하루하루를 소탈하고 가능하면 즐겁게 살아가는 것 말고는 어떤 것도 모르고, 어떤 것도 관심 없는 우리들일세. 그러나 발이 닿는 곳으로 무작정 걷지 말라. '발길은 천 길 벼랑 위를 헤매면서 마음은 꿈을 꾸고 있을 수 있으니'."

"방랑자 아룬드의 경구."

유리카가 문득 말했다. 호그돈은 고개를 끄덕였다.

"잘 알고 있군, 현명한 아스테리온. 그대의 그런 현명함으로 오늘의 제의를 잘 생각해 보게. 에졸린 여왕은 그대를 '봄의 공주'라고 부르더군. 그대에게는 지금보다 봄의 여행이 더 값진 것들을 가져다 줄 거야."

호그돈은 말을 마쳤다. 나머지 사람들은 한동안 침묵을 지키고 있었다. 그렇게 한참이 지났을 때, 릴가의 익살스런 목소리가 불쑥 튀어나왔다.

"검은 비를 맞으면 머리카락이 빠져. 대머리가 되고 싶은가?"

비가 개었다. 엿새 만이었다.

저녁 무렵, 구름이 조금 걷히자 보고 싶지 않은 달이 떠올랐다. 오늘은 보름, 달은 여느 달이나 다름없이 둥글었다. 그리고 그 가운데 사스나 벨이 검은 상장처럼 박혀 있는 것이 보였다.

유리카는 계속 떠나겠다고 고집을 피우지는 않았다. 다만 무언가를 생각하는 듯 비가 그쳤는데도 밖으로 나가보려 하지 않았고 별로 이야기를 하고 싶어 하지도 않았다.

저녁을 먹고서 얼마간이 지났다. 거인의 나무 컵에 담긴 오트밀을 마신 다음 커다란 파이프에 담배를 채워 물던 호그돈은 문득 숲으로 이어지는 작은 길 쪽을 내다보더니 고개를 갸웃거렸다.

"누군가 올 지도 모르겠군."

거인의 예감이란 거의 정확하다는 릴가의 반 농담 섞인 말을 나중에는 곧이듣지 않을 수 없게 되었다. 오랜만에 밤공기나 마실까 싶어 마당에 나와, 큼직한 그림자 같은 숲을 불안하게 바라보고 있던 때였다. 밤이 어두워 몇 걸음 앞도 내다보기 어려워졌을 무렵—암흑 아룬드의 달은 사스나 벨의 탓인지 그 빛이 짧았다—희미한 등불을 밝혀 든 일단의 무리가 길 저편에 나타났다는 것을 릴가가 알렸다.

호그돈이 말했다.

"모두 집안으로 들어가라. 내가 나가겠다."

유리카는 어차피 방안에서 나올 생각도 하지 않았고, 나는 릴가와 함께 통나무집으로 들어갔다. 그리고 잠시 후 밖에서 두런거리는 소리가 들리고, 어느새 나타난 주홍빛의 불빛들이 일제히 일렁이는 것이 보였다.

나는 매우 긴장해 있었다.

"너무 걱정하지 마. 예의바른 상대에겐 예를 지킬 줄 아는 자들이다."

릴가의 말을 듣고도 별로 안심이 되지 않았다. 처음 검은 예언자에 대한 이야기를 들은 날 이후로 유리카에게 이렇게 저렇게 물어 본 결과, 그들이 밝은 미래보다는 주로 두려운 저주의 예언들, 불길한 기운과 말을 전하는 무리라는 사실을 알게 되었던 것이다. 게다가 그들에게 무례를 범하여 얻은 저주는 그 어떤 방법으로도 씻을 수 없다는 이야기까지 들은 나로서는 불안해하는 것이 결코 무리가 아니었다.

아니, 씻을 방법이 없지는 않다고 했다. 누군가가 그 저주를 대신 받으면 된다고 하지만, 그건 방법이 없다는 말하고 똑같다. 누가 남의 저주를 대신 받는단 말인가? 그것도 얼마나 지독할지 짐작도 안 가는 끔찍한 걸 말이다.

검은 예언자는 암흑 아룬드가 아니고서는 외부인에게 말을 걸지 않는다. 물론 그들과 마주친다는 것 자체가 어렵고, 마주쳐도 알아보는 것 역시 어렵다. 바로 곁에 가만히 서 있어도, 무슨 까닭인지 그림자처럼 거의 눈치챌 수 없는 자들이 검은 예언자라는 말에 나는 왠지 오싹해지는 느낌을 지울 수가 없었다.

또한 검은 예언자들은 모든 필요를 자급자족하고, 모든 문제를 그들 스스로 해결하며, 세상사에 결코 관여치 않지만, 세상에 일어나는 일치고 그들이 모르는 것도 없다고 했다.

유리카도 죽음의 무녀라고 했지만, 내가 아스테리온을 잘 몰라서인지 이들처럼 괴기스럽게 느껴지지는 않았다.

나는 검을 등 뒤에 단단히 메고, 완벽하게 무장을 했다. 그들과 싸울 일이 있을 거라고 생각해서가 아니다. 왠지 정식 복장을 갖춘 모습으로 그들을 만나야 할 것 같았기 때문이었다. 물론, 아무 데도 속하지 않은 내게 정식 복장이란 것은 없었기 때문에 일단 아무거나 있는 대로 갖추고 보았다.

"문을 열게, 릴가."

호그돈의 목소리가 들렸다. 릴가가 내 쪽을 한 번 바라보고는 벌떡 일어나서 문을 열었다.

그 날, 나는 평생 잊지 못할 광경을 보았다.

다른 어떤 색깔도 없는, 오직 검은 빛깔뿐인 무리들. 새카만 두건 달린 로브를 둘러쓴 스무 명 가량의 무리가 차례로 들어왔다. 마치 저승까지 관을 나른다는 전설 속의 장송 일꾼들처럼, 바라보는 것만으로도 저주를 내릴 수 있는 불길의 눈과, 독으로 녹아버린 혀를 가졌을 것만 같았다. 그토록 두려운 느낌이었다.

그들 중 맨 앞에 선 자는 지팡이 스스로가 자란 것처럼 괴상하게 꼬여 있는 주목 지팡이를 짚었고, 송아지만한 검은 사냥개를 데리고 있었다. 그들은 모두 로브 안쪽으로 작은 램프를 들고 있어서, 얼굴이 보이지 않을 정도로 길게 덮인 두건과 로브 속이 기괴한 빛으로 물들어 있었다.

또 하나 눈에 띄는 자는 맨 뒤에 따라 들어온 훤칠한 사내였다. 로브 안쪽으로도 전사다운 단단한 어깨가 느껴졌다. 그들은 모두 얼굴도 보이지 않았고 복장도 똑같았기 때문에 구별이 잘 되지 않았지만, 주목 지팡이를 가진 자와 마지막에 들어온 자만은 다른 자들과 확실히 달라 보였다.

마지막에 들어온 사내의 로브 안쪽으로 낡은 칼집의 검이 매달린 것이 문득 눈에 띄었다.

온화하고 안락하던 호그돈의 통나무집 거실에 알 수 없는 두려운 느낌이 가득 찼다. 높다란 천장 아래 성스러운 곳에 서 있는 기분으로, 나는 내 자리에 못 박힌 채 앞을 바라보았다.

"파비안, 이리로 와라. 달타라수, 이쪽이 파비안 크리스차넨이오. 달타라수는 검은 예언자들의 수장이신 분이다. 살아생전에 그를 한 번 만난다는 것은 매우 영광스런 일이지."

나는 한 발 나서면서도 온몸이 미세하게 떨리는 것을 느꼈다. 달타라수라고 불린 주목 지팡이의 검은 예언자는 내 쪽으로 한 발짝 다가왔다. 그리고 두건을 걷지 않은 채, 고개만 들어 내 눈을 똑바로 쏘아보았다.

어두운 두건 안쪽, 내게는 그 눈이 보이지 않았다.

어떤 말을 해야 좋을지 몰랐다. 눈을 어디 두어야 할지도 몰랐다. 그러나 내가 말을 꺼내기도 전에 나지막하면서도 강한 힘이 서린, 동시에 싸늘한 목소리가 내 생각을 완전히 지워 버렸다.

"……세월과 시간의 강을 뛰어넘어 여기, 새로이 전대(前代)의 일을 완성하고자 하는 자여, 그대의 도래를 환영한다."

그 순간, 화살 같은 예지가 내 머릿속을 스쳐갔다. 불확실하지만, 숨겨진 진실을 알 듯한 느낌이었다. 보이는 것이 전부가 아니었다.

내가 지금 듣고 있는 목소리가, 과연 내 앞에 있는 저 사람의 목소리인가?

내가 만나고 있는 사람은 과연 누구인가?

〈3권에서 계속〉

세월의 돌 _부록 I

外傳-요정모자꽃

요정모자꽃

*

글로리아 무녀님은 제게 옛날이야기를 잘 들려주십니다. 무녀님은 옛날 이야기를 정말 많이 아세요. 제가 여기서 산 지 1년이나 됐는데 아직까지 한 번도 같은 이야기를 해주신 적이 없어요.

하지만 날마다 이야기해 주신 건 아니랍니다. 왜냐면 무서운 노라 종무녀(從巫女)님한테 들키면 저도 혼나고, 글로리아 무녀님도 혼나시거든요. 노라 종무녀님은 옛날이야기 같은 건 쓸데없고, 그런 시간에 기도를 해야 한다고 말씀하세요. 하루에도 수천 가지 생명들이 죽어 가는데 그들을 위한 기도를 하지 않고 옛날이야기나 하면서 시시덕거리는 것은 무녀의 본분이 아니래요.

하지만 저는 옛날이야기가 너무 좋아요. 기도는 다른 무녀님들도 많이 하고 있잖아요? 제 생각에는, 죽어 가는 생명들도 저처럼 조그마한 아이의 기도보다는 훌륭한 무녀님들의 기도를 좋아할 것 같아요. 어차피 죽으면서 기도를 한 번만 듣는다면 말예요.

오늘은 아침부터 시끌벅적한 날이었어요. 말을 탄 기사님들이 몇 명이나 우리 성전을 찾아온걸요. 가끔 사람들이 찾아오긴 해도 기사님이 온 건 처음이었기 때문에 저는 깜짝 놀랐어요. 전 예전에 기사님들한테 아주 많이 혼난 일이 있어서 기사님들이 좀 무서워요. 그래서 기사님들 이 대무녀님을 뵈러 본당으로 올라갔을 때도 구경하러 가지 않고 제가 좋아하는 곳으로 가서 숨었어요.

그곳은 채마밭 뒤로 빙 돌아 올라가다 보면 비탈 모퉁이에 있는 묘 지예요. 옛날부터 돌아가신 무녀님들이 묻혀 있는 곳인데, 묘석들이 아 주 예뻐서 좋아요. 클로버 모양도 있고요, 덩굴이 감긴 십자 모양도 있 고요, 동그란 데 장미꽃이 새겨진 것도 있어요. 햇빛도 잘 들어서 다들 하얗게 빛나고 있고, 등을 대고 있으면 따뜻해서 졸음이 저절로 온답니 다. 그리고 높은 곳이기 때문에 오후에는 본당 그림자가 산비탈에 드리 워지는 것을 볼 수 있어서 좋아요. 한참 보고 있으면 조금씩 움직이는 것이 재밌거든요.

글로리아 무녀님이 따라오셨기 때문에, 우린 묘지의 제일 큰 묘석 뒤에 숨어서 옛날이야기를 하고 있었는데요, 하필 노라 종무녀님한테 딱 들키고 말았어요. 노라 종무녀님도 기사님들이 싫었던 걸까요? 그 런데 하필이면 글로리아 무녀님이 그 날 해야 할 빨래를 다 하지 않았 기 때문에 노라 종무녀님은 무척 화가 나셨어요.

"글로리아! 언제까지 어린아이랑 헛된 이야기나 하면서 시간을 보낼 건가요? 오늘 글로리아 무녀는 대성전 기도실의 커튼들을 모조리 벗겨서 빨도록 하세요!"

그리고 저를 보고는 이렇게 소리치셨어요.

"타니테! 넌 어서 나가 약초를 뜯어 오너라! 바구니 하나를 채우기 전엔 돌아오지 못할 줄 알아!"

우린 둘 다 시무룩해져서 일어났어요. 이렇게 된 이상 오늘 하던 이야기를 마저 하긴 다 틀린 거죠. 우린 아마 하루 종일 만날 수도 없을 거예요. 기도실의 커튼들은 너무 많아서 혼자서는 사흘 내내 빨아도 다 빨 수 없거든요. 물론 노라 종무녀님도 내일까진 시키지 않겠지만요.

전 터벅터벅 시약실로 가서 제일 작은 바구니를 벗겨 들고 밖으로 나갔어요. 전 항상 노라 종무녀님의 마음속을 잘 모르겠지만, 이럴 때면 더더욱 모르겠어요. 왜 저한테 약초를 뜯어오라고 하는 걸까요? 이런 일은 처음이 아니거든요. 처음에는 고개도 흔들어봤지만, 이마에 꿀밤을 한 대 맞았을 뿐이었어요. 그래서 지금은 아무 말 안 하고 그냥 나가는 거예요.

왜냐면 전 약초를 찾을 줄 모르거든요. 고사리와 시슬리(cicely)도 구별을 못할 정도예요. 글로리아 무녀님이 몇 번이나 데리고 나가서 이것저것 가르쳐 주셨지만, 돌아서면 다 똑같아 보이는걸요. 수도에서 온 멜리사 무녀님 말로는 제가 도시에서 자라서 그렇다는데, 그래도 1년이나 여기서 살았잖아요? 그래도 여전히 모르겠는걸 보면 제가 어지간히 눈썰미가 없나 봐요.

　제가 유일하게 잘 골라내는 풀은 골무꽃이라고 부르는 거예요. 바느질할 때 엄지손가락에 끼는 골무처럼 생긴 꽃인데요, 하얀 꽃도 있고 자주색 꽃도 있어요. 글로리아 무녀님은 이 꽃을 요정모자꽃이라고 부르시더라고요. 그 이름도 예쁜 것 같지만 역시 제가 보기엔 골무랑 똑같아요.

　하지만 이 꽃은 잘 찾아봤자 아무 소용이 없어요. 아주 귀여운 꽃이긴 하지만 독이 있어서 쓸모가 없거든요. 벌레들도 이 꽃은 먹지 않아요.

　아, 전 결국 또 골무꽃만 찾고 말았어요. 시약실을 담당하시는 에트나 무녀님 말로는 골무꽃도 쓸데가 전혀 없지는 않대요. 멍이 들었을 때 즙을 내서 바르라고 하시더라고요. 하지만 찧어 놓으면 정말 독약처럼 보이기 때문에 바르고 싶어 하는 사람이 별로 없는 것 같아요.

　그래도 빈 바구니를 갖고 돌아갈 수는 없으니까 골무꽃이라도 따야겠다고 생각해서 줄기를 잡아당기고 있었는데요, 뒤에서 누가 부르지 않겠어요?

　"얘."

　뒤를 돌아봤더니 무녀님처럼 보이는 언니가 절 보고 있었어요. 그런데 처음 보는 언니예요. 아주 예쁘고, 우리 무녀님들 중에 제일 젊은 글로리아 무녀님보다 더 나이가 적어 보이네요. 이상하다, 성전에서 얼굴을 모르는 무녀님은 이제 없는데. 제가 깜빡 잊어버린 걸까요? 하지만 저렇게 예쁜 언니를 어떻게 깜빡 잊을 수가 있죠?

그렇지만 언니도 저를 모르는 것 같았어요.

"너, 저기서 사니?"

언니가 손가락으로 우리 성전을 가리켜서 저는 고개를 끄덕거렸어요. 아니, 그러다가 노라 종무녀님의 말을 생각해 내고 얼른 일어나서 말했어요.

"네, 무녀님."

언니가 묘한 표정을 지었기 때문에 저는 제가 뭘 잘못했을까 생각해 봤어요. 언니는 무녀가 아닌 걸까요?

"무녀님이 아니세요?"

언니는 고개를 흔들었어요. 하긴, 언니는 무녀님들처럼 까만 치마를 입고 있었거든요. 세상에 무녀님이 아니라면 누가 까만 치마를 입고 싶어 하겠어요? 예쁜 옷이 얼마나 많은데요.

하지만 언니 옷은 무녀님들하고 좀 달랐어요. 무녀님들은 치마가 발목까지 오는데 언니 치마는 종아리가 보이고요, 옷소매도 널찍하지 않고 딱 맞았어요. 제가 자꾸 쳐다보니까 언니가 말했어요.

"내 옷이 이상하니?"

"네. 무녀의 옷이 아닌 거예요?"

"요즘은…… 이 옷을 잘 안 입나 보구나. 세상에 나가지 않고 성전에서만 지내려면 필요 없겠지. 이것도 아스테리온의 옷이 맞아."

"하지만 저는 처음 보는데요?"

언니는 대답을 안 해주고 제가 들고 있는 바구니를 내려다봤어요. 그리고 제가 쥐고 있는 골무꽃도 보았어요.

"약초를 찾는 거니? 그런데 골무꽃은 왜?"

아, 언니도 골무꽃이라고 부르네요.

"저는 약초를 잘 몰라서요."

"그렇다고 골무꽃을 뽑으면 어떡하니. 골무꽃은 가져가 봤자 버려지기만 할 텐데, 그러면 이유 없이 죽게 되는 셈이잖아."

듣고 보니 그러네요. 죽어가는 것들을 위해 기도해야 되는 죽음의 무녀가 죄 없는 골무꽃을 죽이면 안 되는데. 그래서 저는 손을 모으면서 말했어요.

"기도를 할까요?"

언니의 표정이 이상하네요. 노라 종무녀님이라면 당장 그러라고 했을 텐데요. 다행히 언니는 곧 고개를 끄덕여 줬어요.

"그래. 골무꽃을 위해서 기도를 하자. 나도 같이 할까?"

"와, 무녀님이 기도를 해주시면 골무꽃이 더 좋아할 거예요."

언니는 이번에도 이상한 표정이 됐어요.

"왜?"

"저는 아직 무녀도 아니니까 제 기도를 들으면서 죽어야 된다면 골무꽃도 허무할 거 아니에요."

언니는 저를 빤히 쳐다봤어요. 정말 오랫동안 쳐다봐서 제 얼굴에 뭐가 묻었나 싶을 정도로요. 그러더니 언니는 갑자기 웃음을 터뜨렸어요. 정말 오래 웃지 뭐예요.

"하하하, 아하하, 아하하하……."

저는 좀 놀랐지만, 언니가 웃는 것을 보니 기분이 좋았어요. 왜냐면 언니는 지금까지 기분이 안 좋아 보였거든요. 아니, 어디 아파 보였어요. 하지만 웃으니까 그런 기색도 없어졌어요.

"그래, 골무꽃이 허무하지 않도록 우리 같이 기도를 하자. 내가 추도를 해 줄게."

그러더니 언니는 한 손으로 제 손을 잡고, 다른 손은 골무꽃에 얹고 기도를 했어요. 눈을 감고 있는데 언니의 목소리가 들렸어요. 저는 깜짝 놀랐지 뭐겠어요?

"아스테 솔카 다 아니스, 주르 하리아 엘디 도브 진저르듀나."

저는 언니가 눈을 뜨자마자 너무 궁금해서 숨도 쉴 틈 없이 물어봤어요.

"방금 뭐라고 하신 거예요?"

그런데 언니 표정이 쓸쓸해 보이네요. 언니가 말했어요.

"죽은 요정의 모자에게, 내 그대를 새 생명으로 인도하노라."

"그거 고대 이스나미르 말인 거죠?"

언니가 고개를 끄덕였어요. 저는 고대 이스나미르 말을 한 마디도

모르지만, 그 말을 써야 모든 생명이 알아듣기 때문에 훌륭한 무녀가
되려면 꼭 배워야 하는 말이라고 들었어요. 하지만 아주 어려운 말이어
서 노라 종무녀님도 잘 못하실 정도인데, 언니는 너무 술술 잘 하시잖
겠어요?

"무녀님이 하시니까, 대무녀님이 하시는 것하고 똑같았어요!"

언니는 고개를 저었어요. 그러더니 갑자기 물어보더라고요.

"지금 대무녀님이 누구시지?"

"무녀님은 어떻게 대무녀님 이름도 모르세요? 클로틸드 대무녀님이
시잖아요."

좀 이상하네요. 언니는 정말 무녀가 아닌 걸까요? 언니는 살짝 웃었
어요.

"응, 난 아주 멀리 갔다가 왔거든. 너무 오랜만에 돌아왔으니까 그
사이에 대무녀님이 바뀔 수도 있잖니. 그럼 클로틸드 대무녀님 전에는
어떤 분이셨니?"

"모르겠어요. 저는 작년부터 여기 살았거든요."

"넌 견습 무녀니?"

"아뇨. 나중에 견습 무녀가 될 거예요. 아직은 안 된대요. 그래서 열
심히 공부하려고요."

언니는 내 앞의 풀밭에 앉더니 물었어요.

"무녀가 되고 싶어? 아스테리온이? 왜?"

지금까지 그런 걸 물어본 사람은 아무도 없었어요. 그래서 저는 조금 생각하다가 대답했어요.

"갈 데가 없어서요. 여기서 살려면 무녀가 돼야 돼요."

"여기가…… 좋아?"

"네."

"왜 좋은데?"

"글로리아 무녀님이 재밌는 이야기 해주시니까요."

언니는 어이가 없는 얼굴로 웃었어요.

"그럼 글로리아 무녀님 때문에 무녀가 되겠단 말이니?"

그렇게 말하니 좀 이상한 것 같아서 저는 다시 생각해봤어요. 하지만 역시 더 좋은 게 생각나지 않았어요.

"저는 다른 좋은 게 없거든요. 글로리아 무녀님 얘기가 제일 좋은 거 같아요."

"글로리아 무녀님이 무슨 얘길 해주시는데?"

"옛날 얘기요. 요정도 나오고요, 괴물도 나오고요, 공주님도 나오고요, 위대한 무녀님들 얘기도 해주고요, 또 마법사도……"

"무슨 얘기가 제일 재밌니?"

재미있는 얘기는 아주 많지만, 어젯밤에 들은 얘기가 제일 기억이 잘 났어요. 그래서 저는 말했어요.

"요정 여왕님 얘기랑요, 대마법사 에제키엘 얘기요. 그러니까 에제키엘이 요정 여왕님 만난 얘기요."

"⋯⋯."

언니가 이상하게 말이 없네요. 저는 언니 얼굴을 쳐다봤어요. 고개를 숙이고 있어서 잘 볼 수가 없었기 때문에 머리를 기울여서 살펴봤어요. 그런데 언니는⋯⋯.

"왜 그러세요?"

제가 뭘 잘못했을까요? 언니는 울고 있었어요. 눈물이 흘러서 뺨을 흠뻑 적셨어요. 턱에서까지 눈물이 떨어지네요.

"언니⋯⋯ 울지 마세요⋯⋯."

언니가 울고 있으니 저까지 슬퍼졌어요. 그래서 무녀님이라고 부르는 것도 잊어버리고 말았어요. 어떻게 해야 되는 걸까요? 옛날에 엄마는 제가 울면 잘 달래주셨는데, 저는 어떻게 하면 좋죠?

저는 어쩔 줄 몰라 하다가 결국 같이 울음을 터뜨리고 말았어요. 그래서 언니하고 저는 푹신한 풀밭에 마주 앉아서, 꺾어진 골무꽃을 사이에 놓고, 엄마가 돌아가셨을 때처럼 엉엉 울었어요. 골무꽃이 알았다면 감동하지 않았을까 할 정도로요.

언니가 먼저 울음을 그쳤어요. 언니는 울고 있는 저를 보더니 손을 내밀어서 안아줬어요. 그래서 저는 언니가 먼저 울었다는 것도 잊어버리고 언니한테 매달려서 한참 동안 더 울었어요. 실컷 울다보니 결국 눈물도 말랐고, 저는 얼룩덜룩한 얼굴이 돼서 눈물을 닦으며 물어보았어요.

"언니, 왜 울었어요? 아, 아니 무녀님, 왜 우셨어요?"

"그냥…… 언니라고 불러 줘. 그게 더 낫네. 넌 왜 울었니?"

"저요? 응……."

왜 울었는지 대답을 할 수가 없었어요. 왜냐면 저도 몰랐거든요. 언니가 울어서 따라 울었던 걸까요? 하지만 울다 보니 저도 너무 슬펐는걸요. 돌아가신 엄마 생각도 나고, 또 무녀님들한테 혼나서 힘들었던 생각도 나고, 옛날에 기사들의 말발굽에 밟혀서 너무 아팠던 생각도 났어요.

"슬퍼서요."

언니는 나한테 바보라고 하지 않고 고개를 끄덕여줬어요.

"나도 슬퍼서…… 울었어."

언니는 눈물을 닦았어요. 언니를 위로하고 싶은데 어떻게 하면 좋을까 생각하다가 주머니에 든 당밀 과자 생각이 났어요. 글로리아 무녀님이 아침에 찾아온 기사님들의 다과를 준비다가 살짝 챙겨서 저한테 주신 거였어요. 저는 당밀 과자를 아주 좋아하는데, 언니는 좋아할지 모르겠어요. 앞치마 주머니에서 살짝 꺼내 보니까 귀퉁이가 부서졌네요.

"언니, 이거 드세요."

언니는 제가 내민 당밀 과자를 한참 동안 보고 있었어요. 과자가 싫은 걸까요? 하지만 언니는 손을 내밀어 과자를 집어 입에 넣었어요.

"……."

언니는 과자를 씹으면서 아무 말도 안 했어요. 전 조바심이 나서 언니를 빤히 쳐다봤어요. 과자가 맛이 없어서 그런 건지 궁금했거든요. 언니는 과자를 아주 오래오래 씹어서 삼키더니 심호흡을 했어요. 그리고 한숨을 내쉬며 말했어요.

"이렇게…… 목이 막혀본 건 처음이야."

그러더니 젖은 눈으로 갑자기 웃음을 터뜨렸어요. 웃다가 기침을 했고요.

"울어서 목이 부었나봐. 과자가 넘어가질 않더라고. 그래도 고마워. 아주 맛있었어."

맛있었다고 해서 너무 기분이 좋았어요. 게다가 언니가 다시 웃었으니까요. 언니는 일어나더니 내 손을 잡고 풀밭을 돌아다니기 시작했어요. 바위가 드러난 산 아래에서부터 클로버로 덮인 벼랑까지요. 그러면서 많은 약초를 찾아서 제 바구니에 넣어 줬어요. 바구니가 작아서 금방 찼기 때문에 우리는 그만 하기로 하고 산비탈의 풀밭에 마주 앉았어요.

"이름이 뭐니?"

저는 고개를 흔들었어요. 전 제 이름이 싫거든요. 바보 같아서.

"왜, 얘기하기 싫어?"

"이름이 이상해서 싫어요. 고대 이스나미르 말이래요."

"그거 대단하잖아? 고대 이스나미르 말로 된 이름을 가진 여자아이가 이 세상에 몇 명이나 되겠어?"

"하지만 제 이름은 기껏 '하나'라는 의미인걸요."

"타니테?"

저는 깜짝 놀랐다가 금방 고개를 끄덕거렸어요.

"맞아요, 언니는 고대 이스나미르 말을 잘 하시죠. 그런데 이름이 '하나'라니 도대체 뭐가 하나라는 걸까요? 나중에 동생들을 잔뜩 낳으려고 지은 이름 같아서 웃겨요."

"그래서 동생이 있니?"

"아뇨. 한 명도 없어요. 한마디로 실패작이죠."

언니는 다시 소리 내어 웃었어요. 그러더니 말했어요.

"나도 고대 이스나미르 말로 된 이름이 있어."

"뭔데요?"

"프랑데아미즈."

와, 제 이름보다 훨씬 멋있게 들렸어요. 무슨 뜻일까요?

"그건 무슨 뜻인데요?

"비밀이야. 나중에 고대 이스나미르 말을 공부해서 직접 알아내렴."

"너무해요!"

문득 주위가 어두워져서 살펴보니까 산비탈에 본당의 큰 그림자가 드리워져 있었어요. 해가 지려나봐요. 노라 종무녀님한테 보여드릴 바구니도 있으니까 이제 돌아가도 될 것 같았어요.

"언니, 해가 지니까 그만 들어가요. 언니는 오랜만에 여기 왔다고 그 랬죠? 그럼 대무녀님한테 인사해야겠네요? 제가 안내해 드릴게요."

언니는 고개를 흔들었어요.

"타니테, 언니랑 잠깐만 더 여기 앉아 있자."

본당의 그림자가 흘러 산중턱에 걸릴 때까지, 언니와 저는 나란히 앉아 산들을 바라보고 있었어요. 녹색 풀로 덮인 산들이 겹쳐졌다가 갈 라졌다가 하면서 멀리멀리 가고 있네요. 저는 언니 얼굴을 흘끔 쳐다봤 어요. 언니는 조용했지만 얼굴은 다시 슬퍼 보였어요. 울지는 않았지만 요. 저는 조심스럽게 물어봤어요.

"언니는 어디 갔다가 오신 거예요?"

"세상을…… 여행하다가 왔어. 여기저기, 많은 곳을 가봤지."

"재미있었겠다. 그런데 혼자서요?"

"아니……."

제 생각만일지도 모르지만 언니는 다시 울 것처럼 보였어요. 저는 걱정이 됐어요.

"언니, 저는요, 엄마가 돌아가신 생각을 하면 항상 눈물이 났는데요, 글로리아 무녀님이요, 저한테 이런 얘기를 해주시더라고요."

"어떤 얘긴데?"

언니는 여전히 산을 바라보고 있었어요.

"제가 엄마 때문에 울면요, 엄마도 저 때문에 우신대요. 그러니까 제가 울 때마다 따라 우시는 거죠. 엄마가 우실 걸 생각하니까 너무 슬펐어요. 그래서 제가 절대로 울면 안되겠구나, 그렇게 생각했거든요. 그래도 가끔 울지만요. 아까 제가 울었으니까 엄마도 우셨을 거예요. 저는 우리 엄마 우시는 게 세상에서 제일로 싫거든요."

"……."

"그러니까 언니도요…… 왜 그런지는 모르지만요. 울지 마세요."

언니는 한참 동안 대답을 안 했어요. 그러더니 제 머리를 쓰다듬어 주면서 말했어요.

"타니테, 내가 옛날 얘기를 해줄까?"

옛날이야기라면 제가 제일 좋아하는 것 아니겠어요? 저는 고개를 끄덕거렸어요. 언니는 숨을 깊이 내쉬더니 말했어요.

"옛날에…… 어떤 소녀가 살았는데 부모님이 일찍 돌아가셔서…… 소녀는 아스테리온 무녀들과 함께 살게 됐어."

"저랑 똑같네요?"

언니는 고개를 끄덕여 줬어요.

"그래, 타니테처럼. 아스테리온의 대무녀님은 소녀를 무척 사랑하셔서…… 딸처럼 여기셨지. 하지만 그 딸 같은 소녀는 어느 날 떠나더니 영영 돌아오지 않았어."

"왜요?"

"너무…… 중요한 일이 있었거든. 그 일을 다 하고서 돌아가려 했지만…… 대무녀님은 나이가 많으셔서 오래 사실 수가 없었던 거야. 소녀는 다신 대무녀님을…… 못 만났지. 나중에 돌아왔지만 이미 돌아가셨던 거야."

"어떡해요……."

돌아가셨다는 말에 제 눈에 눈물이 괴려했어요. 하지만 얼른 닦았어요. 엄마가 우시면 안 되니까요.

"돌아가셨다는 것을 알고 소녀는…… 멍해져서 그분이 마지막으로 하신 말이 뭐였던가 생각해 내려고 했어. 곧 돌아오겠다고 말하고 떠날 때, 그분이 주름진 손으로 소녀의 손을 잡으며 무어라고 하셨던가를……. 하지만…… 너무 오랜 세월이 흘러서…… 기억이 나지 않았어. 아무리 생각해내려 애써도…… 그 분의 얼굴도 기억나지 않았던 거야."

저는 두 손을 꼭 쥐고 언니의 얘기를 듣고 있었어요. 그런데 저만치 성전에서 무녀님 몇 분이 나오시는 게 보였어요. 저를 찾으러 오시는 것일지도 몰라요. 해가 거의 다 떨어졌으니까요.

"소녀가 어렸을 때…… 대무녀님께서는 소녀를 성전 밖으로 데리고 나와 목초가 푹신하게 깔린 비탈길을 거닐곤 하셨어. 그러면서 풀의 이름들을 하나하나 가르쳐 주셨지. 소녀가 제일 먼저 외운 꽃은…… 이 골무꽃이었어. 대무녀님께선 그걸 요정모자꽃이라고 가르쳐 주셨는데…… 너무 잘 어울리는 이름이어서 잊어버릴 수가 없었지."

그렇게 말하면서 언니는 발밑에 피어 있던 하얀 골무꽃 줄기를 살짝 끌어당겼어요. 뭔가 보여주려는 것처럼요. 저도 같이 들여다봤지요. 조그마한 종처럼 생긴 골무꽃 속에는 검은 점이 몇 개나 찍혀 있었어요. 저도 처음 보는 것은 아니었지만요. 언니가 말했어요.

"이 점은…… 자기에게 독이 있다고 꽃이 경고하는 거야. 비가 오면 벌레들은 이 꽃 속에 들어가 비를 피하지만, 먹지는 않아. 그들은 꽃의 이야기를 들었으니까. 그렇게 골무꽃을 들여다보면서…… 소녀는 대무녀님이 하셨던 말씀을 기억해 냈단다. 대무녀님은 소녀한테……."

언니는 고개를 돌려 나를 내려다봤어요. 언니는 눈이 초록색인데 보석처럼 반짝반짝하네요.

"나의 은빛 꽃…… 너에게는 반점이 없단다. 잊지 마라, 너에게는 반점이 없단다, 라고 하셨지."

그때, 저를 찾으러 온 글로리아 무녀님이 비탈 위로 올라오셨어요. 그런데 글로리아 무녀님 뒤에는 클로틸드 대무녀님께서 계시지 않겠어요? 저는 깜짝 놀라 발딱 일어났어요.

"대무녀님!"

언니는 두 분을 보더니 아주 천천히 일어났어요. 저는 대무녀님한테 고개를 숙였는데, 언니는 인사도 하지 않았어요. 그냥 빤히 보기만 했어요. 글로리아 무녀님께서 언니를 보더니 저한테 물으셨어요.

"타니테, 이분은 누구시니?"

언니 이름은 어렵지만, 잘 기억하고 있었어요.

"프랑데아미즈 언니예요. 아, 아니, 무녀님이에요. 멀리 여행 갔다가 돌아오시는 길이랬어요."

그때였어요. 대무녀님께서 갑자기 언니를 향해 허리를 굽혀 절을 하시지 않겠어요? 저는 너무 놀라서 말도 할 수 없었어요. 대무녀님께서 저런 절을 하시는 건 한 번도 본 일이 없었거든요. 대무녀님은 절을 받으시는 분이잖아요?

대무녀님께서는 허리를 펴더니 언니에게 아주 공손하게 말씀하셨어요. 저는 정말 귀신한테 홀린 기분이었어요.

"그 긴 세월을 어찌 견디셨습니까. 프랑데아미즈, 저희도 그대를 오래 기다렸습니다."

"길었는지 느낄 수 없어, 오히려 길군요."

언니가 대답했어요. 언니도 대무녀님께 인사를 하긴 했지만, 마치 대무녀님께서 평소에 다른 무녀님들을 대하시는 것처럼 했어요. 언니가 대무녀님보다 더 높은 사람인 것처럼요. 하지만 그럴 리가 없잖아요? 나이만 해도 언니는 대무녀님의 손녀 정도로 보이는데요.

"들어가시지요. 말씀드릴 것이 아주 많습니다."

"그래요. 많겠지요."

언니는 저를 내려다보더니 다시 글로리아 무녀님을 봤어요. 그리고 고개를 끄덕이며 말했어요.

"당신이 글로리아 무녀로군요. 제가 그대의 예쁜 친구를 잠시 빌렸답니다."

글로리아 무녀님은 제게 손을 내미셨어요. 제가 그쪽으로 가니까 글로리아 무녀님도 대무녀님이 하신 것처럼 언니한테 허리를 굽혀 절하셨어요. 정말 이상한 일이에요. 언니는 도대체 누굴까요?

우린 비탈을 내려갔어요. 이미 풀밭은 어두웠어요. 저만치 성전의 입구에 켜 놓은 등불이 흔들거리네요. 어서 돌아오라는 것처럼요. 저는 가다가 말고 뒤를 한 번 돌아봤어요. 아무것도 보이지 않았지만 언니와 얘기하던 골무꽃, 그러니까 요정모자꽃이 거기에 있겠지요. 이야기 속의 대무녀님이 소녀한테 했던 얘기는 무슨 뜻일까요? 그 소녀는 언니였을까요? 언니의 머리카락은 아주 예쁜 은색이니까요. 반점 같은 건 찾아볼 수 없답니다.

세월의 돌 _부록 II

Special thanks to.

**

올해 초에 경주의 감은사지에 갔었습니다. 벌판에 거대한 두 탑만 우뚝합니다. 집은 죽고, 주춧돌만이 짐승의 뼈처럼 남아 있습니다. 주춧돌의 흔적을 따라 걸어보면 한때 그곳에 있었던 기둥과 벽과 섬돌의 모습이 그려집니다.

탑 기단에는 정으로 깬 것 같은 낙숫물 자국이 소우주가 되어 있습니다.

가끔이지만, 나우누리에 텔넷으로 접속해서 새롬 데이타맨의 파란 화면을 바라볼 때가 있습니다. 이젠 거의 쓰지 않는데도, 전 아직 나우누리 유료회원입니다.

때로 SF게시판에서 user를 입력해 보면 저밖에 없을 때도 있습니다. 지난 글들은 여전히 남아 한때 누군가가 머물렀음을 이야기합니다.

제게 보이지 않을 뿐, 이 순간에도 어딘가에서 새롭게 살아가고 계시겠지요.

이곳의 분들은,

『세월의 돌』이 연재되고 첫 출간되던 당시 메일이나 쪽지로, 또는 게시판에서 제게 감상을 주시고, 격려를 주셨던 분들, 그리고 고마운 도움을 주셨던 분들입니다. 그 동안 각종 오류와 사고로 없어져버린 이름들, 그리고 제 손에 닿지 못한 이름들이 훨씬 더 많을 것입니다. 그러나 간직된 기록만이라도 하나하나 읽고 모으며, 제 안의 그 시절을 되살렸습니다.

평생 잊지 못할 하루 하루를 보냈기에, 지금도 그 시절을 회상하면 옅은 열기가 느껴집니다.

많은 분들이 진심을 보내 주셨는데,

저는 그분들에게 일일이 답을 드리지 못했습니다.

이분들과, 보이지 않는 4백만 조회 속의 모든 분들 덕분에

저와 이 책이 여기에 있습니다.

Luthien, La Noir.

Special thanks to

Onix	김주헌	달바람	마루치짱	박선용7
1065510	김춘영	달부수기	마리아	박세진
1200k	김준회	달의기사	마아도사	박시은짱
21214	김지연	달의하늘	마이das	박정아
2jklove	김지영	당근23	마파람	박효진
31112kh	김진영	당수	마하르	밤샘작업
4060	김현국	대섭왕자	막역지우	방지나
4leaf-kmk	김현주	데이트x	맑은냇가	방지연
500112kjw	깅강러브	데카메론	맑은연꽃	백신성
666angel	까망꼬꼬	동경천사	매난국죽	백호21
78anubis	까망모망	동오81	메디치6	벗꽃aoi
7master	까망케익	두키	메이지	베리알
84이스트	까페실파	둔탱이	멜헬드7	베리케르
가루약	깨비는나	둘둘레	모나드의방랑자	별빛과나
가운리땅	꼬마장인	듀린	모난성에	별빛서리
간큰놈	꼬마호빗	듀스짱	모래332	보이존
강바람	꿈귀신	디에라99	모래도시	보행신호
강병철	꿈속의삶	따봉보이	모래바람	부여고딩
개벽	꿈의비상	땅아이	모래의샘	부터버터
개울물	꿈이아냐	띠알머리	모래의춤	불만자
건대샘도	끄트머리	라임	모래쥐	붉은번개
게끼강가	끝말.	란데르트	몰티	붉은언덕
게으름보	나가돌이	레니드	무대뽕김	블리츠
겔드	나나씨	레니지	무한설풍	비구름
견습마녀	나쁜용사	레다이아	무휼j	비니뤼
견baby	나우	레드럼	문원611	비와함께
고능력자	난파된배	레미즈오	뮤러카	비천
곰호곰호	날개깃	레티	뮤즈라	비커비커
광사쿠라	날쌘날개	렌델	미녀사랑	빛고운꿈
광천사	네꼬이	로그오프	미니골드	빛이어
구름되리	네라이젤	로드리스	미란사랑	빛hj
군자벌	네레이스	로드펌킨	미래미래	빵집주인
권력남용	네리아	로보캅최	미레이	뽀각뽀각
그늘나무	네오k	로비메스	미련퉁이	사림센터
그린비	노경찬	록콜	미르랑	사라히엘
그린아이	노란비	루레	미르보 겐즈	사랑이래
금강산	누리사기	루스타	미사오	사랑지킴
기린아	니다해라	루운	미운오리	사모적인
기억너머	닉키도둑	루키야웅	미스루군	사무람
김근우	다솜바람	류재현	미카린 데 쥬리이	사문난적
김기순	다알링	리나럽	미카꼬추	사옹
김남훈	다이옥진	리드로스	미행물체	사천사13
김상현	다크스폰	리스티	민이미니	사천사의
김석환	다크엘프	리아ria	밀크티11	사하
김성훈	다하솨살	리켈	바다에서	산도리
김예리	단풍향기	린다로스	바람바다	삼봉이
김윤정	달강달강	마글론	바보	새벽나루
김일림	달님에게	마늘맨	바이라스	생dice

서문다미
서문다실
서베지
선민
성화상
세르네즈
세바스찬
세스헤트
세우니
세이니아
섹시닉키
소심남아
소지로님
송경아
송어낚시
슝슝강슝
수채화빛
수피아31
슈즈
스케빈
슬용이
슬픈복수
슬픈소망
시간의마도사
시립복지
시즈카
시프7
신조대협
신청학동
심통이0
십이지
아기건달
아기별이
아사age
아룬드
아몬
아묘
아무렇게나두불러
주
아미맨
아바카부
아스테리온
아직네모
아침안개
아킬리아
아티유
아히루스
안개세상

안셔
안양준
암흑성운
애독자
애플파인
앨리어트
얏삐
어퓨굿맨
언명
얼음나비
에다
에렌
에리프
에스텔82
에스텔이나
에이그라
엑사일런
엘다렌
어물통
연어20
오래아내
오승한
오장윤
오트슨
요르실드
요정의숲
용의반찬
우범지대
우주인21
운영자
원조돌돌
월향2
월화난영
유나82
유리카02
유리카26
유진승훈
유태상
윤태수
으샤으샤
은방망이
은빛루나
은빛엘프
은빛장검
은색바람
은희
웅큼늑대
이두희

이득규
이래연
이르무
이름없는~세월팬
이미영
이방인12
이쁜레이
이송이
이영지
이오삼공
이올린
이원욱
이원익
이유진
이은경
이정영
이진효리
이찬철
이카리99
이프리아
이훈
인형전사
자료분석
잡탕찌개
장명휘
재익이
잼쓰뽄드
저엉도웅
전병길
전병진
전유라
정동준
정아86
정윤주
정창
정장1997
정종국
정종혁
정종화
정천재
정하경
정희석
제로시
제리
제목없음
젝키세상
조성진
조성호

조영기
조용한늘
주아니
주작강림
쥬디안
쥬벨린
쥬빌란
지사랑
지피지기
지현우
진준25
짐레이너
짜투리
쫑순이
천국사람
천재야호
천하미우
철민천재
첫날밤
초절미남
최영관
최영호
최우석
최진혁
취미는잠
친절봉사
칭칭짱
카로단
카시페아
카인
카푸도사
캔커피소년
카야카야
커밍순
커피풍경
케이코
코미
코인jyk
코케토스
크리스탈
키노피오
키톤
킬하이스
타도의사
타이번
타이탄
타임머신
태수와민

태지21
태지Mad
테페리77
톱메이지
투철냉각
파반
판타즈마
패도혈마
팰러딘
팰컨킬러
페어리테일
페프시맨
폐월수화
폴로귀신
풍물마당
프랑데아미즈
프레야
프리free
프리free
플루토
필마리온
하늘누리
하늘마마
하르안
하리힐러
하얀곰팅
하이문
하이얀시
한국식물
한명호
해달이
해동검93
핸섬파워
햇빛마음
햇살고운
행운초
햐앙보웅
험겁
헝그리5
헤르미스
현교연
홀로아이
홈제작자
홍우
화랑도
환상의끝
환타지
황창연

ㅍ
ㅊ
ㅎ
ㅈ
ㅋ
ㅇ
ㅌ

Special thanks to

회색영혼
회향나무
효개미
휘긴
휴먼로드
흰색사랑
히나꼬
히팝짱

A
a2a2037
abegweit
Acasia99
achates
acinom
acquageo
across9
addyoun
adoria
aeglos
aerith21
AHANG
ahssen
aice
airhawk87
akooma
ALEX79
algorab
alice199
alice1997
ALUCARDX
ameros
amgel5
anbyhee
andy9027
angelius
aniotacu
anteres
aragorn
Archibal
ariel
arima-magic-u
arin2
arios
arkana
ARKEIJE
artanis
arumy
arusran_k
ascar

ascii
askun
astral00
asuhabart
Asulper
asura
asyuria
athgard
athirat
atman3
att083
aubade7
ayuta
azans
azuredew

B
babyjonh
baby-wea
bada71
bae3003
baekds
baldr
bank2
barry
bearkey
belfast
beom727
bhk97200
bhs114
bible81
Bikenous
biryupri
bl92634
blchoi
bledkill
bleuatre
blext99s
blue37
bluefrog
bluesea8
bluesh_98
BMAGIC
bnight
boksilee
bonethug
book
bound925sea
boyzone10
breezin

C
calce
camel
carrot-gony
CBJANGRY
cboyyang
cbudeng
ccb98
cch3416
cdfamily
celles
cerdon
cfrgl47
ch222
ch824
chaingeup
channeli
chatmate
cherry1402
chfyun
CHO30405
chonjni1
chosd
christa0519
chs-boss-mk1
chulahn
chunwang
chuuck
CIGNUS
claud84
clazy
clearguy
cmh8874
cms8611
coaltar
COGBE
cold
coldbear
comandok
command1
connect73
consis
cooker1
coolguy
costa
Cowboy74
cradmaic
crassus
crimsoneyes

crom95
crzangel
cyber9
cybgira
cyclue
cyh0006
cyh1104
cyjhaha
cyrano2
cyrano77
dakangel
dakaoka
dalsalang
D
dark-85
DARKARM
darkhors
dcgreen
DEADCAT
deat
deli
dennisic
desrose
devilag
dflee
DHALIAX
dhlion
dhyu
diablokor
dikim
dina
dipdip
djjy4
djswpsk
dkswjdtn
dl4589
dodoka
dogbowl7
dolstone
dongman2
DOOINART
doomful
dragon_s
dream827
dreamsto
dreamstone2
dreamwin
DTeck
dymts

E
eaglemkc
Earendil
earth7
earthian
edial054
edit4
ednb1029
edpl793
edu610280
edunet
egal
ego-21c
einseize
ekardneh
eldeaden
elexine
elfer
elfstone
elleize
elysis
emple
enevas
enpha
envir99
esek
espher
etallium
eulsin
eum임10
eunho23
evangelionkim
evarion
evileyes
Evoling
ezle
F
Fade't
face77
fairy007
fan32
fanmagic
farce
favian
ferarri
feverheart
Filia
finesky
fire-sh
firezzam

fixxxer
fly77
flyhigh7
folque
folsety
foreveryun
FORMAN74
fourhand
frajacob
frangy
frbffish
freemiss
frgcloud
friendse
frizzlel
frongssuh
fspirit
full-moo
fullup
G g1981341
gackt상
ganeulvi
gelbe14
geniusdkh
geopolar
geoseo
geye
gfhsl
ghjdsjh
gio79
gish
gk리오
gknight
gramy
glideray
godlove
gold0116
goldbeer
gorgeous-rose
gozz
grampus
gratemue-2
grayevil
Greenien
greven
Gsong
H guardian18
habilly

hagalde
halfgod
halloa
han0515
hanblood
handlake99
haneul
hangil71
hanlbada
happylov
hatory-1
hellenes
hellgate
henta20
Hermit
hermit18
hestiah
hhkim
hightension
hilary
himalia
him-jane
himit
hiroco
hithaha
hk00179
hmpl8
hmulhmul
hmwl0242
hobbit97
ho-by-sang
hom4906
hooh
hopeel
horadrim
horo382
however
h-se-gyu
hss29529
html
humanload
Hungry
hwjiun
hw-sai
Hydra79
hydro306
hydyeondk
hyenig

HYUN452
hyung0121
hyunsu74
I ia1015
icemawang
icobu
id-_-moon
idila-da-arund
idisnet
idkai
idyoon
iexx
iiikkk
ikd0825
ikysahel
iline_99
iloveses
im12345
imageye
indipa
indra99
inmydreamz
inmyrain
innersun
innocent-sin
ino4004
intrepid
inuvirisnuvi
iomegal
iori36
irie98
ironmask
iskral0
isu01
itsfoolish
iyagi81
J J0213
j9922060
jahooz
janus98
jard
jay9878
jbkl6
jbkforever
jedha
jedier
jeel3
jee-nee84

jeehye
jelrania
jemini24
jester77
jesture
jhooray
jhryu
jhw0916
ji-huun
jin9042
jindols
jini71
jinas
jiny
JJH8
jjj0421
jjjin1986
jjy6107
jnatin
jo7480
jokerfourcard
jongms
JOONOOOO
joungmyk
jpilot
jshn
jssuk
jswl8
jt_gim
JudgeYUE
jungsis
jw2104
jypms6
K k0house
K9635351
k9926
kai1101
kaincho
kaistern
kaiz
kalshu
kama0426
kamiel
kangsik
karan
Karios
koraps
karon

kclamp
kcta7812
keiasl
kenichi
kenny28
kesia
KFC사장님
khh850424
khs73
killbrot
killplay
kilta
kimjonghoon
kimkh
KIMSERA
kimush
kingnol
kinophio
kis1006
kitiani
kittyrei
kiyohwan
kjc
kjhkji
kjk2020
kjkj1004
kjmid61
KJM1D61
kjmid61
kjygr
kkadonna
kkd-21c
kknd111
KLEIBER
klishuna
klucifer
km28029
kmj33
knight_20
knk001
knkb-j
koreanna
kornight
krasia
ksenia
ksh1654
ksm1945
ksms2630

Special thanks to

ksw224	lovefiaa	miosani	nolpenny	plusbsb
ktb424	lovelies	mirae33	nobody	plustag
ktjycd	lovemiran	mirpa	Noisue	pocary
kuberin	lovet-m	mirum_81	nowfan	pointout
kukyhuky	lovo	mis98	nowhere	poss
kvass	loyalist	Misato	nozomii	pphoeinx
kwang215	lp25	mistyeyed27	npi24	ppkje
kwgbae	lsh8955	mithra77	nrpak	president124
kwlhelp	lsyk31	miyu	nyangnyang_e	preya
ky0015	lucifel	mjh100	nymphcup	prily
ky79	lucifer	moe55	nzguru	propheta
kyh743	lucil	momoyura	ohshine	psyhsj
kym748	lucipa	moondrop	okui	psymasu
kyo	ludvig	moonmj	onacloud	psyngfa
kyunginh	lunar	moonn99	onit78	purering
l93979	lunarian_0	motoko2	onjidang	purpling
lachesis-2988	lunawind	mrxyz	ooridle	qda500
laguna82	lusia99	ms08team	ophelia4	qqest
laluce	lyh0505	mschoi23	oricorn	qudalsdla
larcken	m_pher1	msjking	osue	quffish
last_zergling	ml0412	muchiko	oyl1017	radiae
lastbiru	M147359	muriel	p100mhz	radiant-purple
lastmage	m2326	muyoung	pabian486	radinde
lauel	m2ybs	myfirst	pabian-real	raeyeon
lavatera	mage00	my-only-love	pahksh	ragnalok
lazudan	magickey	myrin	paith	rainsea
lcw1024	magickid	mystes	pakas	rami89
lcy3248	makii	myworld	pakjinun	rar112
leaf33	malemage	nacci	park-jun	ray_lucifer84
leciel	mama20	node	parksm12	rch95
lee09ku	mapo08	nakrim	parlimen	rcml2
LEE12325	marigejjang	nammh	PC2727	real1282
lee3011302	marine0083	nanty	pcdoli2	realizm
leech84	marital3	narcissus65	pdhgopk	redelf
leehyoil	marlboro	NARDIE	pena9	redeyes
legendia	matika	NARY144	penguin3	redlibro
leithus	meank	nasnaz	PEONY	redlion66
letstry	melody99	NATIAL	perfect1	redsaga
lime	melongst	nebaram	perworld	redskel
liraycen	menokun	neirune	petal000	regolas
list1106	meteor3khcm	neochoi	pharvian	reidin
lmjsnipe	mhl23456	neocozy	phm526	reitn
lodev	micalynn27	neptone2000	phorter	remif
lonely	mildwind	NERO301	phuchi	restear
lonesky	min3429	net81	pi90401	rety
looktaya	minijoa7	nightbe	pig5749	rhaon
lordbritish	minis	Nightlmp	pjylbu	Ricemen
losenlase	mintlh	niteflwr	pk311	rill

rinmark2	shurii	spiritk	tyburn	wolf12
riri	shurykate	sshiskom	uernaril	wolfvan
rockfeel	sidori	stairway	uglydem	worldkim
rojaarhim	silver91	stasis	ukikuramoto	xenker
rollee	silver-p	stello	uninvite	xian202
romiho	silvwind	stone99	upinel-	xlovesu
root	SIM2010	stoneofdays	upinxi	xls01
roshetti	sincere	stormpig	uribery	xmasieve
RUDY	siney	subaru99	Urza	xrain
ruinel	sion88	succubus	uttumi	xxhunter
ruiner22	sirodora	Suede19	vajura	xylove
ruledis	sitta	sungb	velvety2	yasooilmac
rustic26	sjglb27	sunghoony-	vermilion	yc910205
ryogod	sjhl19	sung-hyun0607	Vicryl	yd945405
ryu0913	sjpjing	sungrak	vigman	yhj0222
ryuichi_1999	skchojae	sunong	violetgray	yi-j-m
rzv	skdragon	supertel	visual_lhm	yjkh
S.IGEL	skkim	sutemia	vivaboss	yjluck
s10000n	skon	su-wane	vlsltttm	yong833
s991725	skuraska	sweeper	voltaire	yoo_1234
sadangel	skynwind	sws8116	vorffeed	yoobinim
saintel	skyrider	sy0605	vower	yoshua
samangyu	slashem	sy9190	wakano	yosua
sanghun0	sleeper-cat	syyoon87	war4	youngmiya
sardonic	smile-bee	taiji97	warewolf	yoursban
sariel	smna	TAJUU110	waterhm	yousuck
sawoon	smpae	target	weiskreu	yprima
SAYA	snakebum	tchu	wemue	ytirup
sayless1	snikee	team-y	wewe	yui99
says	soft-boy	teceous	wgandalf	YUK1
sbnow594	soh-jg	tedchung	wh0305	yumiek
sbum	sojeagoan1318	teires	whitebird20	yunju221
seajjang	soky-88	Teiresias	whitepaper	yunsoki
sear	sol0719	temple84	win729	yurica
seidian	sol23	templers	wind7s	yuriggal
selsia	somo777	thdtjsdn	windsphy	yuukino
semafish	somyhw	the-hermit	windtrip	yuzhou
seoju4398	SonWoonglck	theraven	windyday2207	venom
seraph	sorceria	thpaik	winwater	zaozihan
seuy0008	soslwind	tkdkr	wish	zarade
sgeuxyy	soyoe	tmss	wish00	zardwind
Shaar	space500	toinby	wishing	zeektaiji
shark15	spacious	tr810717	withinus	zerokjs
sheraph	spark88	trepies	wjstkzkd1	zirhak
shimhk	spe-cialthing	tr-knight	wmjnim	zizibe90
shin0577	spent	ts110220	wnarch	zi-won
shs4150	spentime	twonetwo	wnsdus	zyoirok
SHUR1486	spica09	txen	woe	zzangteha

The Stone of Days

세월의 돌 2

요정의 테

초판 발행 2004년 12월 22일
3판 5쇄 2021년 11월 10일

저자 전민희
펴낸이 서인석 | **펴낸곳** (주)제우미디어
출판등록 324-1 | **등록일자** 1992년 8월 17일
Tel: 02)3142-6845 | Fax: 02)3142-0075
www.jeumedia.com

만든 사람들
출판사업부 총괄 손대현
편집장 전태준 | **책임편집** 윤여은 | **기획** 홍지영, 김혜리, 신한길, 여인우
영업 김영욱, 박임혜 | **제작** 김금남 | **디자인** 디자인그룹올, 디자인수 | **커버일러스트** 쿤요(kunyo)
도움주신 분 김창원

파본은 본사나 구입하신 서점에서 교환해 드립니다.

ISBN 978-89-5952-409-9
ISBN(SET) 978-89-5952-416-7